중생이 앓으니
　　　나도
　　함께 앓는다

醫道

중생이 앓으니
나도
함께 앓는다

醫道 1
소리를 보는 慧眼

醫道 1
소리를 보는 慧眼

ⓒ인산가, 2006

첫판 1쇄 펴낸날 · 2006년 5월 20일

지은이 · 김수정
펴낸이 · 김윤세
펴낸곳 · 인산가

등록 · 1988년 7월 2일(제1-758호)
주소 · 서울 특별시 종로구 관훈동 197-28 백상빌딩 102호(110-300)
전화 · 02)736-9585   팩스 · 02)737-9800
함양본사주소 · 경남 함양군 수동면 화산리 1250-17
전화 · 055)963-9991~5   팩스 · 055)963-9990

ISBN · 89-952861-2-1 04810
ISBN · 89-952861-1-3 (전3권)

이 책의 저작권 및 판권은 주식회사 인산가에 있습니다.
신 저작권법에 의해 보호를 받는 저작물이므로 무단전재나 복제를 금합니다.

작가의 말

여기 서양의학과 중국 한의학의 틈새에 아주 불편한 모습으로 자리에 앉은 한 노인이 있다. 장소는 우리나라지만 언어소통도 전혀 되지 않는 아주 먼 나라의 이방인처럼 앉은 노인. 그의 침묵은 고요한 외침이다. 그래서 저자는 잠시만이라도 그와의 대화 속으로 여러분을 초대하고자 한다. 더불어 우리 역사와 우리 것을 되돌아보는 만남이 되었으면 한다.

이것은 한 평생을 처절하리만큼 우리 것을 사랑한 어느 특이한 노인에 관한 이야기다.

화타와 편작이 중국인을 위한 의술을 펼쳤다면 한국 사람은 한국인에게 맞는 처방을 해야 한다는 것이 인산 선생의 지론이다.

우리 하늘의 기운과 땅의 음식으로 병을 다스려야 한다는 이야기는 결코 국수주의나 배타주의에서 비롯된 것은 아니다. 오히려 이 땅에서 외면당하여 쓸쓸한 삶을 살다간 그는 "다시는 이 세상에 태어나고 싶지 않다"는 말을 남겼다.

어려서는 귀신들렸다 놀림 받고, 자라서는 쫓겨 다니고, 고문당하며, 천대받고, 빈곤에 허덕이며, 죽을 고비를 넘기고, 시기함과 냉대에 상처받고 은거하고……. 그런 와중에도 우리 땅에 대한 사랑은 놓지 않은 그가 인산 선생이다.
  한반도 땅덩이는 인산 선생의 전부였다.
  그토록 처절하게 이 땅을 사랑했으면서도 너무나 고통스러워 다시는 태어나고 싶지 않다고 말한 외로운 노인. 그 상처를 독자 여러분의 따듯한 입김으로 불어주기를 바란다.

  김학림 저서 〈神醫 김일훈〉이 인산 선생의 일대기를 그대로 묘사한 소설이라면 이 책은 인산 선생을 주연으로, 그리고 몇 명의 캐릭터와 사건은 실화에 근거해서 저자의 상상력으로 빚어낸 소설이다.
  이 점에 대해 이미 인산 선생을 알고 계신 독자들, 혹은 처음 접하는 독자 여러분들의 오해가 없었으면 한다.

  이 글을 허락해 주신 모든 분들께 진심어린 감사를 드리며.
                                    2006년 4월 김수정

醫道 1
소리를 보는 慧眼

작가의 말	5
프롤로그	15
제1장	25
제2장	71
제3장	151
제4장	185

등장인물

인산 김일훈

태어날 때부터 세상의 이치를 깨달은 탓에 어려서는 귀신들린 아이라 불린 비운의 주인공.
자라서는 신의(神醫)로서 각 사람의 병의 원인과 치료법을 보게 되어
불특정 다수의 환자들의 병을 고친다.
16세 때는 독립투사의 신분으로, 광복직전까지 도망 다니며 인술을 베풀며,
광복이후에는 한의학과 서양의학의 장점을 살려
국민건강에 이바지 하고자 하나 정부와 의학계의 냉대로 무시당한다.
노년에는 함양으로 낙향하여 숨을 거두는 날까지 수많은 환자들의 아픔을 만져준 사람.

『醫道』

17세 나이에 스무 살 넘게 차이가 나는 인산의 아내가 된다.
4명의 자녀를 두었으나 서른 살 나이에 숨을 거둔다. 단아한 인상에 몸가짐도 단정한 영옥은
성품 또한 유순하여 인산이 전국을 떠돌며 인술을 베풀 때 말없이 지켜보기만 한다.
인산의 생애 중 유일하게 사랑했던 여인이다.

장영옥

범현

인산의 어릴 적 둘도 없는 친구였으나 의학을 공부하던 중 인산에게 열등감과 경쟁심을 품게 된다. 전형적인 부잣집 아들로 고생을 모르고 자란 외아들. 인물이 수려하고 점잖지만 자신의 꿈을 이루기 위해서는 사랑하는 여인도 버리는 캐릭터. 서양의학을 배우러 미국행을 결심하던 중 집안일을 거들던 다례와 야반도주하여 인산에게 찾아가나 인산은 그에게 돌아가라 권유한다. 이 일로 그는 인산에게 섭섭한 마음을 갖게 되나 그가 사람을 살리는 것을 목도 한 후 다시 의학의 길에 정진하리라 마음먹고 미국으로 향한다. 한국 전쟁 때 부산 육군 병원에 근무하며 인산과 다시 만나게 된다. 그러나 옛우정은 온데간데없이 그를 무시하고 냉대하지만 오히려 범현이 그 앞에 굴복하는 일이 벌어진다.

인산이 독립운동을 하러 가던 중 우연히 만난 사람.
실제 나이보다 열 살은 많아 보이지만 노년에는 오히려 젊어 보인다는 평을 듣고 행복해 하는 사람.
27세때 그를 만난다. 주위가 산만하고 말이 앞서는 사람이나 인산에 대한 애정은 각별하다.
노다지를 캐러 간다던 그가 탄광촌에서 막일을 하던 중 삼년이 지나 인산을 다시 만나게 된다.
탄광촌에서 폐병으로 죽어가던 사람들을 부지기수로 고치는 것을 목격한 이후 인산과 가까워진다.

안씨

이문도

진맥을 잘 잡는 명의로 정이 많은 사람.
성품이 곧고 적당한 동정심과 학문에 대한 열정이 가득한 사람이다.
전형적인 선비의 얼굴이고 항상 웃는 얼굴이다.
인산이 도주를 하던 시절 한 마을에서 의원을 하던 젊은 사람으로 인산을 미치광이 도둑으로 오인한다.
인산의 기이한 치료법에 충격을 받고 인산보다 두 살이 많음에도 그와 친구가 되고자 한다.
눈 먼 노모를 인산이 쑥뜸으로 고치자 그가 주도하는 의학에 매료를 느껴 함께 공부한다.
한국전쟁이 일어 날 것이라는 인산의 말을 믿고 부산으로 내려가 인산과 함께 한의원을 차린다.

몰락한 양반의 가문을 이은 가난한 농가의 여식으로 범현의 집안에서 잡일을 거든다.
커다란 눈이 항상 겁에 질린 모습이고 작고 여려 보여 보는 사람으로 하여금 보호심리를 자극한다.
범현은 다례에게 각별한 애정을 느끼고 다례 역시 범현을 사모한다.
집안의 반대로 17세에 범현과 함께 충동적인 야반도주를 하게 되고 몇 개월을 행복하게
지내지만 범현은 말없이 떠나 버린다. 그러한 사실에 목을 매었을 때
인산이 다례를 살리고 얼마가 지나 인산을 흠모한다.
이러한 과거 탓에 남편에게 학대당하고 직업소개소를 통해 위안부에서 온갖 고초를 겪은 후
광복을 맞는다. 피난 중 부산에서 한의원을 운영하던 인산과 만나게 되나
부인병이 수치스러워 맨발로 도망을 친다. 그녀 평생의 사랑은 오직 인산뿐이다.

다례

가회

인산과 8세 때 만난 동갑내기 소녀. 친일파로 집안에는 쌀이 넘쳐나도록 고생을 모르는, 그러나 조실부모한 외톨이다. 그런 가회에게 찾아오는 김면섭 의원과 함께 동행 하는 인산은 그녀의 유일한 친구가 되고 인산을 마음에 둔다.
그러던 어느 날 인산이 친구들과 함께 독립군이 되어 조국을 떠난 사실을 알고 가슴앓이를 한다.
이후 이화 여학당에서 신여성으로 변신하며 할머니와 잦은 충돌을 빚는다.
그러던 중 약혼자 현섭과 함께 평북으로 향하던 중 우연히 인산을 만나 반가움에 울음을 터뜨리지만 인산은 가회를 기억하지 못한다.
도회적이고 세련된 미모로 우연히 마주친 다례가 동경하는 여성상이다.
그러나 광복과 전쟁 중에 불행을 겪게 되고 중년에는 알코올 중독자의 모습으로 다시 인산의 앞에 선다.

인산의 차남으로 기자 생활을 하다 죽염의 대중화를 위해 함양으로 젊은 나이에 낙향한다.
죽어가던 사람을 살리는 아버지의 모습을 존경심으로 바라보지만
그에 못지않은 굴욕과 수모를 당하는 모습에 가슴 아파 한다.

김윤세

프롤로그

"예. 그러고 나서 등을 딱 치니까 떡이 홀딱 넘어오고 좀 있으니까
할마이 숨통이 트였다고 합디다.
그 청년이 살린 거지요.
들리는 얘기로는 여기저기 떠돌아다니는 사람이라고 하는데
거 많이 배운 사람 같다고 합디다. 왜 그런 사람 있지 않습니까.
하도 똑똑해서 돌아버린 사람이요. 힘도 무지 세다고 하더라고요.
전에도 어떤 사람이 숨이 넘어갈 지경이었다는데 그게 누구더라…….
하여간 그 사람이 숨이 넘어가는데 또 나타나서 끼어들었답니다.
그러더니 다짜고짜 품안에서 쏙, 왜 쏙 있잖습니까. 약쑥 말입니다.
그걸 꺼내더니 그 사람 배위에 떡 올려놓고 태우더래요."

이문도는 늘 가던 산책로 길 앞에서 우뚝 서버렸다. 요 며칠 내내 마을 개천 앞에 못 보던 청년 하나가 쪼그리고 앉아 오리 떼를 쳐다보는 것이 거슬렸다. 마을 사람 하나가 오리를 기르는 데 혹시 저 거렁뱅이 차림의 청년이 그 오리를 훔쳐가는 것이 아닌가 하는 생각에서다. 한 이틀 안 보인다 했더니 오늘도 어김없이 나타났다.

이문도는 그리로 다가갔다. 그러나 청년은 갑자기 벌떡 일어나더니 어디론가 가버렸다.

-그것 참. 도대체 뭐하는 사람인고. 보아하니 나보다 두어 살 어린 것 같은데 하는 일도 없는 자 같고. 대체 어디서 온 사람이란 말인가.

이문도는 멀리 사라지는 청년을 한동안 바라보았다.

"안녕하십니까, 의원님."

마을 사람 하나가 지나가다 인사했다.

"예, 별고 없으시지요?"

"그럼요."

"아참, 동구 아버님."

"예?"

"요 앞에 사시는 최영감님 댁 말입니다."

"예."

"저기 기르는 오리 떼가 없어졌다거나 뭐 그런 말씀 안하십니까?"

"예? 족제비가 물고 가기라도 했습니까?"

"아닙니다."

"글쎄요. 그런 얘기라면 시시콜콜 떠드는 동구 에미가 바느질 하면서도 나불거릴 텐데 그 여편네 입이 잠잠한 것 보니 그런 일은 없는 것 같은데요? 어디 오리가 죽기라도 했습니까?"

그가 목을 길게 빼고 오리 떼를 쳐다보았다.

"아닙니다. 사실 요 며칠 전부터 어떤 젊은 사람이 요 앞에 앉아서 오리만 쳐다보기에 하는 말입니다."

"아, 그 청년 말씀이시구만요."

"아는 사람이오?"

"저야 모르지요. 그런데 동구 에미가 그러는데 거 청진댁 할마이 있잖습니까. 그 할마이가 동네잔치에서 얻어온 떡을 먹고 캑캑거리다가 숨이 넘어갔더래요. 한 열흘 됐나. 사람들이 할마이 죽었구나 하고 법석을 떨었는데 그 청년이 지나가다 저벅저벅 다가와서는 대뜸 침을 놓더래요."

"침을요? 숨넘어간 할머님한테요?"

"예. 그러고 나서 등을 탁 치니까 떡이 홀딱 넘어오고 좀 있으니까 할마이 숨통이 트였다고 합디다. 그 청년이 살린 거지요. 들리는 얘기로는 여기저기 떠돌아다니는 사람이라고 하는데 거 많이 배운 사람 같다고 합디다. 왜 그런 사람 있지 않습니까. 하도 똑똑해서 돌아버린 사람이요. 힘도 무지 세다고 하더라고요. 전에도 어떤 사람이 숨이 넘어갈 지경이었다는데 그게 누구더라……. 하여간 그 사람이 숨이 넘어가는데 또 나타나서 끼어들었답디다. 그러더니 다짜고짜 품안에서 쑥, 왜 쑥 있잖습니까. 약쑥 말입니다. 그걸 꺼내더니 그 사람 배위에 떡 올려놓고 태우더래요. 그러니 그 가족이 당연히 미친놈이구나 하고 멱살을 잡았대요. 그런데 한 손으로 이렇게, 이렇게만 밀어 쳤는데 그 장정이 데굴데굴 굴러 옆 마을까지 굴러갔다는 소문이 있었네래요. 그러더니 살리고 싶으면 입 닥치고 가만히 있으라고 소리를 치더래요. 사람들 말로는 눈빛도 매섭고 워낙에 힘도 세고 해서 지들끼리 뭉쳐서 덜덜 떨고 있는데 그 숨넘어가는 사람 혈색이 벌겋게 되더니 벌떡 일어나더랍니다. 그러니 얼마나 고맙습니까. 그래서 이름 좀 알려 달라, 우리 집에서 밥이나 먹어라, 잘 데 없으면 우리 집에서 재워 줄 테니 와라……. 그랬더니 그딴 건 알아서 뭐하냐며 다 필요 없다면서 화를 내고는 획 가버렸대요. 그래서 그 사람 지나가도 아무도 말을 안 시켜요. 그냥 밥 좀 달라고 하면 밥 주고 하여간 요 아랫동네에서는 꽤나 오래 지낸 모양입니다요."

"예……."

그는 고개를 천천히 끄덕였다.

"의원님. 저는 박가 놈이 송아지 나온다고 해서 그리로 가는 길이

거든요."
"아, 예. 어서 가보세요. 지체하게 해서 미안합니다."
"아이고, 별말씀을. 그럼 가서 암놈인지 수놈인지 알려드리겠습니다. 헤헤헤."
 그는 괭이를 반대 편으로 짊어지고 빠른 걸음으로 멀어졌다. 이문도는 한참 동안 그곳에 서서 생각에 잠겼다.
 -숨통이 끊어진 사람에게 침을 놓고 쑥을 올렸다……. 보통 사람은 아닐 텐데. 또 의원이라 해도 분명 나보다는 나은 사람일 것이다.
 그는 청년이 사라진 마을 쪽을 바라보았다.
 그 다음날 이문도는 산책은 포기하고 아예 오리떼 근처에서 서성거렸다. 처음 몇 시간은 대놓고 그곳에 앉아 있었지만 그가 나타나지 않는 것이 혹시 자기를 보고 그런 것인가 하는 생각에 멀찌감치 배회를 하기로 했다. 그러나 해가 저물어 가도록 그는 나타나지 않았다. 게다가 환자들이 별안간 몰려온다는 소리에 그는 몇 번을 돌아보며 집으로 돌아가야만 했다.

"의원님! 의원님!"
 환자의 맥을 보고 있던 이문도는 약초꾼의 숨 넘어 가는 소리에 자리에서 일어났다.
"왜 그러십니까?"
"장서방이 지네한테 물렸습니다! 빨리 나오세요!"
"지금 어디 있소?"
 이문도가 맨발로 뛰어 나왔다.

"동구 밖에 누워있습니다. 하이고. 거 늙은 몸으로 왜 자꾸 따라오냐고 구박했는데 오늘 이런 일이 날 줄 어떻게 알겠습니까. 하이고. 제발 살려주십시오. 장서방 죽으면 나도 죽습니다! 어허허헝"

약초꾼은 엉엉 울며 이문도를 잡아끌었다. 그가 맨발로 약초꾼과 멀어지자 방안에 있던 환자는 멀뚱하니 그들을 바라보았다.

장서방은 이문도를 거의 키우다시피 한 노인이었다. 그는 이문도가 아주 어렸을 적부터 약초꾼이었는데 어느 날부터 어린 이문도가 장서방을 따라다녔다. 장서방이 돌아보고 또 돌아봐도 그 험한 산을 쫓아오는 이문도를 보다 못해 도대체 왜 따라오느냐 소리쳤다.

"약초는 사람을 낫게 하니 분명 우리 어머니를 고치는 약초가 있을 것 아닙니까."

그것이 측은하기도 하고 기특하기도 해서 장서방은 가까운 산에 약초를 캐러 갈 때면 이문도를 데리고 다녔다. 그렇게 세월이 갔는데 이문도는 의원이 되었고 그는 그에게 약초를 공급하는 사람이 되었다. 그런데 그는 이제 칠십이 넘어버렸고 쉬엄쉬엄 일을 하던 차였다. 생계를 위해서가 아니라 무료했기 때문이다.

"오늘 몸이 좋지 않아 보여 집에 있으라 했는데 노인네가 자꾸만 따라오잖아요. 그게 너무 안 돼 보여서 된소리 했는데 어허허헝."

"그 마음을 모르는 분이 아니오."

"열 살이나 어린 내가 맨날 반말 해대고 버릇없게 굴었는데 아이고!"

그 때 멀리서 장서방이 걸어오는 것이 보였다.

"아이고! 장서방!"

약초꾼이 주저앉아 통곡을 했다.
"그새를 못 기다리고 혼령이 되어 나타났구나! 아이고! 나도 데려 가시오! 데려가시오!"
그가 서글프게 통곡을 했다. 이문도는 지네에 물려 죽을 지경은 커녕 전보다 생생하게 다가오는 장서방을 보자 소름이 끼쳤다.
"이게 어쩐 일입니까?"
"왜 맨발인고?"
장서방이 껄껄 웃었다.
"구신이 아니란 말이야? 아이고 아이고! 이제 살았네! 이제 살았어!"
약초꾼은 장서방을 얼싸 안더니 별안간 다리 힘이 빠져 바닥에 주저앉았다.
"아저씨 정말 괜찮습니까?"
이문도가 장서방의 손을 잡고 안색을 살펴보았다.
"응. 괜찮아. 살았어. 그 사람이 와서 나 살려주고 갔어."
"그 사람이라니요?"
"떡할매."
"예?"
"떡 먹고 죽은 할매 살린 사람. 그 때는 몰랐는데 그 사람 가고 나니 아 저 사람이 그이구나 하고 알았어. 그 사람이 나 살려주고 갔어."
"어떻게 했습니까?"
"나야 모르지. 사지가 뻣뻣해져서 숨쉬기도 힘들어 이제 죽나보다 했는데 누가 와서 이리저리 만지더니 그리고 조금 있다가 정신이 돌아왔어. 그래 내가 누구요 하고 물으니 알아서 뭐하오. 오래 살았다고 함부로 다니지 말고 맛있는 거나 실컷 먹으래. 그러더니 가버렸어. 그 사람 가는 거 보고 있었는데 피가 도는 느낌이 나고 몸이 뜨거웠어. 그래서 일어나서 이리로 왔지. 저놈이 아이고 하고 우는 소리가 여까지 들렸어. 나 죽을까봐 슬펐어? 진짜 나 죽으면 너도 데리고 가랴?"

장서방 말에 약초꾼은 눈을 흘겼다.

"나 데리고 가기만 해봐!"

"저, 아저씨. 그 사람이 어떻게 생겼는지 아세요? 혹시 단단한 몸에 눈매가 날카로운 사람 아닙니까?"

"응. 그런 거 같아. 눈에서 빛이 났어. 꼭 뒤통수가 뚫려서 햇빛이 그리로 쏟아지는 것처럼. 목소리도 카랑카랑하고 말이야. 손도 따뜻한 정도가 아니라 아주 불이 나오더라고. 그래서 난 그게 말로만 듣던 천산 줄 알았지. 거 토마스 신부가 만날 하는 말 있잖아. 하느님이 천사 붙여준다는 말."

"천사는 코쟁이처럼 생겼을 것 아니야?"

"아니던데. 코쟁이 아니야."

"코쟁이 아니면 천사 아니야. 그리고 조선말하면 천사 아니야. 거 그림책 봐봐 다 코쟁이지. 날갯죽지 있었어, 없었어?"

그들이 이러쿵저러쿵 이야기 하고 있을 때 이문도는 또다시 심장이 쿵쾅거렸다.

-도대체 뭐하는 사람이기에 이런 일을 벌써 세 번이나 그것도 근 한 달 사이에 죽게 된 사람을 살리고 사라진다는 말인가.

제 1 장

인산의 집안은 한의원 집안이 아닌 유학자 집안이었다. 물론 박학다식한 그의 할아버지는 명의로서 마을 사람들의 병을 고쳐주기도 하고 처방전을 써서 주기도 했다. 그의 부친 역시 남달리 사람을 가르치는 재주가 뛰어나 여기저기 그를 초빙해 아이들의 학업을 부탁하는 이들이 줄줄이 있었다. 집안 내력이 이러하니 인산의 머리가 영특하다 하여 별다르게 생각을 하지 않고 그저 어린 아이가 귀동냥으로 흉내 정도 내겠거니 했다. 그렇기 때문에 그가 네 살 때 할아버지가 그의 누이에게 한글 공부를 가르칠 때 옆에서 "아하, 아하"하며 고개를 끄덕이는 것을 보고도 그저 어린아이의 유희라고 생각을 했다.

"아이고! 그 놈의 저주가 맞았구나! 아이고! 불쌍한 우리 달구 어찌하나! 아이고!"

사십이 넘은 아낙이 홑이불을 덮은 채 싸늘하게 식은 아들의 시신을 끌어안고 오열했다. 숨진 아이는 열두 해를 못 넘겼다. 혈색도 새카마니 마치 재를 뒤집어 쓴 형상이다. 달구의 주검 앞에 넋을 잃고 있던 달구 아범은 갑자기 자리에서 벌떡 일어났다.

"내 이놈을 그냥!"

그가 이를 악물고 방안을 뛰쳐나가더니 마루턱에 놓인 낫을 움켜쥐었다. 그 모습에 자리에 있던 이웃집 김가가 그의 허리춤에 매달리며 말렸다.

"아이고 이 사람아! 괜한 걸음해서 저주나 받지 말고 그냥 있으라."
"그냥 있으라니! 그놈 때문에 아들이 죽었는데 가만있으라고?"

"그러다가 자네까지 당하면 어쩌려고 하나! 박 초시네 손녀딸도 그 놈이 하는 말 그대로 됐잖소! 그게 겨우 보름 전 일일세! 그냥 있으라!"

"으허허헝!"

달구아범은 털썩 주저앉아 목 놓아 울어댔다. 김가는 그 틈에 낫을 저만치 집어 던지고 한숨을 내쉬었다.

"김 의원 손자한테 틀림없이 귀신이 씌운 거야. 그렇지 않고서야 어찌 그 놈이 죽을 거라는 사람이 속속 죽어 나가냐 말입네."

문간 앞에 서있던 김가의 아내가 호들갑을 떨었다. 그 말에 김가는 조용히 하라는 듯 입가에 손가락을 대며 눈을 찡긋해 보였다.

한밤중에 달구가 병을 앓다 죽었다는 소식을 들은 인산의 할아버지 김 의원은 급히 의복을 갖춰 입고 나갈 채비를 했다. 그의 얼굴에는 수심이 가득 들었다. 박 초시 손녀의 장례 때도 맞아 죽지 않은 것이 다행이었다.

일 년 전. 그러니까 인산이 일곱 살 때 박 초시가 손녀 금영과 산책을 나가다가 인산과 마주쳤다. 인산은 쪼그리고 앉아 산길의 흙을 파고 있었다. 인산은 박 초시를 알아보고는 일어나서 공손히 절을 올렸다. 박 초시는 인산이 이 고을에서 영특하다는 소문을 익히 들은 바 너털웃음을 지으며 그의 머리를 쓰다듬었다.

"운룡이 너 또 흙장난을 하는 게냐."

인산은 박초시의 손을 잡고 있는 아홉 살 난 금영을 빤히 쳐다보았다. 인물이 빼어난 금영은 어린 나이에도 사내아이가 자기를 유심히 바라보는 시선에 흥 하고 콧방귀를 뀌었다. 그 모습에 박 초시는 또다시 너털웃음을 지으며 인산의 머리를 쥐어박았다.

"요 녀석! 더 크거든 오라우. 허허허!"

인산은 박 초시를 쳐다보았다.

"나야 더 자랄 수 있겠지만 이 누이는 그렇지 못할 거요. 열 해를 못 넘기고 이생을 마칠 운명이오."

박 초시의 얼굴에 경련이 일었다. 금영 또한 그 소리에 고개를 가웃해 보이며 할아버지를 쳐다보았지만 박 초시는 그새 얼굴이 붉으락푸르락해져서는 인산을 밀어버렸다.

"이 녀석이!"

"엇!"

자그마한 체구의 인산은 엉덩방아를 찧으며 땅바닥에 털썩 주저앉아버렸다.

"고연 놈! 누가 그리 가르치더냐! 에이 퉤!"

박 초시는 길가에 나동그라져 있는 인산의 옆에 침을 뱉으며 금영의 손을 잡아끌고 빠른 걸음으로 사라졌다.

"그 누이는 뇌에 병이 들었습니다!"

인산이 소리치자 박 초시는 길가에 있던 돌멩이를 집어 인산에게 던졌다.

"에라이! 염병할 놈!"

돌멩이는 인산의 어깨에 맞았다. 인산은 움찔거렸지만 울거나 아픈 부분을 움켜잡고 인상을 쓰지도 않았다. 그 모습에 박 초시는 지레 놀라 다시 허둥대며 산길로 들어섰다.

이 일이 생긴 후 며칠이 지나 박 초시는 인산의 할아버지가 운영하는 한의원에 찾아왔다. 가끔 오다가다 장기나 바둑을 상대해주는 터라 그날도 김 의원은 버선발로 반갑게 맞이했다. 하지만 박 초시는 얼굴에 노기를 띠운 채 대뜸 언성부터 높였다.

"할아바이가 병자를 상대하니 아이가 약방놀음을 하오?"

"예? 그게 무슨 말씀이오?"

"댁의 셋째손자 운룡이 말이오! 우리 손녀딸을 보고 올해는 넘기네, 마네 하는 헛소리나 지껄이는 게 어디 아이가 할 소리란 말이요! 뭐? 뇌에 병이 들어? 그 밤톨만한 아이가 뇌가 어디 있는지, 뭐 하는 것인지 알기나 한단 말이오? 대체 아이 앞에서 무슨 말을 한 것이오?"

할아버지는 입을 다물고 말았다. 이러한 일이 벌써 서너 번은 겪은 터라 그저 고개를 조아리고 용서를 구할 뿐이었다.

"아이고, 이거 크나 큰 죄를 저질렀습니다. 다 제가 잘 못 가르친 탓입니다. 부디 초시어른의 덕으로 어린아이의 허물을 너그러이 용서하여 주십시오. 이 늙은이를 봐서도 말이오."

할아버지는 무릎을 꿇었다.

"흠흠!"

박 초시는 그 순간에도 혈안이 되어있는 두 눈으로는 인산을 찾아 엉덩이라도 흠씬 때려줄 심사로 힐끔힐끔 주위를 쳐다보았다. 그 때 인산이 방에서 불쑥 나왔다. 박 초시 앞에 무릎을 꿇고 머리를 조아린 할아버지를 바라보자마자 인산은 두 눈에 힘이 들어갔다.

"할아바이!"

인산이 툇마루를 성큼 지나 마당에 내려왔다.

"할아바이가 뭘 그리 잘못했소?"

인산이 또랑또랑한 목소리로 그의 할아버지 옆에 앉았다.

"운룡이, 너도 빌으라우!"

할아버지는 인산의 이마가 바닥에 닿도록 눌러버렸다.

"잘못 한 게 없는데 어찌 빌라고 하오?"

인산이 고개를 바짝 들며 할아버지를 쳐다보았다.

"허! 이런 고연 놈을 보았나! 네 김 의원을 보고 아이를 용서하려 했는데 아주 안되겠구만!"

그 말에 할아버지는 기겁을 하며 손바닥까지 비볐다.

"어르신! 잘못했소. 앞뒤좌우도 제대로 알지 못하는 아이가 무얼 안다고 그리 말했겠습니까? 그저 옆에서 처방을 하는 소리를 듣고 제 멋대로 지껄인 모양이니 용서하여주십시오, 어르신!"

할아버지가 다시 한 번 고개를 조아릴 때 인산이 벌떡 일어났다.

"초시어른!"

박 초시가 노기를 띤 얼굴로 인산을 노려보았다.

"이 놈!"

"아픈 것을 보고 병이 있다 하고, 명줄의 끝이 보여 보인다 말한 것이 무에 그리 잘못 됐습니까. 저는 행여 오늘 어른신이 이곳을 찾은 이유가 그 누이의 병세에 대해 의논코자 걸음 하신 줄 알았습니다."

할아버지가 인산의 등을 세게 때렸다. 심장이 튀어나오고 몸이 앞으로 꼬꾸라질 만큼 밀려나간 인산이 할아버지를 돌아보았다. 할아버지의 눈에는 노기가 서려 있었다. 그것은 박 초시의 노기외는 다른 것이었다.

"어서 무릎 꿇지 못해?"

"할아바이!"

"어르신 제발 용서해 주시오!"

고개 숙인 인산의 할아버지의 음성이 떨려왔다.

-할아바이. 거 울고 있소? 우는 거야요?

인산이 고개를 떨 군 할아버지를 가만히 쳐다보았다.

"어서 무릎 꿇지 못 하간?"

할아버지가 같은 자세로 인산에게 호통을 쳤다. 인산은 그제야 천천히 무릎을 꿇고 고개를 숙였다. 할아버지의 손이 다시 한 번 인산의 머리를 눌러버렸다. 앞으로 꼬꾸라진 인산은 눈을 질끈 감았다. 꽉 다문 어금니 사이로 뜨거운 것이 올라왔다. 콧등이 시큰해지더니 이내 눈가에는 피가 몰리듯 눈물이 떨어졌다.

"내 김 의원 봐서 참는 것이오. 흠흠!"

그 때 한약방에서 일을 거두는 사람 하나가 달려 나오더니 박 초시가 뒷짐하고 서있는 손에 한약을 한 재 올려놓았다.

"이거……뭐간?"

박 초시가 돌아보았다.

"어르신 몸을 위해서 드리는 성의입니다요."

일꾼이 허리를 굽실거리며 말했다. 그리고 곁눈으로는 김 의원을 바라보다 눈을 질끈 감았다.

"흠흠. 내 그냥 가도 되는데……성의를 봐서……. 흠흠!"

박 초시는 그대로 마당을 빠져 나갔고 할아버지와 어린 손자는 한동안 그 상태로 마당에 남았다. 적막이 흘렀다. 약재상 앞에서 일꾼들이 두런거리며 이야기 하는 소리조차 들리지 않았다. 이윽고 인산이 자리에서 벌떡 일어나더니 방안으로 뛰어 들어갔다. 할아버지가 돌아보았다. 마당에는 인산이 흘린 눈물이 방울방울 흙에 섞여 엉켜있었다. 할아버지는 손가락으로 그것을 가만히 만져보았다.

-내 새끼……. 앞으로 얼마나 많은 눈물을 흘리게 될까.

그는 손바닥으로 인산의 눈물이 담긴 흙을 쓸어 담으며 숨을 죽여 울음을 삼켰다.

"저……어르신 약값은 제 삯에서 제하여 주십시오."

그 말에 그는 빙긋 웃으며 손을 저어댔다.

"그만 일어나시라요, 어르신. 운룡이는 크게 될 아이입니다. 그건 저보다 더 잘 아시지요?"

"자네는 참 지혜로운 사람이야."

그 말에 일꾼은 팔뚝으로 눈물을 닦았다.

몇 시간 후 인산의 방을 들여다보았다. 방바닥에 아무렇게나 누워 잠이 든 인산 옆에는 한문으로 된 삼국지, 당시, 강희자전 등이 어지럽게 펼쳐져 있었다. 할아버지는 가만히 방안으로 들어왔다. 쌕쌕 숨을 고르게 쉬는 인산의 눈가에는 눈물이 말라붙어 있었다. 할아버지는 가만히 머리를 쓰다듬어주었다. 영락없는 어린아이다. 그런데 왜…….

할아버지는 깊은 한숨을 쉬며 열려진 방문으로 보이는 저녁놀을 말없이 바라보았다.

그러나 일 년이 채 안된 지난 달 보름. 박 초시의 손녀가 죽었다는 소식을 들었다. 요즘 말로 뇌종양이 그것이었다. 그러나 동네 사람들은 인산이 박 초시에게 야단을 들어 금영을 저주했다는 소문으로 둔갑했다. 때문에 초상집 앞에서 문전박대를 당하고 소금을 맞는 수모를 당하며 그대로 돌아와야만 했다.

그런데 지금 또 이러한 일이 생겼다. 김 의원은 난감했다. 그가 채비를 갖추고 나오자 그의 아들이 신발을 가지런히 댓돌 위에 돌려놓았다.

"할아바이, 아바이. 어데 가요?"

잠귀가 밝은 인산이 문을 열었다. 할아버지가 잠시 머뭇하는 틈에 인산은 무릎을 탁 치며 고개를 끄덕였다.

"달구 형님이 가셨구만! 그 형님은 부모의 피가 탁해 죽은 거요. 숨을 들이마실 때마다 검은 색소를 모조리 마시더니……"

할아버지는 조용히 하라는 듯 슙하고 소리를 내었다.

"딱 오늘이네. 아아……. 두 어 시간 전에 숨을 거두었구나."

어린 인산이 달빛을 보며 다시 한 번 고개를 끄덕였다.

"어여 잠이나 자거라."

인산의 아버지가 문을 닫아버렸다. 방안에 우두커니 앉아 있던 인산은 서둘러 멀어져가는 두 사람의 그림자를 말없이 바라보았다.

달구네 집은 허름한 농가였다. 초라한 황토 초가집에는 온 동네 사람들이 박작박작 모여 있었다. 본래 아이가 죽었을 때는 장례도 없고 그저 오밤중 인적이 드문 시간을 타 매장을 하는 것이 보통이었다. 하지만 다리 건너 촌수를 따지는 마을에서 아이가 숨을 거둔 마당에 모두가 외면하면 천벌을 받을 것이라는 생각에 일가 사람들은 한 걸음에 달려왔다.

아낙들은 곡하는 달구 어머니의 등을 쓰다듬고 얼러 주기 바빴다. 그 광경에 차마 발을 못 들여 놓는 김 의원과 인산의 아버지는 서로를 잠시 쳐다보았다. 그 때 달구아범이 괴성을 지르며 그들에게 달려왔다.

"야, 이 죽일 놈들아!"

"아이고 달구아범! 진정하시게!"

장정들이 달구아범의 옷자락을 잡고 넘어뜨렸다.

"에라이! 귀신새끼 기르는 괴물들아! 내 새끼 내놔! 내 새끼 살려내!"

달구아범이 고함을 치며 발악을 하자 문간에 있던 사람들이 그들에게 돌아가라고 손짓을 했다. 그들의 표정은 하나같이 '우리를 저주하지 마시오' 하는 표정으로 겁에 질려있었다. 잠시 그들을 바라보던 인산의 아버지는 품속에서 돈을 꺼내어 그 중 한 사람에게 건네었다.

"장례 때······."

"필요 없어! 귀신이 주는 노잣돈 따위는!"

"달구 형님이 숨을 거둔 건 내 탓이 아닙니다!"

어린 아이의 외침에 별안간 적막이 흘렀다. 달구아범을 말리고 있던 사람들마저 그대로 멈춰서는 눈알만 가만히 굴려 대문 밖을 조심스레 쳐다보았다.

"끄악! 운룡이다!"

사람들은 인산을 보자 재빨리 방안으로 부엌으로 숨어버렸다. 마당에 남은 사람은 달구 아범과 그를 잡고 있는 너 댓 명의 장정들과 툇마루에서 음식을 지지고 볶는 아낙네들 대여섯 명이 전부였다. 사실 그들도 도망가고 싶었으나 인산 시야에 들어 온 것을 알고 꼼짝달싹 못한 채 그대로 멈춰있을 뿐이었다. 그들은 침을 꿀딱 삼킨 채 제발 인산이 이 마당 안으로는 안 들어 왔으면 하는 심정으로 다리를 벌벌 떨고 있었다. 그 때 할아버지가 인산을 가로 막고 등을 떠밀어 버렸다.

"너는 아이를 데리고 먼저 가거라."

할아버지가 낮은 목소리로 인산의 아버지에게 말했다.

"제 잘못도, 할아바이 잘못도 아닌데 왜 이런 일을 당해야 합니까."

인산이 할아버지를 쳐다보았다. 할아버지는 별안간 정신이 아득해졌다.

-그래. 이건 네 잘못도 또 나의 잘못도 아니다. 하지만 그걸 어떻게 해명을 해야겠느냐, 운룡아.

"달구형님은 오장육부가 썩는 병에 걸린 겁니다. 전부터 제가 말했지요. 그 상태로 두면 안 된다고요. 점점 내장이 썩어 문드러진다고 했을 때, 그때 아저씨는 뭐라고 했습니까."

그 말에 달구아범은 침을 꿀딱 삼켰다. 의원이 하는 말과 똑같았다. 단지 다른 점이 있다면 그 의원은 맥을 짚고 배를 눌러보고 입을 벌려보고 알아낸 것을 인산은 한눈에 보고 맞힌 것이었다.

당시 인산이 달구의 내장이 썩어간다는 말에 울컥하는 화가 올라왔지만 그 댁에서 소일거리를 얻어가는 처지에 주인과 다름없는 사람의 자식을 함부로 해서는 안 되었다. 그러나 그 소리를 들은 지 한 두 달이 지나 달구는 배가 아프다고 울어대더니 먹지도 마시지도 못했다. 그리고 다시 몇 달 후에는 똥오줌도 제대로 못 가리고 소갈 증세까지 보였다. 이상하다 싶어 김 의원에게 보이고 싶었지만 내심 인산이 괘씸하여 재 너머 한의원까지 아이를 들쳐 업고 갔다. 오장육부가 썩고 있다는 진단을 받았을 때 하늘이 노랗게 보였다. 아이의 입에서는 언제부터인지 내장 썩는 내가 올라왔다. 그걸 왜 몰랐을까. 단지 먹지 않아서 입 냄새가 심한 것이라고만 생각했던 미련한 자신이 원망스러웠다. 달구아범은 까맣게 타들어가는 아들을 안고 울었지만 인산의 말을 들을 걸 하는 생각은 하지 않았다. 오히려 그놈의 저주 때문에 달구가 죽을 병에 걸렸다는 생각에 분을 삼키고 있었을 뿐이었다. 그리고 음력 2월을 못 넘긴다는 인산의 말 그대로 오늘 달구가 숨을 거두었다.

"그게 내 탓입니까?"

인산이 똘망한 눈빛으로 달구아범을 쳐다보았다. 달구아범은 그제야 무릎을 꿇고 얼굴을 감쌌다.

"어허허헝!"

그가 목 놓아 울자 인산은 옆에 있던 할아버지의 손을 가만히 잡았다.

"할아바이. 달구 형한테 인사를 해도 될까요?"

할아버지는 고개를 끄덕해 보이며 두 눈을 쓸어 내렸다. 인산이 신을 가지런히 벗어놓고 달구의 시신 앞에 섰다. 그 모습에 부엌에 있던 아낙 몇몇이 수군거렸다.

"아이고 저 의원님도 보통은 아니네. 어디 어린 아이한테 시신을 보게 한단 말이오?"

"그러게 말이예요."

한 아낙이 몸서리를 쳤다.

"분명 저 아이, 귀신을 보는 게 틀림없다우. 왜 전에도 그랬잖아. 그 누구야. 양가던가. 그 물에 빠져 죽은 이가 양가 맞지? 그 양가한테는 조상귀신이 붙어서 물에 빠져 죽을 거라고 했잖아."

"뭐? 지난여름에 죽은 양가 말이야? 그랬었어?"

"그렇다니까. 양가가 딱! 물에 빠져죽었잖아."

"아유, 무서워."

지지미를 굽던 아낙이 몸을 떨며 기름 묻은 손으로 얼굴을 감쌌다.

"귀신이 돕나봐. 왜 저 영감님도 조상 대대로 한의원을 했다고 하던데, 아마 조상귀신이 병자를 알아보게 하나봐."

"아유! 무섭다니까 그러네! 어, 탄다! 탄다!"

아낙은 호들갑을 떨며 지지미를 뒤집었다.

부엌 작은 창가 앞에 서있던 인산의 아버지는 그 이야기를 들으며 깊은 한숨을 내쉬었다.

■　　■　　■

달구가 죽은 후 인산은 할아버지에게 불려가 심한 꾸중을 들었다. 앞으로 어린 아이들과 어울려 놀되 허튼 소리를 하면 그나마 놀이도 없다고 했다.

"할아바이, 그건 허튼소리가 아니야요. 참말이야요!"
"그래도 남이 들으면 허튼소리지!"
그 말에 인산은 코를 씰룩거리며 울먹거렸다.
"하지만 보이는 것을 어찌합니까? 그냥 그대로 두면 달구 형처럼 또 초시어른 손녀처럼 세상을 떠난단 말이오."
"그래, 네가 그리 일러줘서 그들은 네가 시키는 대로 했느냐?"
"……"
"달구의 뱃속을 살펴보라하여 그 아비가 의원을 찾아갔더냐? 초시 어른이 손녀의 머리 병에 의원을 불렀더냐? 물에 빠져 죽은 양씨가 개울가로 안 나갔더냐?"
할아버지의 호통에 인산은 드디어 울음을 터뜨렸다.
"으허허헝!"
인산은 조그마한 손등으로 눈물을 훔치며 울음을 멈추지 않았다.
-그러게, 왜 내 말을 안 들었을까. 내가 어려서? 어린 아이는 아무 것도 아니니까. 사람의 목숨이 위태하다고 소리쳐도 아이가 말해주니 못 들은 체 하는 걸까.
할아버지는 인산이 울자 속이 탔다. 그러다 콧등이 시큰 거려 시선을 돌려버렸다. 인산은 어깨를 들썩거리고 기침까지 하며 울음을 그치지 않았다. 야단을 들어서가 아니라 답답해서 우는 것이었다. 할아버지는 그래도 자기를 이해한다고 생각했었는데 오늘 이리 야단을 듣는 것이 섭섭해서 울음이 나왔다.
"운룡아……"
인산은 할아버지 말에 콜록콜록 기침을 하며 할아버지를 쳐다보았다. 어찌나 눈물을 많이 흘렸는지 이마의 잔머리에는 땀까지 찼다. 할아버지가 팔을 벌려 손을 까딱해 보였다. 인산은 소리를 내어 울면서 할아버지에게 갔다. 할아버지는 인산을 무릎에 앉힌 채 손바닥으로 이마의 땀과 눈물을 닦아주었다.

"이제 아무 말도 하지 말아라. 알겠느냐."

인산은 아직도 서러운 듯이 숨을 들여 마실 때마다 흑흑 소리를 냈다.

"대신 이 할아바이한테만 말해라."

그 말에 인산은 할아버지를 쳐다보았다.

"할아버이한테만?"

"그래. 이 할아바이한테만."

"범현이는?"

"범현이한테도 그만 해라."

"하지만 범현이는 내 말을 믿어주는데……. 재작년에는 벌통도 같이 땄잖소."

할아버지는 잠시 침묵을 지켰다. 아닌 게 아니라 엊저녁에 범현이의 어머니가 찾아와 인산의 어머니에게 당부를 했다. 말도 채 배우지 못한 상태에서 흙장난부터 시작한 두 아이를 갈라놓을 수는 없으니 이러 저러한 이야기가 들릴 때마다 심기가 불편한 것은 사실이다. 그러니 다른 소동에 범현이가 휘말리지 않도록 그저 놀이 동무로서만 유지했으면 하는 말을 조심스레 당부하고 자리에서 일어났다. 안 그래도 인산을 앉혀놓고 한 소리 하려던 차에 범현의 어머니 일로 할아버지는 그 감정이 극에 달해 인산을 다그치게 된 것이다.

그것이 미안해서인지 할아버지는 인산의 얼굴을 가만히 어루만졌다.

"그래. 그래도 범현이는 네가 보이는 것을 못 보잖니. 지금은 범현이가 너를 마냥 좋아서 다 들어주지만 이제부터는 그러면 안 된다. 범현이한테 좋지 않을 수 있어. 네 동무니까 너도 범현이를 아낄 줄 알아야지. 그렇지 아니하냐."

"응……. 그것도 그러네요. 내 동무니까. 범현이는 종아리 맞은 적도 없소."

할아버지는 껄껄 웃었다.

"그럼, 할아바이한테만 말한다면 내 말은 믿어 주는 거야요?"

"그래."

인산은 그 말에 안심이 되었는지 할아버지의 한복 저고리에 달린 커다란 단추를 가만히 만지작거렸다. 이제 눈물은 안 나왔다.

"그래도 누가 언제 죽는다는 말은 하면 안 되는 거야. 그건 도와주는 거이 아니고 불안증에 걸려 아무 것도 못하게 한단 말이다."

"아하."

할아버지는 인산을 안고 가만히 몸을 흔들어 주었다. 기분이 좋아졌다. 그 때 생각이 난 듯 인산은 할아버지를 올려보았다.

"할아바이."

"그래."

"전에 왜 한 아주마이가 왔잖소? 키 작고 배짝 마른."

"아주마이?"

"우리 어마이만큼 나이 먹은 아주마이. 아기가 없다 하지 않았소?"

"아, 그래."

"그 아주마이는 피가 뱀처럼 차오. 그래 아이가 없는 거야요."
"아……."
그러다가 할아버지는 인산을 쳐다보았다.
"네가 아이가 생기는 것도 안단 말이냐?"
"아오."
인산이 빙긋 웃었다.
"어찌 아느냐?"
"음……모르겠고, 어찌 알았는지. 하여간 아오. 그냥 아오."
"허허!"

할아버지는 인산을 바라보며 웃다가 다시 깊은 생각에 빠졌다. 인산은 분명 남다른 아이다. 그가 말하기 시작할 무렵에 이미 모태 속에서부터 '이러한 일이 있으면 이렇게 말하리라' 하고 결심한 것처럼 주변 사람들의 재앙과 복을 예지하는 능력이 있어 모두가 놀란 일이 한두 번이 아니었다. 장병에 자리 누운 한 노인을 보고 '이제 음력 삼 월이면 자리에서 일어날 것이다' 라고 한 적도 있었는데 그것은 적중했다. 그 일이 있은 후 인산의 어머니는 어린 인산을 무릎에 앉혀 놓고 물었다.

"네가 어찌 그것을 알았느냐."

그 말에 인산은 어머니를 가만히 바라보았다.

"사람들이 제비가 낮게 날면 비가 오는 것을 아는 것처럼 아주 자연스레 알게 되었소. 그리고 어마이."

"그래."

"왜 우리 막둥이가 갓 태어나서 말도 못하고 그저 누워만 있을 적에 그랬잖소. 아이가 푸 하고 입술을 떠는 것을 보고 내가 웃으니 어마이는 내일 비가 오는 모양이다 했소. 기억나오?"

"그래. 아가들이 그리 하면 비가 온다."

"아가들은 아무 것도 배운 것이 없는데 그리도 잘 아오. 또 있소. 아장아장 걷는 아이가 뱃속의 아이가 사내인지 계집인지 알아맞히는 것도 희한하잖소. 동리 아주마이들이 어린 아이들 앞에서 배를 이렇게 이렇게 내밀면서 묻지 않소?"

어머니는 인산이 임산부를 흉내 내는 모습에 잠깐 웃었다.

"그런데 그게 맞지 않소? 또 아가들이 이렇게 바닥을 짚고 자기 다리 사이로 사물을 보면 그 밑에 아우가 생길 거라는 말도 해주지 않았소?"

"응. 그래. 그렇다."

"그런데 사람들은 그것을 보면서 저 아이가 귀신이 들었다는 말은 않고 너무 자연스레 받아들이는 것이 더 희한하지 않소? 왜 그것은 자연스럽고 내가 보이는대로 말해주는 것은 이상하기만 하오?"

인산의 말에 어머니는 그저 두 눈을 깜빡이며 멍한 표정을 지을 뿐이었다.

모친은 오래 전 그 일을 생각하며 희미한 전등 아래서 깊은 한숨을 쉬었다.

"정말 우리 운룡이한테 정말 귀신이 붙은 건가요?"

인산의 부친은 아무 말도 하지 않았다. 그러한 남편의 모습에 인산의 어머니가 치맛자락으로 얼굴을 감싸며 흐느껴 울었다.

"아니에요, 아니에요. 그럴 리가 없어요. 내 꿈에는 분명히 신룡(神

龍)이 보였다고요. 신룡이 내 품안으로 들어왔어요. 구름 속에서 날다가 내 품안으로 신룡이 들어왔단 말이에요. 그런 아이한테 귀신이 붙었다니요."

인산의 아버지는 아내를 다독이며 눈물을 닦아 주었다.

"그럼요, 그럼요. 그러니 그럴 리가 없어요."

인산의 어머니는 그 소리에 목 놓아 울었다.

"조용히. 운룡이가 듣겠어. 어미가 우는 소리는 아이한테도 좋지 않아요."

그녀는 고개를 끄덕이며 눈물을 삼켰다.

"그 아이는 참 똑똑하잖아요."

인산의 어머니는 말을 하다 말고 다시 남편을 쳐다보았다.

"그러니 그게 귀신의 소행인가요? 그래서 아버님은 아이를 잘 단속하라고 한건가요?"

인산의 아버지는 그녀의 등을 다독거리며 진정시켰다.

"내일 알아보면 되잖아. 밤이 늦었으니 그만 잡시다. 아침 일찍 떠나야 할 테니."

잠자리에 든 후에도 인산의 어머니는 인산과 똑같이 숨을 들여 마실 때마다 흑흑 소리를 내며 잠이 들었다.

■　　　■　　　■

인산이 부모의 손을 잡고 무당이 있는 곳에 당도한 곳은 산 귀퉁이의 어느 후미진 마을이었다.

"너는 부를 때까지 여기서 꼼짝 말고 기다리거라."

아버지가 당부하며 어머니와 함께 방안으로 들어갔다. 별안간 적막이 흘렀다. 댓돌에는 무당의 꽃신과 어머니와 아버지의 신발이 가지런히 놓여있었다. 마루턱에서 한 노파가 팔짱을 끼고 시름시름 졸며 뒷덜미를 긁적였다. 마당의 토담 앞에는 대나무가 둘러져 있었고 그 위로는 알록달록한 비단이 동여져 있었다. 인산은 마당 가운데 서서 높다란 하늘을 바라보았다.

"너는 여기 왜 왔느냐?"

졸던 노파가 한 쪽 눈을 게슴츠레 뜨고는 인산에게 물었다. 인산이 돌아보았다. 노파는 무당의 신어머니였다.

"그걸 모르면 무당질은 다 했구나."

인산이 대답했다.

"저 늠이! 내가 왕년에는 일곱 개 작두에서 펄펄 날던 사람이야!"

"할마이. 할마이는 소갈증이 있소. 아시오?"

"뭬라?"

"할마이는 소갈증. 그래 염분이 부족하여 뼈도 성치 않소."

노파는 입을 쩍 벌렸다.

"어캐 알았간?"

그러더니 버선발로 인산 앞에 다가와 인산의 손을 잡아끌었다.

"어마이가 너를 여기 맡긴다고 했나?"

"모르오."

인산이 손을 뿌리치며 휙 돌아섰다. 노파는 다시 인산의 앞으로 다가가 인산의 얼굴을 살펴보았다.

"아, 너는 신접을 한 아이는 아니다. 그것쯤이야 아직은 안다."

"신접은 뭣 하려 하오? 부리면 부렸지 귀신놀음에 도움 받을 생각일랑 치우라요."

노파는 한걸음 뒤로 물러서며 베시시 웃었다.

"영특한 아이구나. 그게 고민이 되어 부모가 찾아 왔으렸다!"

"할마이, 내 걱정은 하덜말고 할마이 소갈증이나 고치시오. 하기사……오래 사셨수다. 소갈증보다 업보를 씻는 일이 더 급하겠소."

"뭬야?"

"우리 할마이가 그러는데 못된 짓을 하던 마을 할마이가 있었다 하오. 백 년도 넘은 일인데 그 할마이는 쌀을 팔아먹고 사는 사람이었소. 그런데 쌀만 파는 거이 아니라 겨도 넣고 모래도 넣는 못된 짓을 하던 자라."

노파는 인산의 또랑또랑한 목소리와 그의 눈빛에 빠져 입을 벌린 채 그대로 서있었다.

"어느 날 그 할마이가 통곡을 하며 내가 죽게 생겼는데 구렁이로 변할 거이라. 그래 아들과 며느리에게 짚단을 가져와 구렁이 집을 만들어 달라 했소. 며느리 아들 울면서 말렸지만 할마이가 울고불고 해서 아들도 울면서 어마이 소원 들어줬소. 그런데 그게 다 만들어지자 할마이는 슬금슬금 기어 그 속에 들어갔소."

"그러냐?"

노파가 빠진 이를 드러내며 웃었다.

"그래도 자식이니 어마이 끼니 챙기러 밥을 가지고 다음날 오니 그 짚더미 안에는 커다란 구렁이가 똬리를 틀고 있는 거라."

"아, 그래, 그래. 그런 일이 우리 때는 많이 있었지."

"그걸 보고 며칠 있다 동리 사람들이 부부한테 달려와서는 너거 어마이가 죽게 생겼다 하는 거라. 달려가 보니 커다란 독수리가 구렁이 머리를 쪼아댔소. 비참하게 죽은 거라."

"에이, 쯧쯧쯧."

노파는 인산의 이야기에 장단을 맞춰 주었다.

"할마이. 할마이도 업보 씻어야 하오. 영혼이 살겠다고 찾아온 사람한테 거짓으로 굿해주고 돈을 먹고 복도 안 빌어주고."

"에이!"

노파는 그 말에 휙 돌아서서 다시 툇마루에 걸터앉았다. 인산은 그런 노파를 바라보다가 다시 하늘을 쳐다보았다. 노파는 안보는 척하면서 슬쩍 인산을 쳐다보았다.

-이상하다. 분명히 신접한 아이는 아닌데 어찌 그리 잘 알꼬?

인산은 하늘을 쳐다보다 이내 땅을 쳐다보았다. 그리고 한동안 움직이지도 않고 그대로 있었다.

얼마의 시간이 지나니 노파는 벽에 머리를 기대고 잠이 들었다. 인산은 지루하다는 듯 하품을 하다가 살짝 마루 위로 올라섰다. 어머니 아버지의 목소리가 희미하게 들렸다. 그러더니 별안간 어린 아이의 목소리가 째지듯 들려왔다.

"이사를 자주 다녔구나!"

방안에서는 무당이 어린아이의 목소리를 내며 고개를 갸우뚱해보였다.

"예, 제가 글을 가르치는 재주가 있어 여기저기 불려 다녔습니다."

"그 덕에 아이의 목숨이 보존 된 거라. 재주가 능통하니 시기하는 이가 많아! 아야, 아야! 왜 때려! 잉……나 갈래!"

무당이 갑자기 고개를 푹 숙였다. 인산이 문을 열어본 까닭이다.

"어마이, 아바이……"

인산이 지루함을 견디지 못해 방안에 들어왔다. 천진한 눈으로 방을 빼꼼 들여다보는 눈은 그 나이 또래의 사내아이와 다를 바 없었다. 아버지는 인산과 눈이 마주치자 손짓으로 나가라는 시늉을 해보였다. 하지만 인산은 성큼 방으로 들어왔다.

"아이고! 아이고!"

별안간 무당이 할머니 목소리를 내며 꼬꾸라졌다. 인산의 부모는 무당 앞에 처음 마주한 터라 잔뜩 긴장한 모습으로 인산을 돌아보았다. 그러나 인산은 뒷짐을 쥔 채 사당을 가만히 둘러보았다.

"여기저기 잡귀도 많구나. 저건 쪼그만 게……방울 안에 쏙 들어가네. 하하!"

그의 부모는 얼굴이 하얗게 질려버렸다. 무당은 아직도 벌벌 떨며 아무 말도 못하고 있다. 그런 무당을 보며 인산이 얼굴을 찌푸렸다.

"이크, 저건 흉측하게도 생겼다. 밖에 있는 노파에게 붙어살던 귀신이로구나. 네 한이나 풀지 여기서 무슨 일을 한다고……. 하기야, 여기서 밥이라도 얻어먹어야겠지. 너는 이제 여기서도 할 일이 없으니 그만 물러가는 게 좋겠다."

무당은 벌벌 떨던 몸을 축 늘어뜨리며 오뚝이처럼 벌떡 앉았다. 그러더니 이내 눈을 부릅뜨고 인산을 바라보다가 입을 쩌억 벌리며 무릎을 꿇고 싹싹 빌어댔다.

"아이고, 아이고, 용서해 주십시오."

무당의 모습을 바라보던 어머니가 놀라자 인산은 어머니에게 다가왔다.

"어마이, 어마이는 기가 약해 이곳에서 나가 있는 게 좋겠소. 이러다가는 귀신 놀음에 나자빠질 테니."

그녀는 멍한 표정으로 인산을 쳐다보았다. 인산의 아버지는 아내를 일으켜 세웠고 그녀는 그제야 끄덕끄덕해 보이며 가슴에 손을 얹고 방문을 빠져 나갔다. 인산은 허리를 쭉 편 채 무당을 바라보았다. 무당은 인산의 눈을 피해 머리를 바닥에 닿게 엎드린 후 손바닥을 싹싹 빌어댔다.

"아이고 용서해 주십시오! 아이고! 조상 때부터 해오던 짓거리가 굿판에 방울질 밖에 없습니다. 부디 나무라지 마시고 불쌍히 여겨 주십시오!"

무당이 숨이 넘어가게 인산 앞에서 빌어대다가 갑자기 닭이 홰를 치듯 목을 세워들고 소리치기 시작했다.

"지존이 오셨다! 지존이 오셨다! 장차 수만만의 목숨을 구제하실 지존이 오셨다!"

무당이 소리를 지르자 인산의 아버지는 인산을 끌어안고 서둘러 밖으로 나왔다.

"아이고! 아이고! 귀한 분이다!"

노파가 잠에서 깨어 덩달아 무당을 따라 나섰다.

"그러냐? 응? 그러냐?"

무당은 버선발로 문밖까지 따라 나오며 절을 해댔고 인산은 '하하!' 하고 웃으며 공중에 손을 흩쳤다.
"따라오지 마라! 하하! 병에 확 집어넣을 거야!"
인산은 그 작은 손을 공중에 뻗치기도 내치기도 하며 아버지의 품에 안겨 그 마을에서 내려왔다. 그의 부모의 얼굴에는 수심이 가득했다. 그렇게 그들은 한 마디도 하지 않고 오랜 시간을 걸었다.
"운룡아. 너는 귀신이 보이느냐?"
오랜 침묵을 깨고 아버지가 물었다.
"……"
"괜찮다, 말해보라."
"보이오."
그 말에 어머니는 인산을 쳐다보았다.
"무섭지 않고?"
아버지가 다시 물었다.
"까만 건 무섭소. 어떤 건 커서 오싹 할 때도 있소. 얼마나 크냐면 이만하게……"
인산이 양팔을 허공에 크게 저어댔다.
"꼭 박 영감 소만큼 큰 게. 그게 옆에 휙 지나가면 오싹 오싹하오."
"그런데 그게 그냥 지나가더냐?"
"지나가오."
"너를 알아보더냐?"
"하하! 알아보고 그냥 지나갈 때가 많소. 내가 무섭다고 하고 지나가오."
어머니는 별안간 다리에 힘이 풀려 비틀거렸다. 그러자 인산의 아버지가 그녀를 부축했고 인산도 '어마이!' 하고 팔을 잡았다.

"어마이. 나 귀신 들린 거 아니오. 귀신 안 들렸소. 귀신도 나를 피하니 무서워 마오."

그러자 그녀는 고개를 끄덕끄덕 해보이며 인산을 물끄러미 바라보았다.

"아바이. 나 배고프오."

그러고 보니 정오가 훨씬 넘었다. 그들은 인산의 말에 허기를 느꼈다.

"아, 그래. 우리 저 집에 가서 국밥이나 먹고 집에 가자."

인산은 깡충깡충 뛰며 좋아했다.

국밥그릇에 김이 모락모락 나는 것을 가만히 바라보던 인산이 별안간 아버지를 바라보았다.

"아바이."

"그래."

"이 뼈는 소의 것이지요?"

"응, 그렇다."

"뼈의 국물을 먹는 이유는 무엇인가요?"

"거기에 많은 영양분이 있으니 먹는 것이지."

"이 소가 좋은 것만 먹었을까요?"

그 질문에 밥공기를 가져다 준 아주머니가 웃음을 터뜨렸다.

"늘 풀만 먹는 소가 맛있게 먹었으면 그만이지."

"풀만 먹는 게 아니라 분명 흙도 먹었소."

"응, 그래그래. 흙도 먹고 물도 먹고 한다."

아주머니는 어린 아이의 말에 장단을 맞춰주었다.

"또 그 풀도 흙에서 나오는 영양분을 먹고 자랐으니 풀은 좋은 것이고."

인산의 노인 같은 말에 아주머니는 까르르 소리 내어 웃었다. 그 웃음소리에 인산은 아랑곳없이 계속 말을 이었다.

"이 풀은 백두산에서부터 지하 물줄기를 타고 내려오는 좋은 물을 먹고 자랐을 풀이오. 백두산 천지(天池)는 저 우주 은하계의 별 정기가 모인 곳이고 그래서 그 물도 분명 감로(甘露)의 물이오."

그 쯤 되니 인산의 어머니는 그의 손에 숟가락을 쥐어주며 어서 먹으라는 듯 고개를 끄덕였다. 인산은 어머니의 의도를 알고 이내 말없이 밥을 먹기 시작했다.

"거참, 아이가 무척이나 영특합니다. 내 이런 질문을 하고 이리 말도 잘하는 아이는 평생 처음이오."

아주머니가 인산을 내려 보며 방긋 웃고는 부엌으로 향했다.

인산의 마당에서는 할아버지가 근심에 쌓인 낯으로 대문을 바라보고 있었다.

"올 시간이 지났는데……."

그의 머릿속에는 여러 가지 생각이 떠올랐다. 혹시 무당이 아이에게 푸닥거리를 한답시고 덩덩 뛰고 있는 것은 아닌가. 하지만 오랜 유학사의 가문에서 절대 그럴 일이 없다고 고개를 저어댔다. 그래도 오죽 답답하면 무당을 찾아 갔을까. 오죽 답답하면…….

"하지만 할아바이. 그 중국의 유학사상 이전에 중국도 무당들이 있었어요. 삼황오제 이전부터 있었단 말이오. 그래서 풍수지리다 뭐다 해서 주역이 나왔을 때 그 좋은 것을 평민들에게 알리지 않기 위해 죄다 죽였단 말이오. 참 나쁘오. 탄압하고 죽였다 해서 나쁜 것이 아니라 그게 무엇이든 좋은 것을 혼자만 가지려고 하는 것이 참 나쁘오. 왜놈도 마찬가지요. 왜 우리 민족의 정기를 끊으려 백두대간부터 그 맥을 끊는단 말이오? 그걸 왜 가만히 당해야만 하오? 지금 많은 독립투사들이 기독교인이라 들었소. 그래서 그걸 무시해도 된다 하지만 내 생각은 다르오. 성경에서도 하나님이 그 백성들에게 좋은 땅으로 안내했지 않소? 그 사막에 둘러싸인 땅에서도 좋은 땅에 좋은 물이 있기 때문에 젖과 꿀이 흐른다고 했지 않소? 그래 무서운 형벌이 광야로 쫓아버리는 것이고 또 좋은 땅을 조카에게 양보한 아브라함의 이야기도 있지 않소? 또 무덤도 그렇소. 모세에게 내린 마지막 형벌은 객사였단 말이오. 좋은 것도 보지 못하고."

또랑또랑한 그의 말투가 귓가에 맴돌았다.

-그래. 용한 무당이라 했으니 정말 그가 용한 무당이라면 그 아이를 알아봤겠지. 그러니 별일은 없을 게다. 나를 앉혀두고 가르치는 걸 보면 걱정 할 일 없지.

할아버지가 고개를 설레설레 저어대며 다시 대문 너머를 지그시 바라보았다.

멀리서 동네 꼬마들이 왁자지껄 떠들어대며 어울리는 소리가 들려왔다.

"그래도 올 시간이 지났는데……."

인산이 그의 부모와 마을에 들어서자 뛰어노는 또래의 아이들이 보였다. 그 속에 범현이의 모습이 보이자 인산은 활짝 웃으며 아버지를 쳐다보았다.

"아바이! 나 동무들과 뛰고 싶소!"

아버지는 고개를 끄덕하며 인산의 손을 놓아주었다.

"그래. 오늘은 실컷 뛰어 놀다 들어 오거라."

"해 지기 전까지는 와야 한다."

아버지의 말을 이어 어머니가 말했다.

인산은 벌써부터 뛰어가며 어머니에게 고개를 끄덕 끄덕했다.

"범현아!"

인산의 소리에 범현이 돌아보았다. 그들은 깡충깡충 뛰어대며 서로에게 달려갔다.

"뭐이간? 온종일 어디 갔다 온 게야?"

범현이 인산의 손을 맞잡으며 심통을 부렸다. 하지만 얼굴은 웃는 낯이다.

"아바이 어마이랑 멀리 다녀왔다. 그래 오늘은 해가 질 때까지 놀테다."

범현은 다시 깡충 뛰었다.

"난 네가 없어서 들어가려던 참이었는데 나도 해 질 때까지 놀테다."

인산과 범현이 아이들의 무리에 뛰어들어 엉켜 노는 모습을 보며 인산의 어머니는 울먹였다.

"저렇게 또래 아이들과 다를 바 없는데 왜, 운룡이는……."

"갑시다."

아버지가 뒷짐을 지고 걷자 어머니는 인산이 뛰어 노는 것을 바라보다 축 쳐진 어깨로 뒤따라 걷기 시작했다. 뉘엿뉘엿한 오후의 햇빛에 그림자가 어른거렸다.

■   ■   ■

인산의 집안은 한의원 집안이 아닌 유학자 집안이었다. 물론 박학다식한 그의 할아버지는 명의로서 마을 사람들의 병을 고쳐주기도 하고 처방전을 써서 주기도 했다. 그의 부친 역시 남달리 사람을 가르치는 재주가 뛰어나 여기저기 그를 초빙해 아이들의 학업을 부탁하는 이들이 줄줄이 있었다.

집안 내력이 이러하니 인산의 머리가 영특하다 하여 별다르게 생각을 하지 않고 그저 어린 아이가 귀동냥으로 흉내 정도 내겠거니 했다. 그렇기 때문에 그가 네 살 때 할아버지가 그의 누이에게 한글 공부를 가르칠 때 옆에서 "아하, 아하"하며 고개를 끄덕이는 것을 보고도 그저 어린아이의 유희라고 생각을 했다.

그 날도 여덟 살 난 인산의 누이는 할아버지한테 한글을 배우느라 책을 읽고 있었다. 그러나 엊그제 배운 글이 나오면 말문이 막혀 한참을 쳐다봐야 했다.

"어제 배운 것은 기억하면서 그제 배운 것은 까마귀가 집어갔나……. 이걸 다시 읽어 봐라."

할아버지의 목소리에 누이는 손톱을 뜯으며 책을 읽어보았다.

"가, 갸, 거, 겨……고 교 구 규 기……."

한글을 읽는 누이 옆에서 책을 슬쩍 보던 인산이 별안간 손바닥을 쳤다.

"아하, 그러니 한글은 해가 뜨면 그림자가 생기는 것처럼 이쪽과 이쪽이 만나 생긴 거구나. 그래, 한글은 이렇게 만들어진 조화로구나!"

"할아바이, 운룡이가 훼방하오."

인산의 누이가 인산에게 등을 돌리며 책을 가렸다. 어제 배운 것을 잊어버린 것도 속이 상한데 어린 동생 앞에서 할아버지한테 야단까지 들어가며 배우는 것이 자존심이 상해있던 터였다. 그러나 인산은 누이 옆에 더 바짝 다가가며 손가락으로 책을 가리켰다.

"누이야. 이걸 알면 한글을 어떻게 읽는지 알게 된다."

인산의 말에 할아버지는 그가 하는 행동을 가만히 바라보았다. 인산은 누이가 읽던 한글 책을 자기 쪽으로 돌려놓고 누이의 붓을 쥐었다.

"치……."

누이는 콧방귀를 꼈지만 그래도 동생의 고사리 손에 잡힌 붓을 바로 잡아주며 턱을 괴었다.

"이봐라, 누이야. 한글은 이렇게 점하고……. 또 이렇게 생긴……."

인산은 옆으로 한일자를 그어댔다. 할아버지도 인산의 삐뚤빼뚤한 글씨를 쳐다보았다. 인산이 옆으로 나란히 그린 그림을 누이 쪽으로 돌려놓았다. 그것은 점과 ㅣ, ㅡ, 원(圓 ㅇ), 방(方 ㅁ) 그리고 각(角

ㅅ)이었다. 누이는 그것을 한참 쳐다보다 인산을 바라보았다.
"그게 뭐?"
"이게 한글이다. 한글."
인산의 말에 누이는 인산의 머리를 콩하고 쥐어박았다.
"이게 무슨 한글이야? 한글은 이렇게 기역, 니은. 디귿……"
누이는 할아버지 앞에서 배운 것을 뽐내려고 글씨는 반듯하게 더 잘 써보였다. 하지만 할아버지는 인산의 그림을 가만히 쳐다보며 입을 열었다.
"그래, 운룡아. 어디 더 이야기 해봐라."
누이가 할아버지를 돌아보더니 입을 삐죽 내밀었다.
"누이야. 이게 엄마다, 엄마. 점, ㅡ, ㅣ. 점은 해. ㅡ는 땅이고 ㅣ는 사람이다, 사람. 그리고 이런 동그라미랑 네모 그리고 삼각형이 애기들이고. 엄마가 애기를 안고 다니는 게 글씨다."
"허허, 그걸 모음과 자음이라고 한다, 운룡아."
할아버지는 인산이 기특하여 껄껄 웃었다. 그리고 그의 머리를 쓰다듬는 순간 인산이 할아버지를 바라보았다.
"그런데 할아바이. 사실은 엄마와 아기가 아니고 이건 해와 땅, 사람의 모양으로 만들어진 글이오."
할아버지는 눈을 휘둥그레 떴다. 한글은 본래 음양오행의 조화로 만들어진 글이므로 네 살 된 어린 아이의 입에서 음양오행의 원리가 나왔다는 것이 도무지 믿어지지가 않아서이다.
"네가 음양오행을 알겠느냐?"
"아하. 그걸 음양오행이라고 하는구나. 이렇게, 이렇게."

인산은 손을 들어 뒤집었다 바로 했다하며 할아버지에게 보여주었다. 할아버지는 다시 인산을 쳐다보았다.

"그게 무엇이냐."

"안이 있으면 밖이 있고, 또 해가 있고 달이 있고, 또……춥고 덥고. 위가 있고 아래가 있고……."

인산이 벙긋거리며 이야기를 하자 그의 누이는 가소롭다는 듯이 인산을 힐끔 쳐다보았다.

"너는 아직 말도 제대로 할 줄 모르면서 음양오행에 대해 떠드니?"

"가만히 있어봐라."

할아버지가 다시 인산을 쳐다보았다.

"나도 못 하는걸 네가 어찌 한다고 옆에서 방해를 하냐 말이다."

누이가 할아버지의 말에 서운한지 울먹이며 인산을 쳐다보았다.

"하지만 이렇게 쉬운 걸? ㄷ에 ㅡ를 보태어주면 ㅌ가 되고 ㅡ를 가져가버리면 ㄴ이 되고 ㄱ을 머리에 이어주면 ㄹ이 되고 ㄷ과 ㄷ이 손을 잡으면 ㄸ이 되고."

"할아바이! 운룡이 나가라고 하세요."

누이가 자존심이 상했는지 할아버지를 쳐다보았다.

"그래, 누이가 공부를 하는데 운룡이가 방해가 되는 모양이다. 허허. 운룡이는 이제 나가 놀아라."

인산은 못내 아쉬운 듯 누이의 책을 쳐다보더니 방문을 나섰다. 할아버지는 흡족한 표정으로 인산이 마당으로 뛰어가는 소리에 귀를 기울였다.

"할아바이. 내래 제대로 읽은 거지요?"

"응? 아……아, 그래."

인산은 그 이튿날부터 누이가 나가 있는 날이 되면 누이의 방에 들어가 〈춘향전〉〈장화홍련전〉〈놀부전〉 등을 읽기 시작했다. 그것을 알고도 모르는 채하던 할아버지는 어느 날 아침 그의 머리맡에 〈삼국지〉 한글본을 두었다. 잠에서 깨어난 인산은 그 책을 보자마자 맨발로 경중경중 뛰며 할아버지에게 달려갔다. 할아버지는 마당에서 약재를 말리고 있었다.

"할아바이! 할아바이!"

할아버지가 돌아보자 인산은 한 손에 책을 들고 삽살개처럼 달려들었다. 할아버지는 인산을 향해 팔을 벌리고 환하게 웃었다.

"사내아이라면 삼국지를 읽어야지. 허허허!"

"고맙소, 할아바이!"

인산이 할아버지의 목을 안고 활짝 웃었다.

인산은 그 날부터 할아버지가 약재를 말리거나 탕약을 지을 때 옆에 앉아 소리 내어 삼국지를 읽었다. 그러다 간혹 어려운 단어가 나오면 인산은 할아버지에게 뜻을 물어보았고 할아버지는 탕기에 부채질을 하며 대답해 주었다.

"할아바이. 〈배수의 진〉이라는 게 무슨 뜻이오?"

"응, 그건 앞에는 군사들이 달려오고 뒤로는 물이라는 뜻이다. 깊은 뜻으로는 죽음을 각오하고 싸움을 해야 한다는 뜻이지."

인산은 고개를 갸우뚱해 보이며 한동안 그렇게 있었다.

"할아바이. 참으로 이상하오."

"뭐가 이상하냐."

인산이 책을 덮고 할아버지를 쳐다보았다.

"우리말을 왜 한문으로 뜻을 풀이해야하오?"

"그거야 그렇게 뜻을 받아왔으니 그렇지. 네 이름도 운룡. 구름 운에 용 용자가 아니더냐. 구름 속의 용이라는 뜻이다."

인산은 할아버지를 가만히 쳐다보았다.

"그걸 어찌 쓰는 겁니까?"

"구름 운은 이렇게……."

할아버지는 숯으로 흙바닥에 써 보였다.

"아하……. 용은요?"

"용은 이렇게 쓴다……."

할아버지가 쓰는 용자를 바라보던 인산은 고개를 끄덕였다.

"그건 용을 그린 것 같으오. 그건 아니다. 그건 그냥 그림이구나. 아하. 한문은 그렇게 글이 만들어진 거로구나. 그럼 삼국지는 어떻게 쓰지요?"

할아버지는 인산을 물끄러미 바라보다 이내 빙긋 웃으며 바닥에 〈삼국지〉라고 써주었다.

"아하, 세 개를 그리는구나. 그럼 일은 하나를 그리고 사는 네 개를 그리나요?"

"아니다. 사는 이렇게 쓴다."

할아버지는 사(四)를 써보였다.

"아하! 거참 신기하다."

인산이 박수를 치며 웃었다. 할아버지는 삼이라는 글씨 옆에 국을 써주었다.

"한문은 마지막에 이렇게……문을 닫아야 한다. 옆으로 먼저 글을 쓰고 그다음에 아래로 내리는 거야."

"아, 그렇구나. 그런데 그건 지라고 쓴 건가요?"

"그래. 이게 지(誌)라는 글이다."

"그건 혼자가 아니고 여럿이 만난 글처럼 생겼소"

"한문은 그렇게 만나고 만나서 글이 된다."

"아하!"

"허허허! 우리 운룡이가 이제는 한문까지 독습하려 하느냐?"

할아버지가 크게 웃으며 인산을 바라보았다.

"못할 거이 있겠소"

인산이 할아버지를 보며 환하게 웃었다. 그래도 할아버지는 설마 인산이 한문마저 독학하여 깨우칠 것이라고는 생각하지 못했다. 그러나 인산은 아버지의 방에 들어가 옥편을 가져와 그날부터 옥편을 외우기 시작했다. 그리고 얼마의 시간이 지나 한글로 읽어댔던 삼국지를 옥편을 뒤적이며 원본으로 읽게 되자 인산은 손뼉을 치며 좋아했다.

그리고 봄이 되던 어느 날이었다. 인산은 대청마루에 앉아 할아버지와 함께 산을 바라보고 있었다.

"참 곱다."

할아버지가 혼잣말처럼 나지막이 말하자 인산은 고개를 끄덕였다.

江碧鳥逾白 山靑花欲燃

今春看又過 何日是歸年

인산이 가만히 읊조렸다. 할아버지는 눈을 둥그렇게 뜨고 인산을 쳐다보았다.
"네가 두보의 시를 아느냐?"
"읽었지요."
할아버지는 인산을 가만히 바라보았다.
"그 뜻을 아느냐?"
인산이 고개를 끄덕였다.
"강물이 푸르니 새가 더욱 희오. 산이 퍼러니 꽃이 불붙는 듯하오. 올봄에 보고 다시 지나가나니 어느 날에 돌아갈 해인가."
그가 다섯 살이 되던 1913년의 일이었다.

■   ■   ■

일제에 의해 민족말살정책이 실시되자 인산의 할아버지는 손자의 장래가 걱정되었다. 비록 여섯 살 난 아이지만 분명 남다르다. 크게 될 아이다. 그렇기 때문에 인산의 가족들은 행여 일제에 의해 인산의 생명에 위협이 가해질까 노심초사 했다. 그렇게나 귀신이 들렸다느니 신동이라느니 하던 소문이 끊이지 않았던 마을에서 이사할 수 있었던 것은 그의 부친 덕이다. 뛰어난 학식으로 평북 의주의 천마리로 이사를 하게 된 것이다.
새로 이사한 마을에서는 할아버지와 약속한 후로 사람들의 얼굴을 보며 뱃속에 병이 들었다 오래전에 죽은 귀신이 붙어 다닌다는 말은 하지 않았다. 다만 그것을 알고 속으로 삭히자니 답답할 따름이었다. 옷에 티끌이 묻어도 털어주는 것이 당연한 일인데 하물며 생명과 직결된 이야기를 못한다는 사실이 견딜 수가 없었다.

오후가 되자 동네 영감들이 또 할아버지를 찾아왔다. 그것은 하루 일과 중 하나로 되었다. 그중에 이 영감은 손자가 영국에서 공부를 하고 있다는 말을 매일같이 꺼내었다.
"그래 우리 손자가 그러는데 이것 좀 보라우."
그가 손자가 보낸 엽서 뒷면을 돌려 보였다. 망원경이 그려져 있었다. 그 배경으로는 별자리들이 하얗게 점으로 찍혀 있었다.
"그게 뭐이요? 나발이요?"
"나발이 아니라 별을 볼 수 있는 망원경을 그린 거요. 서양 사람들은 높은 건물에 올라가서 밤에 이 구멍으로 별을 본다 하오."
"오호……좀 봅시다."
영감들은 돋보기를 잡고 엽서를 이리저리 살펴보았다.
"참 똑똑한 물건이다. 그래 그걸로 별을 본다는 말이지?"
"이것도 보시라오. 이건 그림을 세밀하게 그렸는데 화성하고 수성, 목성, 금성……요 모자 같이 생긴 게 토성이라 하오. 이걸 그 망원경으로 보고 그린 거라하오."
"손자가 그렸소?"
"아니, 손자가 보는 책에 나온 그림인데 그걸 나한테 보라고 보낸 거요. 내가 제주도 구경도 못해봐서 한이 맺혔는데 이제 우주를 유람하네. 허허허!"

"아. 서양 사람들은 참으로 똑똑하구나."

"달도 이 망원경으로 본단 말이오."

"서양 사람들은 우주도 볼 줄 아는 기술을 가졌으니 어찌 똑똑하지 않다 할 수 있겠소."

"우리 손자가 그러는데 우주에서 빛이 번쩍하는 거이 지구로 올 때까지 몇 만 년이 걸린다 하오. 그러니 우리가 번쩍하고 빛을 보는 게 아, 벌써 우리 조상의 조상도 안 태어났을 때 번쩍했던 빛이라는 기야!"

"할아바이들."

인산이 정자 계단 밑에서 얼굴을 빼꼼 내밀었다.

"오, 그래. 운룡이구나."

"예, 안녕하십니까. 그런데 저도 그 그림을 보여주시라요."

"아, 그래그래. 아주 귀한 그림이니 살살 보아라."

이 영감이 인산에게 그림을 보였다. 그림을 쳐다보던 인산은 이내 픽하고 웃어버렸다.

"뭔지 모르겠지? 이게 뭐냐면 말이다."

"할아바이. 커다란 폭포수가 떨어지는데 그 물을 보시기 그릇으로 받으면 어찌 되겠소?"

할아버지들은 멀뚱하니 인산을 바라보았다.

"그 물을 받으려 해도 위에서 떨어지는 물살이 하두 세니 한참을 들고 있어도 막상 보시기를 꺼내면 반에 반도 못 채워졌을 거 아니야요."

"그렇지."

"서양학자들이 꼭 그런 꼴이야요."

"뭐라?"

"커다란 폭포 밑에서 보시기 그릇 들고 용만 쓰다가 보시기 그릇 반에 반도 안 남은 물가지고 우주를 보았다고 하는 꼴이란 말이오. 그런 망원경으로 우주 끄트머리나 겨우 봐놓고 천문학 운운하는 서양학자들을 칭찬하는 말에 기가 막혀 하는 말이오."

별안간 어른들의 안색은 굳어버렸다. 당황한 김 의원은 인산에게 성큼 다가갔다.

"운룡아. 어른들 말씀에 끼어들면 안 된다."

할아버지가 인산의 등을 떠밀었다.

"맞지 않소, 할아바이. 망원경이나 관측기계를 잘 만들었다는 것은 인정하오. 하지만 그걸로 우주를 알았다고 하니 가소롭지 않소?"

"이놈!"

할아버지가 인산의 등을 쳤다. 인산은 두 어 걸음 앞으로 쏠려가다 멈췄다.

"왜 나를 야단치시오? 우주 전체를 보지도 못했으면서 보았다 하고 사실이 아닌 것을 사실처럼 기록하는 것이 참말 가치가 있다고 생각하오? 할아바이도 그렇게 생각하오?"

"아양……!"

인산이 할아버지에게 종아리를 맞을 때 울음을 터뜨린 것은 그의 누이였다. 종아리에 피가 나오도록 맞는 것도 겁이 났지만 할아버지

소리를 보는 慧眼 65

는 한 번도 인산에게 저런 모습을 보인 적이 없었기 때문이다.

"버릇없는 놈! 네가 알면 얼마나 안다고 어른들 앞에서 그리 입을 놀리는 거냐!"

인산은 입술을 꽉 다문 채 방바닥을 쳐다보았다. 할아버지의 매는 서너 차례 더 올랐다. 회초리가 허공을 매섭게 가르며 얇은 종아리에 철썩 붙을 때마다 인산은 눈을 질끈 감고 이를 악 물었다.

"할아바이! 할아바이! 그러다 운룡이 죽겠소! 그만하시오, 할아바이!"

누이가 할아버지의 팔을 잡았다. 누이는 눈물이 범벅된 얼굴로 인산을 돌아보았다. 인산은 바지를 잡은 모습 그대로 서 있기만 했다. 종아리를 타고 흐른 피는 꾸덕하게 굳어 발목 언저리에 엉겨 붙어 있었다.

"에구머니. 할아바이! 이제 그만하시라요. 예?"

할아버지는 회초리를 구석으로 던져버리며 짧은 한숨을 쉬었다. 방안에는 세 사람의 가쁜 숨소리만 엇갈리게 들렸다.

"이제 정말로 암말도 안하겠소, 할아바이. 다시는 아무 말도 안하겠소."

인산이 뒤돌아 선 채 말했다.

"거 보시라요. 운룡이가 잘못했다고 하지 않으오?"

"잘못했다고 하는 말이 아니라, 아직도 제가 잘났다고 하는 소리다!"

할아버지가 소리쳤다. 누이는 화들짝 놀라 다시 인산을 쳐다보다가 다가갔다. 상처를 쳐다보던 누이가 할아버지에게 말했다.

"할아바이. 데리고 나갈까요?"

할아버지는 고개를 끄덕이며 반쯤 돌아앉았다.

"나가자. 걸을 수 있간?"

누이가 인산의 손을 잡았다. 인산은 고개를 끄덕이더니 절뚝거리며 열려진 문으로 빠져나갔다.

"그러게 왜 어른들 틈새에 끼난 말이다."

우물 옆에서 누이가 입김으로 인산의 종아리를 후후 불며 말했다.

"말도 안 되는 소리를 하니 그렇지."

"또, 또!"

인산은 입을 굳게 다물었다. 그런 인산을 물끄러미 올려다보던 누이가 한숨을 푹 쉬며 말했다.

"너는 참말로 이상한 아이다. 내 아우지만 참말로 이상한 아이다."

"……"

"너는 무엇을 그리 많이 아니? 어찌 알았니?"

"눈으로 본걸 이야기 해준 거다. 내 눈으로 본 것을."

"뭘 봤는데?"

인산은 손을 불쑥 들어 하늘을 가리켰다. 누이가 인산의 손끝을 쳐다보았다.

"우주를 봤단 말이다. 우주를. 해가 있고 달이 있고 별이 있고 또 많은 행성이 있는 것을 내 눈으로 봤단 말이다. 이렇게, 이렇게……"

인산은 죽 펼쳐 일자로 만들었다.

"이런 모양으로 그게 줄을 맞춰서……계속 돌고, 또 돌고, 그런 게 머릿속에서 보인단 말이다. 또 사람의 과거와 미래가 보이고 병이 든 것도 보이는 걸 어쩌란 말이야."

누이는 눈이 동그랗게 됐다.

"그런 게 보인다는 말이냐?"

"누이야."

"응."

"눈에 다래끼가 난 사람을 보면 아, 저이는 눈에 병이 났구나 하는 걸 알 수 있지?"

"응."

"기침을 하고 콧물을 흘리는 사람을 보면 아, 저이는 고뿔 들렸구나 하는 것도 알 수 있지?"

"그럼."

"그래서 당신 눈에 병이 났소, 고뿔 들렸소, 하면 이상하다고 하지도 않지?"

누이가 고개를 끄덕였다.

"그런데 뱃속에 병이 난 게 보여서 저이한테는 뱃속에 병이 있구나 하면 이상하다고 하니 내가 답답한 거다."

"그게 보이간?"

"보인다. 아주 잘 보인다."

"어머나……. 거참 신기하구나."

"이제는 아무 말도 안 할 테야. 아무 말도."

"그래, 말하지 말거라. 이렇게 종아리가 터져서는……."

누이는 인산을 가만히 쳐다보다 다시 종아리에 후후하고 입김을 불어주었다.

"종아리가 또 터질까봐 말을 안 하는 것이 아니라, 지금은 병이든 사람을 고칠 수 없으니 말을 안 하는 거다. 병을 고치는 방법을 알게 되거든 그때는 말 할 테다. 그게 내일이라도 말 할 테다."

"에이, 고집쟁이!"

누이가 눈을 흘기다가 다시 종아리에 입김을 불었다.

"누이도 내가 귀신이 붙었다고 생각하나?"

"귀신이 붙었으면 무서워서 어찌 너랑 단 둘이 있겠누? 말도 안 되는 소리 하지도 말라."

"그런 게 보이는 이유가 필시 있을 거다. 병이 난 사람이 보이는 이유는 고치라고 하늘이 보여주는 거니까."

누이는 후후하고 불던 입을 동그랗게 모은 채 인산을 가만히 쳐다보았다.

"무지개는 물방울의 가루 같은 거다. 수분입자."
인산이 말했다.
"수분입자가 뭐냐?"
-그래, 공간에 수분이 많은 상태에서 태양빛이 비춰지면 공기 중에 섞여있는 색소들이 빛에 움직이는 거다. 그런데 이 색이 의미하는 것은 무엇일까.
붉은빛, 노란빛, 하얀빛, 파란빛. 그리고 거무스름한 보랏빛.
그것은 저러한 색소들이 공중에 있기 때문이다.
그래, 어마이가 이불을 햇볕에 말리는 이유도 해가 주는 이로움 때문이다.
또 몸이 아프면 햇볕을 쪼이게 하는 것과 일반이다.
빛, 그리고 공기 속에 그리고 이 땅에는 그 무엇인가가 있는 거다.

여름이 되면 아이들은 헤엄을 쳤다. 마을에서는 헤엄을 못 치는 아이들이 없을 정도로 모두들 발가벗고 개울에 뛰어 들어가 물놀이를 했다. 물 뿌리고 잠수하고 고기도 잡고. 인산은 그 아이들 중에서도 헤엄을 꽤나 잘 쳤다. 어찌나 헤엄을 잘 치는지 물 위를 달리는 것처럼 보이기도 했다.

"야, 그거 어더렇게 하는 거냐?"

동네 형 하나가 인산이 물에서 나오자 쪼그리고 앉았다가 물었다. 인산은 머리카락에서 뚝뚝 떨어지는 물방울을 털어내며 싱긋 웃어 보였다.

"나는 발가락으로 헤엄친다. 발가락으로."

"네가 오리새끼냐. 발가락으로 헤엄을 치게."

"하하."

인산은 그 말을 하고는 다시 물속으로 들어갔다. 그리고 어른의 발도 안 닿는 깊은 바닥을 거꾸로 들어가 한참을 견뎠다.
"저 녀석 또 저러고 있다."
아이들이 우르르 몰려와 까치발을 하고 인산이 들어간 물속을 쳐다봤다. 그 때 맑은 하늘에서 쿠르릉 하는 천둥소리가 나더니 별안간 비가 쏟아졌다.
"어, 비다. 비가 온다!"
아이들이 허겁지겁 바위에 걸쳐 놓은 옷가지를 품에 안고 나무 밑으로 뛰었다. 범현은 인산의 옷가지를 챙겨 들고 나무 밑으로 몸을 피했다.
"어이, 운룡아! 빨리 나와라!"
범현이 작은 돌멩이 하나를 집어 던지며 소리쳤다. 잠시 후 인산이 고개를 내밀더니 물가로 나왔다.
꼬맹이들은 빗물에 눈을 깜빡거리며 하늘을 쳐다보았다. 해가 떠 있는데도 비가 쏟아지는 광경이 희한한 듯 바라보는 아이도 있었다.
"여우가 시집을 가나, 햇빛이 있는데 비가 온다."
"우리 할마이는 호랭이가 장가가면 이렇다는데?"
"그럼 여우랑 호랭이가 혼인을 한거이가?"
"모르지."
"그럼 그 새끼는 뭐이가? 여랭이? 호우?"
꼬맹이들이 떠드는 사이에 비는 금세 보슬비처럼 바뀌더니 다시 맑아졌다.
"혼인도 빨리 치른다."

"춥다야. 이제 집에 가자."

제일 큰 아이가 말하자 아이들은 옷을 주섬주섬 입었다. 그러나 인산은 꼼짝 않고 나무 밑에서 하늘을 쳐다보았다.

"……무지개다."

인산이 중얼거렸다. 인산의 말에 아이들은 해를 쳐다보았다.

"어디, 어디?"

"해를 등 뒤로 봐야 보이지. 저기 말이다."

인산의 말에 일곱 명 가량의 아이들은 한꺼번에 돌아섰다. 인산이 손끝으로 가리키는 곳에는 오색 무지개가 너울거렸다.

"어, 진짜 무지개다! 야아……!"

아이들이 감탄을 했다.

"무지개 떡 먹고 싶다야."

먹보 순돌이가 입을 다셔대며 눈을 찡그렸다.

"무지개는 어캐 생기는 걸까?"

범현이 쪼그리고 앉아서 턱을 괴었다. 인산은 바닥을 보았다. 갑자기 쏟아진 비에 아직도 물기가 흥건하게 배여 있었다. 이번에는 땅에 비스듬히 누워 한쪽 눈을 감아보았다.

"뭐하는 기야? 땅이 너한테 뭐라고 하나?"

"무지개는 물방울의 가루 같은 거다. 수분입자."

인산이 말했다.

"수분입자가 뭐냐?"

-그래, 공간에 수분이 많은 상태에서 태양빛이 비춰지면 공기 중에 섞여있는 색소들이 빛에 움직이는 거다. 그런데 이 색이 의미하

는 것은 무엇일까. 붉은빛, 노란빛, 하얀빛, 파란빛. 그리고 거무스름한 보랏빛. 그것은 저러한 색소들이 공중에 있기 때문이다. 그래, 어마이가 이불을 햇볕에 말리는 이유도 해가 주는 이로움 때문이다. 또 몸이 아프면 햇볕을 쪼이게 하는 것과 일반이다. 빛, 그리고 공기 속에 그리고 이 땅에는 그 무엇인가가 있는 거다.

인산이 벌떡 일어나 앉았다. 그리고는 뛰기 시작했다.

"야, 운룡이 어데 가나?"

범현이 소리쳤다.

"어데 가나?"

아이들도 그를 불렀지만 인산은 뒤도 안 돌아보고 달려댔다.

-물이 뿌려지는 곳에 해를 등지고 있으면 무지개가 보일 것이다. 내 오늘 자세히 좀 봐야겠다.

인산은 옷가지를 안고 산속의 작은 폭포수를 향해 달려갔다. 그 뒤를 범현이 헐레벌떡 따라 뛰기 시작했다.

"운룡아! 같이 가자!"

■　　　■　　　■

"할아바이. 폐는 금이라고 했지요?"

"그래. 목은 간장이고 토는 비장이고 화는 심장 그리고 수는 신장이다."

약재를 이리저리 살펴보던 할아버지가 부드럽게 대답해 주었다. 인산은 고개를 크게 끄덕이더니 빙긋 웃었다.

"왜 그러느냐. 너도 한의학에 관심이 있느냐."

"한의학은 중국거이 아니요."

"그렇지. 하지만 중국 역사에 동이(東夷)라는 말이 자주 나오고 또 지역을 설명할 때 꼭 우리나라를 표현하는 것이 많으니 동이에서 비롯된 것이 많다. 그러니 꼭 모두가 중국 것이라고 할 수는 없다."

"어쨌거나 난 중국 것에는 관심 없소. 난 우리나라 거에 관심 있소."

할아버지는 웃었다.

"그래도 같은 동양인이니 상관없다."

"그렇지 않소, 할아바이. 물론 중국의학이 뿌리 깊은 의학이라는 것은 아오. 하지만 이 땅에서 난 음식을 먹고 이 공기를 마시고 이 햇볕을 받은 사람들의 몸에 어찌 중국 사람이 쓰는 방법을 써서 병을 고친단 말이오?"

"하지만 오래 전부터 그리 했지 않느냐. 왕들도 말이다."

"아니야요. 그게 맞았다면 못 고치는 병이 그리 많지는 않을 겁니다. 할아바이. 우리나라 땅에서 나는 음식들과 약초들이 왜 중국 것과 왜놈들 것과 맛도 질도 다른지 아오?"

"글쎄다. 땅이 좋아서 그렇지."

"그것도 맞지만 내 어제 무지개를 보고 확연히 깨달았소."

"응?"

"할아바이. 무지개가 왜 오색으로 나타나는지 아오? 사람을 고치는 길을 알려주는 거요. 하늘과 땅에 보배가 많다는 것으로 보였소."

■   ■   ■

"귀신은 그 못된 이 영감 안 잡아 가고 뭐하는 거이가?"

저녁 무렵 동네 사람들이 주막에 모여 숙덕거리기 시작했다. 이 영감은 입심 좋은 사람으로 일본 고위간부에게 아부하여 그 재산을 보존하던 사람이다.

작년 2월. 조선 총독부에서 토지소재 명기로 부동산 증명령이 떨어져 조선등록 세령이 공포되었을 때 그 재산이 몰수당하는가 싶었는데 입심 좋게 아첨을 떨어 일부만 일본 관리에게 주는 조건으로 용케도 재산을 보존하고 있었다. 빼앗긴 일부의 재산을 충당하기 위해 그는 마을 사람들을 상대로 고리 대금업을 했다.

그의 곡간에는 쌀가마가 넘쳐났는데 어찌나 잘 먹고 사는지 그 종들까지도 쌀밥에 고기를 먹는다는 소문이 돌았다.

"내가 명년에 반드시 갚을 터이니 조금만 더 융통해달라고 했다우. 우리 딸아이가 혼례도 치러야 하니 말이오. 그랬더니 그 돈을 당장 내놓지 않으면 딸년도 제집 종으로 들이겠다고 협박하는 거지 뭐이오."

논골 최 씨가 울분을 삭히며 막걸리 한 사발을 들이켰다.

"그래도 형님은 좀 낫소. 전에 왜 박가 있잖소. 금점판에서 일한다는. 글쎄 이 영감이 아침부터 찾아와서는 박가 멱살을 잡고 혼쭐을 냈다고 합디다. 그뿐이오. 아이들이 먹고 있던 꽁보리밥마저 마당에 던지고 세간 다 뒤엎고, 박가 아내 머리채 흔들면서……. 하여간 인간이 할 짓이 아니라니까."

"못됐다, 못됐어. 에잉."

팔짱을 끼고 가만히 듣던 한 노인이 고개를 절레절레 흔들어댔다.

"가뜩이나 왜놈들 설치고 댕기는 거 꼴 보기 싫어 죽겠구먼, 그 영감마저 악당 짓 골라하니. 이 꼴 저 꼴 안보고 그냥 내가 딱 죽었으면 좋겠다우."

"죽으면 이 영감이 죽어야지 왜 자네가 죽는다하오?"

"원래 욕먹는 인간들이 장수한다 하지 않소? 그러니 내가 죽는 게 더 빠를거이 아니겠소."

"하하하."

사람들이 하나 둘씩 웃기 시작할 때 최 씨가 가만히 고개를 끄덕였다.

"귀신이 안 잡아가면 내가 귀신 짓을 하믄 되겠네 그려."

"에?"

사람들은 막걸리를 들이켜다 말고 최 씨를 쳐다봤다.

"그렇지 않소. 이 영감 아들 놈은 서른이 넘었어도 침이나 흘리는 칠푼이라 셈도 못하고 마누라는 일자무식이라 글도 읽을 줄 모르니 그 영감만 사라지면 우리는 돈 갚을 일도 없지 않겠소? 그 돈이 또 어디 우리가 공으로 먹은 돈이오? 개발바닥만한 밭떼기 한두 마지기 빌려주고 소작료네 뭐네 하며 뜯는 돈인데 농사지어 먹고 살겠다고 빌었지만 그게 배보다 배꼽이 큰 게 사실 아니오. 차라리 그 땅을 왜놈들이 처먹었다면 아예 다른 일해서 밥 벌어 먹고 살지 않겠소?"

그 때 최 씨가 코를 씰룩거리며 눈을 게슴츠레 떴다.

"영감 곡간에 비얌이라도 풀어버리면 그놈이 영감 손꾸락이라도 꽉 물어버릴 텐데 말이야."

"응, 그렇다. 우헤헤헤. 이 영감 매일같이 곡간 가서 열어보는 게 낙이니. 거기 뱀이라도 있으면 그럴 수도 있겠다. 마시라우."

사람들은 그래도 설마하니 최 씨가 이 영감 집에 뱀을 풀어 놓을 것이라는 생각은 하지 않았다.

그러나 이튿날 최 씨는 절친한 친구 오서방과 함께 산에 올라 까치독사 한 마리를 잡아 항아리에 넣어두었다.

이른 아침. 이 영감 집 종이 김 의원 대문을 부셔져라 두들겼다. 그 소란에 모든 사람들이 자리에서 일어났다. 종은 대문이 열리자마자 대성통곡부터 해댔다.

"아이고, 의원님! 우리 영감마님 좀 살려 주세요!"

"아니, 무슨 일인가."

"의원님! 저는 옆 동리에 이 영감 집 종입니다! 우리 영감마님이 독사한테 물렸습니다요! 그런데 우리 마을 의원은 이 영감님이 죽어간다 해도 올 생각을 안 합니다. 살려 주시오!"

김 의원은 채비를 서둘렀다. 종은 벌써 대문 밖에 나와 발을 동동 구르고 있었다. 그때 인산은 잠에서 깬 부스스한 얼굴로 할아버지를 따라왔다.

"할아바이. 내가 이런 말 한다고 나를 야단치지 마시고 내 말을 들어보시오."

인산은 달구의 죽음 이후로 할아버지와 약조한 것이 생각나 가만히 할아버지의 팔을 잡았다.

"응?"

"할아바이. 그 영감을 살리고 싶다면 황태 다섯 마리를 가지고 가시오."

"황태? 북어 말이냐?"

"그렇소. 황태 말이오."

할아버지는 발걸음을 주춤하더니 손을 저어대고 이 영감 종을 따라 나섰다.

"할아바이!"

인산의 부름에도 할아버지는 종종걸음으로 사라지자 인산은 이내 부엌으로 달려가 대롱대롱 매달려 있는 황태 다섯 마리를 꺼내었다. 그리고 곧장 할아버지의 뒤를 따랐다. 그러나 일곱 살 난 소년의 달음질에 할아버지는 멀기만 하다.

"할아바이!"

인산이 숨을 몰아쉬며 재차 부르자 할아버지가 돌아보았다. 워낙에 작은 아이라 황태들이 하늘로 대가리를 쳐들고 따라오는 것처럼 보였다. 할아버지는 그제야 인산에게 성큼 다가와 황태를 받아 들었다.

"이걸 고아 먹여야 하오. 사람 속에 들어간 독에는 황태 국물이 들어가야 중화된다는 말이오."

인산은 숨을 몰아쉬며 할아버지를 쳐다보았다. 할아버지는 인산의 얼굴이 무엇을 말하는지는 알 수 없어도 필시 뭔가를 알고 말한다고 판단했다.

"아무튼 한시가 바쁘니 어서 가자."

할아버지는 황태를 받아 들고 인산의 손을 잡고 이 영감 집으로 향했다.

건너 마을에서 최고의 갑부라는 이 영감의 집 앞에 들어서자 인산은 입을 벌리고 대문을 쳐다보았다. 으리으리하다는 말은 이런 집을 두고 하는 모양이다. 이 영감의 종이 대문을 열고 허리를 굽실거릴 때까지 인산은 할아버지 뒤에서 높이 솟은 지붕을 쳐다보았다.

"마님! 김 의원님 모시고 왔습니다!"

그가 소리치며 달려 들어갔다. 이 씨 부인이 안방에서 버선발로 나와 허리를 굽실거렸다.

"아이고, 의원님! 살려주시라요! 우리 영감이 다 죽게 생겼수다. 지금 얼굴이 퉁퉁 부어 콧구멍만 보인다오!"

이 씨 부인이 넙죽 절하며 곧장 그의 팔을 잡고 안으로 끌었다. 인산은 그 앞에 서 있다가 숨을 몰아쉬는 종을 쳐다보았다.

"부엌이 어디요?"

어린 꼬마가 묻자 종은 힐끔 그를 쳐다보았다.

"뭐이?"

"부엌이 어디냐고 묻지 않았소."

"뒷간도 아니고 부엌은 뭣 하러 묻간?"

"영감을 살리고 싶거든 부엌부터 안내 하시요."

인산을 쳐다보던 종은 입을 씰룩거리며 손짓으로 따라오라고 했다. 인산은 마루턱에 놓은 황태를 안고 따라 들어갔다. 부엌에 들어서자마자 그는 펄펄 끓고 있는 가마솥을 쳐다보았다. 그리고 옆에 있는 다듬이 방망이로 황태를 빻기 시작했다.

"뭐하는 거이가?"

"할아바이가 시키는 대로 하는 거니 아무 말도 하지 마시오."

그 말에 종은 인산을 쳐다보다 다가왔다.

"그 팔뚝으로 어찌 다 빻을 테냐. 줘라."

종이 인산의 손에서 방망이를 받아 힘차게 두들겨댔다. 인산은 황태가 으깨어지는 대로 솥에 넣었다.

방안에 들어선 할아버지는 미간에 깊은 주름을 만들었다. 이 영감은 발끝부터 얼굴까지 뱀독에 퉁퉁 부어올라 숨도 제대로 쉬지 못하고 있었다.

"김 의원님이 명의라는 것은 익히 들어 알고 있습니다. 그러니 살릴 수 있는 건 당연하지요? 그렇지요?"

이 씨 부인이 영감 한 번, 김 의원 한 번 쳐다보며 훌쩍거렸다. 김 의원은 이 영감 이마에 손을 올려 보았다. 고열이 심했다. 이영감은 끙끙 앓는 소리조차 내지 못하며 숨을 헐떡이고 있었다.

-어찌한다……. 손을 쓸 수도 없게 되었구나. 이대로 두면 삼십 분도 채 안되어 숨이 끊어질 것이다.

"의원님, 어찌 아무 조치도 취하지 않습니까?"

이 씨 부인이 답답한 듯 언성을 높였다. 그 때 인산이 문을 열고 들어왔다.

"할아바이. 가지고 왔소."

할아버지는 의아한 표정으로 뒤를 돌아보았다.

"어서 먹이시라요."

인산은 사기그릇에 담은 뜨거운 황태 국물을 할아버지 앞에 놓았다.

"그게 뭡니까?"

이 씨 부인이 그릇을 쳐다보았다. 그릇 안에는 황태부스러기가 둥둥 떠 있었는데 그것을 쳐다보던 이 씨 부인의 얼굴에는 노기가 서려왔다.

"아니! 이 양반이! 뱀독을 풀어 달라 했더니 무슨 명태국을 먹이려 합니까? 우리 영감이 술병이 났소?"

인산이 이 씨 부인을 쳐다보았다.

"영감님 죽이려 거든 우리 할아바이를 내치고 살리고 싶거든 할아바이가 시키는 대로 하시요."

어리지만 인산의 매서운 말투에 이 씨 부인은 멈칫했다. 할아버지는 인산이 건네준 황태국을 받아 든 채 멍하니 그들을 쳐다보다 이내 이 영감의 입에 한 술 넣어 주었다. 옆에 있던 인산은 얼른 이 영감 옆으로 가서 그의 머리를 들어주었다.

이영감은 그게 무엇인지도 모르면서 꿀떡꿀떡 받아 넘겼다. 한 그릇이 다 비워지자 인산은 빈 그릇을 들고 다시 부엌으로 달려갔다. 푹 고아져 뿌옇게 된 황태를 쳐다보던 그는 다시 사발에 담기 시작했다. 그 모습에 찬모가 인산을 거들었다.

"아가야. 내가 떠주마. 데이겠소."

"고맙소, 아주마이. 듬뿍 뜨시고 그대로 계속 끓이되 물이 쫄아 붙는다 하여 찬물을 넣으면 안 되니 그대로 끓이기만 하시라요."

"쫄아도 물을 넣지 말라고?"

"이미 끓는 물에 찬물을 넣으면 그거이 먼저 들어와 끓고 있는 물들과 막 들어온 찬물이 싸움을 한다오. 그렇게 되면 약성(藥性)이 적지 않게 떨어진다하오."

인산은 마치 할아버지가 일러 준 것처럼 둘러대며 황태국을 받아 들었다. 그가 다시 안방 문을 열자 이 영감의 숨결은 한결 나아진 듯 해보였다. 인산은 황태국을 할아버지 앞에 놓았고 할아버지는 인산을 바라보며 그것을 받았다. 두 그릇 째 비워지자 이 영감은 안정된 호흡을 하며 코를 씰룩거리기 시작했다. 그 모습에 이 씨 부인은 안도의 한 숨을 쉬며 이내 김 의원에게 미안한 기색을 보였다.

"거참, 의원님은 과연 명의십니다. 무식한 제가 떠들어 대서 면목이 없습니다……."

"붓기가 가라앉을 때까지 계속 먹으라 일러주시오. 그럼 완쾌 된다 하시오."

인산은 할아버지의 귀에 대고 속삭였다.

"음."

할아버지는 헛기침을 하며 이 씨 부인을 쳐다보았다.

"황태를 계속 고아 먹이시오. 그럼 완쾌될 거요."

"아이고, 예, 의원님이 시키는 대로 뭐든 다 하겠습니다."

"아아……."

그 때 이영감이 신음소리를 내며 눈을 떴다. 그러자 이 씨 부인은 이내 호들갑을 떨기 시작했다.

"아이고! 영감! 이제 정신이 드오? 나를 알아보겠소?"

이영감은 눈을 껌뻑껌뻑 거렸다.

"아이고!"

이 씨 부인은 이 영감의 가슴팍에 머리를 대고 울기 시작했다. 인산은 다시 일어나 부엌으로 달려갔다.

네 그릇째 황태국을 먹일 때 이영감은 자리에서 일어나 앉았다. 그의 얼굴에는 화색이 돌았고 호흡도 보통사람처럼 쉬기 시작했다.

"영감 이제 살았소! 살았소!"

이 씨 부인은 철퍼덕 주저앉으며 활짝 웃어보였다.

"응, 그래, 그래."

이 영감이 김 의원을 쳐다보며 배시시 웃어보였다.

"고맙소, 의원. 우리 동네 의원들 보다 훨씬 훌륭한 명의로다."

인산은 할아버지와 손을 잡고 집으로 돌아오는 길에 팔을 휘적휘적하며 하늘을 쳐다보았다. 할아버지는 그 장단에 고개를 까딱까딱 해주었다.

"할아바이. 할아바이한테는 내가 비밀을 말해줘도 된다 하지 않았소?"

"응, 그래."

"할아바이. 그 이 영감은 아주 악한 자요."

"응? 이 영감이?"

"악하오. 그래 자식이 병에 걸린 거요. 그렇다고 천치로 태어난 것은 아니지만 어릴 때 열이 많이 올랐는데 그걸 억지로 열을 식힌다고 찬물로 다스려 머리에 병이 들은 거요. 그래 천치가 된 거요. 언제 한 번 물어보시라요. 그 집 아들 중에 천치가 있나 하고."

할아버지는 온몸의 핏기가 싸늘해지는 느낌을 받았다. 그의 말이 사실이었기 때문이다. 이 영감의 장남은 어렸을 적에 심한 고열을 앓아 바보가 되었다는 말을 들었다. 그렇지만 왜 그렇게 되었는지, 무엇 때문인지는 알 수 가 없었다.

"그걸 어찌 아느냐?"

"어찌 알게 되었냐는 묻지 마시오. 그걸 알면 또 내 볼기를 칠 테니. 하하!"

인산이 할아버지를 보며 웃었다.

"그런데 운룡아. 황태로 독을 다스리는 것은 어찌 알았느냐. 내 볼기는 치지 않으마."

"그거요? 음……그건 황태가 뱀독을 이기기 때문인데 황태가 왜 독을 이기냐면……."

인산은 거기서 말문을 닫았다. 할아버지는 인산을 다시 쳐다보았다.

"왜?"

"할아바이. 작년에 무지개가 나한테 사람을 살리는 길을 보여주었다 하지 않았소?"

"그랬지."

"그게 무엇이냐면, 뱀은 사화독(巳火毒)이잖소."

"그래, 독은 불이지."

"그런데 황태는 해자수정(亥子水精)을 가지고 있어요."

할아버지는 인산을 가만히 쳐다보았다.

"물은 불을 이기고 돼지는 뱀에 물려도 죽지 않잖아요. 그러니 독사의 독이 북어의 기운을 만나면 독이 없어지는 거야요."

"그냥 황태에 말이냐?"

"그건 아니야요. 동해에서 잡은 명태가 가장 좋소. 동지 지나 말린 명태에 우리나라 공기와 햇살이 녹였다 얼렸다를 반복해서 약 기운이 더 세지거든요. 동해에서 말이오. 우리나라 명태는 독에는 다 좋을 거요."

할아버지는 흠, 하는 소리를 내며 고개를 갸웃해보였다.

"운룡이 너는 그걸 어찌 알았느냐?"

"세상은 모두 우주 자연의 법칙대로 돌아가는 거요."

할아버지는 너털웃음을 보였다. 그의 말투가 꼭 노인 같아서다.

"어, 진짜요. 할아바이."

"그래, 그런데 그걸로 사람을 고치는 것은 어찌 알았느냐?"

"태생이 이런 것을 내가 뭐라 해야 하겠소, 할아바이……. 나는 이것을 위해 태어난 운명 같소."

인산은 그 말을 내뱉으며 너무나 외롭다는 것을 실감했다. 외롭다. 누가 알아줄까. 귀신이 붙은 아이. 이상한 아이. 좋게 말해주면 신동. 그런 표현 밖에 못하는 사람들에게 둘러싸여 있는 이 세상에서 누가 나를 알아줄까. 그 표정을 읽은 할아버지가 인산의 머리를 가만히 쓰다듬었다.

"운룡아."

인산이 할아버지를 쳐다보았다.

"너무나 뛰어난 사람을 보고 세상 사람들은 미친 사람이라고 부르기도 한다. 그러나 죽어가는 사람을 살려야 하는 것이 네 운명이라면 평생을 미친 사람처럼 살아야 할지도 모른다."

 그랬다. 인산은 백년 앞을 내다보아 이후로 수많은 사람들에게 미친 사람 취급을 받으며 한 평생을 괴롭게 살다가는 비참한 사람이 되어버렸다.

■　　■　　■

 이 영감은 닷새 후 김 의원에게 종을 보내어 김 의원을 저녁식사에 초대했다. 종이 김 의원 앞에서 벙긋벙긋 자초지종을 말하는 동안에도 김 의원은 손을 저어대고 가지 않겠노라 했지만 종은 마당에 벌렁 누워 가실 때까지 기다리겠다고 했다. 어찌 보면 무례한 행동이지만 김 의원은 그 중심에 이 영감의 마음이 있다고 생각하여 인산과 함께 이 영감 집으로 두 번째 방문을 했다.

 이 영감은 화색이 돌다 못해 벌개진 얼굴로 마당까지 달려 나와 김 의원의 손을 덥석 잡았다. 왜놈처럼 콧수염을 옆으로 길게 뽑은 것하고 기름이 번들거릴 정도로 앞 가리마를 해서 붙인 머리 꼴이 우스워 인산은 고개를 숙이고 웃음을 참았다.

 "하이고! 의원님! 제가 찾아뵈어야 하지만 상을 들고 찾아 갈 수 없어 이리했소"

 인산은 미간을 찌푸렸다. 할아버지를 불러 밥 한 끼 먹이는 것이 돈이나 비단이 사례로 나가는 것보다 훨씬 싸게 먹힌다는 판단에 이루어진 것을 알고 있었기 때문이다. 그래도 할아버지는 연신 고개를 끄덕이며 불러주셔서 고맙다는 말만 했다.
"그 아이는 손자입니까?"
이 영감이 인산을 쳐다보았다.
"김운룡입니다."
인산이 고개를 숙였다. 이 영감은 인산을 보며 고개를 끄덕였다.
"우리 가회랑 비슷한 또래 같은데 여간 영특한 눈빛이 아니구만! 몇 살이니?"
"올해 여덟 살이오."
인산의 대답에 이 영감은 크게 웃었다.
"우리 가회랑 동갑이구나야!"
이 씨 부인 뒤에 서있던 곱게 생긴 소녀 하나가 인산을 힐끔 쳐다보았다.
"이리 오라우. 인사드려야지."
이 영감이 가회에게 손짓을 하자 가회는 허리를 굽혀 인사를 했다.
"이가회입니다."
"우리 손녀딸이오. 하하!"

"재미없다."
인산이 저녁 식사 중에 살짝 빠져나와 마루턱에 앉아 중얼거렸다. 이 영감은 말이 초대지 줄줄이 자기 자랑에, 떠들어대는 통에 밥을 먹으라고 불렀는지 자기 얘기들으라고 불렀는지 분간이 안 갔다.
"그래, 사람은 운 때라는 게 있어서리 그거이 딱 맞아 떨어져야 이 팔자가 피는기라."

"옳습니다. 영감."

이 씨 부인도 거들었다.

"고저 운 때라는 게 안 맞으면 그거처럼 비참한 것도 없거든. 그렇지 않소 김 의원."

김 의원은 그저 가만히 웃음으로 고개를 끄덕여 주었다. 그걸 어찌 부정할까. 김 의원의 아들. 그러니까 인산의 아버지 김경삼은 1910년 순종황제로부터 통천군수로 발령을 받았는데 하필 그 해에 한일합방이 이루어져 부임하지 못한 사연이 있었다. 어른들이 그러한 이야기를 하는 중에 이 영감의 손녀 가회는 인산의 빈자리를 바라보았다. 동갑내기지만 의젓하게 앉아 어른들 말씀에 귀를 기울일 줄도 알고 자리를 피할 줄도 아는 그가 괜히 마음에 들었다. 가회는 한동안 인산이 자리로 돌아오지 않자 슬쩍 자리에서 일어나 인산을 찾아보기로 했다.

"어디 가는 게냐?"

가회의 손목을 잡으며 이 씨 부인이 묻자 가회는 귀엣말로 속닥였다. 이 씨 부인은 고개를 끄덕하고 가회를 내보냈다.

"우리 가회는 계집아이지만 사내아이 열 안 부럽소."

이 씨 부인은 가회가 나가자마자 이번에는 손녀 자랑을 늘어 놓았다. 이 씨 부부의 아들이 어릴 적에 병을 앓아 팔푼이 꼴이 되자 총각 귀신 모면하기 위해서 장가를 보냈는데 말만 양반이지 입에 겨우 풀칠하여 사는 가문의 딸을 데리고 와 혼인을 시켰다. 그 규수 또한 자기 하나 희생하여 집안을 먹여 살린다는 일념 하나로 용케 버텨주어 아이를 낳았는데 그가 바로 가회다. 아이가 옹알이를 할 무렵부터 집안사람들은 내내 신경이 곤두서 있었다. 이 아이마저 바보가 되는 것이 아닌가 하는 노파심에서였다. 하지만 가회는 건강하게 자라 주었고 제 어미를 닮아 머리도 영특하였다. 방에서 혼자 지내는 아버지에게 말벗도 되어주고 어머니에게는 좋은 말벗도 되어주는 아주 착한 소녀였다. 그러나 가회의 어머니는 재작년에 숨을 거두었다.

"너는 여기서 무엇 하니?"

가회가 인산의 뒤에 서서 물었다. 인산이 돌아보았다. 가회는 인산 옆에 가만히 앉았다. 둘은 한동안 말이 없었다. 들리는 소리라고는 이 영감의 억센 평안도 사투리와 옳소, 옳소 하며 장단을 맞추는 이씨 부인의 목소리뿐이었다. 그 소리에 가회가 인상을 살짝 찌푸렸다.

"따분하지? 우리 할마이 할아바이는 사람들을 부르면 저리도 당신들 이야기만 하신다."

그래도 인산이 아무 말이 없자 가회는 조금 더 바짝 다가와 앉았다.

"뒤뜰에 내가 오리새끼들을 키우는데 볼 테냐?"

"오리?"

인산이 가회를 쳐다보았다. 가회는 인산이 반응을 보이자 활짝 웃어 보이며 고개를 끄덕였다.

"어미는 어디 갔는지 모르겠고 알에서 막 깨어났을 때 내가 옆에 있었다. 그런데 오리들이 내가 지 어민 줄 알고 쫓아다닌다. 그래서 뒤뜰에서 키우고 있다."

"각인이다."

"응?"

"그런걸 보고 각인이라고 한다."

"처음 듣는다. 그런 말은. 하여간 가보자."

가회가 신발을 신으며 앞장섰다. 인산도 그 뒤를 따라 뒤뜰로 갔다.

오리들은 가회가 나타나자 갑자기 빽빽거리며 가회에게 날개를 펴며 뒤뚱거리며 뛰어왔다.

"저보라. 저리도 나를 반긴다."

가회는 금세 예닐곱 마리의 오리들에 둘러싸였다. 가회는 그 중에 한 마리를 골라 품에 안았다. 그리고 오리 주둥이에 코를 댔다.

"이 녀석은 제일 힘도 없고 약하다. 모이를 줘도 늘 빼앗기고. 꼭 우리 아바이 같아서 마음이 아프다."

쪼그리고 앉은 가회는 벌써 눈가가 불그스름해졌다. 인산은 가회를 힐끔 쳐다보았다. 안쓰럽다는 생각이 들었다. 가회 옆에 옹기종기 모여 있는 오리들이 어느 새 인산의 발치에 모여들었다. 그러자 가회는 고개를 갸우뚱하며 인산을 쳐다보았다.

"이상하다. 이 오리들은 다른 사람들한테는 도통 안 가는데."

오리들이 인산의 발 주변에서 뒤뚱거리며 서성이는 것을 보던 가회는 빙긋 웃어보였다. 인산은 그중 오리 하나를 들어 올려 가만히 안았다. 그리고 가회처럼 오리의 입에 코를 대고는 빙긋 웃었다. 가회가 웃었다. 순간 인산과 가회는 눈이 마주쳤고 인산은 이내 오리를 바닥에 내려놓았다.

"그만 갈 테다."

인산이 일어섰다.

"벌써?"
가회가 오리를 내려놓으며 인산을 쳐다보았다.
"할아바이가 기다린다."
인산이 뜰을 가로질러 걸을 때 가회가 인산의 옆에 다가왔다.
"얘, 운룡아."
"응."
인산이 돌아보았다.
"나는 이 마을에서 친구 하나 없다. 네 할아바이께서 여기 오실 때마다 네가 함께 온다면 내가 덜 쓸쓸할 것 같다."
"왜 동무가 없냐?"
"……"
가회는 그 말에 짧은 한숨을 폭 쉬었다. 인산은 그 이유를 알고 있으면서도 시치미를 떼고는 뒷짐을 지고 뜰을 나갔다. 가회는 인산의 뒷모습을 쳐다보았다.
"할아바이가 가자고 하면 오마."
인산이 흘리듯 하는 말에 가회는 다시 활짝 웃었다. 가회가 인산의 뒤를 따르자 오리들도 날개를 펴며 가회의 뒤를 허둥지둥 따라 걸었다. 가회는 생각난 듯 돌아서서 오리 하나를 품에 안고 인산을 따랐다.
"얘, 내가 한 마리 주마."
인산이 돌아보았다.
"오리를?"
"받으라."

그러나 인산은 오리를 쳐다보고만 있었다.
"어서 받으라."
"하지만 이 오리는 네가 어마인줄 알지 않나."
"네가 기르면 네가 어마인줄 알거다. 어서 받으라."
인산은 다시 가만히 오리를 쳐다보다 조심스레 받아들었다. 오리는 불안한 듯 한쪽 날개를 펴며 중심을 잡았다.
"잘 키우라."
가회가 살짝 웃었다. 인산은 가회의 보조개를 바라보며 고개를 끄덕였다.
"그 오리는 어디서 난 게냐?"
돌아오는 길에 할아버지가 인산에게 물었다.
"그 이 씨 손녀가 주었소."
인산은 품에 안은 오리를 쳐다보다가 다시 입을 열었다.
"할아바이. 그 아이는 마음에 병이 있소. 돌처럼. 마음이 굳고."
"음……"
인산은 슬쩍 할아버지의 눈치를 살피다가 이내 말머리를 돌렸다.
"그 집 음식은 달기만 하오."

그날 이후 이 영감은 몸에 조금이라도 이상한 기운을 느끼면 김 의원을 불렀고 김 의원은 인산을 데리고 이 영감에게 향했다. 그렇다고 해서 아플 때만 방문 한 것은 아니다. 워낙에 박학다식한 김 의원의 이야기를 듣고 그게 마치 제 것인 냥 다른 이에게 떠들어대는 것을 좋아하던 이 영감이라 틈만 나면 김 의원을 불러다가 고사

성어에, 시에, 돌아가는 정세까지 죄다 뱉어 내게 하여 흡족한 얼굴로 대문 앞에 나와 손까지 흔들어 주었다.
　어른들이 긴 시간 이야기를 나누는 동안에 가회는 인산과 어울려 놀기를 좋아했다. 가회는 인산에게 자기가 그린 그림을 보여주기도 했는데 그 그림 아래에 인산이 붓글씨로 한 토막의 시라도 써주면 가회는 그 그림을 들고 좋아 어쩔 줄 몰라 했다.
　"운룡이 너는 못 하는거이 없구나. 글을 참 잘 쓰는구나."
　가회가 아직 채 마르지도 않은 종이를 들어 후후 불어댔다. 그 사이 인산은 가회의 방을 휘하고 돌아보았다. 그러다 벽과 문 사이에서 인산은 가만히 시선을 고정시켰다.
　"거문고."
　인산은 중얼거렸다.
　"응?"
　"거문고다."
　그 말에 가회는 고개를 돌려 병풍 옆에 있는 거문고를 쳐다보았다.
　"응, 할마이가 내게 준거다."
　"우리 할아바이도 거문고를 잘 다룬다."
　"그래? 할아바이가?"
　인산이 고개를 끄덕였다.
　"이전에 살던 마을에서는 할아바이의 거문고를 듣기 위해 많은 사람들이 찾아 왔었다. 시도 읊고 학문도 이야기하고."
　"그렇구나. 그런데 나는 거문고는 켤 줄 모른다. 그냥 저리 두는 거다."

그리고 서로 아무 말도 하지 않았다. 가회가 다리를 바꿔 앉느라 치마에서 사락하는 소리를 내었다. 그리고 다시 침묵이 흘렀다. 그 때 가회가 생각이 났다는 듯이 반쯤 일어났다.
"찬모한테 다과 좀 내어 오라 하자."
"아니다. 아까 많이 먹어서 생각이 없다."
인산은 제법 어른스럽게 손을 가볍게 저어대며 일어섰다.
"갈 테다."
가회는 별안간 인산이 어른들의 이야기가 무료해 어쩔 수 없이 자기와 어울리는 것일지도 모른다는 생각을 했다. 만약 그렇다면 정말 슬플 것이다.
-이게 무슨 마음일까.
가회는 별안간 가슴을 누르며 인산을 쳐다보았다. 뒷마당을 휘적거리고 걷는 인산을 쳐다보자니 그 마음이 저려왔다.

몇 달이 지나 가회의 생일날에 인산을 초대했다. 할아버지의 말에 인산은 안 가겠노라고 했다.
"왜 그러냐."
할아버지가 인산을 가만히 쳐다보았다. 인산은 머뭇거리며 시선을 돌렸다.
"이제 그 집에는 가기 싫어졌소."
할아버지는 고개를 갸웃해보였다.
"그렇게 가회와 가까이 지내더니 별안간 왜 그러는 거이냐."
인산은 아무 말도 하지 않고 할아버지에게 고개를 꾸벅하더니 방으로 들어갔다. 방으로 돌아온 인산은 어른처럼 팔깍지를 끼고 짧은 한숨을 쉬었다.

그가 가회의 집에 가지 않겠다고 한 것은 가회가 준 오리를 찬모가 잡았기 때문이다. 오리를 데리고 와서 넉 달이 조금 넘어서의 일이다. 인산의 모친이 심한 몸살에 기침으로 앓아눕게 되었을 때 찬모가 모친의 몸을 보양한답시고 인산의 오리를 잡은 것이다. 저녁상에 어머니에게 올리고 난 나머지가 국으로 되어 밥상에 올라왔을 때만 해도 인산은 그것이 닭인 줄 알았다. 두어 수저를 들었을 무렵에 오리 고기가 어쩌고 하는 찬모의 말에 인산은 입을 틀어막고 밖으로 뛰어 나가버렸다. 인산의 머릿속에는 찬모의 억센 손에 잡혀 꽥꽥 우는 그 오리의 소리가 들리는 듯 했다. 날개를 퍼덕이며 머리를 이리저리 흔들어 대다가 그리고 목이 비틀려 죽었을 것이다. 인산은 얼굴을 감싸고 울어버렸다.

-바보다. 오늘 왜 뒤뚱이가 뜰에서 나를 반겨주지 않았을 때 찾아 나서지 않았을까. 그때 내가 뒤뚱이를 찾으러 갔더라면, 그랬더라면 살아있을 텐데.

인산은 주저앉아 소리를 내어 울어버렸다. 한참을 울고 다시 들어갔을 때 어머니의 방 앞에는 쟁반에 담긴 빈 그릇이 보였다. 그러나 어머니도 국에는 손을 대지 않았다.

인산은 그 일 이후 할아버지와 이 영감 집에 갔다. 늘 하던 대로 가회는 오리는 잘 크더냐 하고 물었다. 인산은 그 말에 어쩔 줄 몰라 머뭇거렸다. 뭐라고 해야 할까. 네가 준 오리는 우리 집 찬모가 잡았다고 말을 하면 가회는 어떻게 할까. 그냥 잘 있다고 해야 할까. 짧은 시간 동안 인산의 머리는 혼란스러웠다. 그러나 가회는 그 질문에는 아무런 의미도 없었다는 듯 이내 인산의 팔을 잡아끌며 마당에 핀 꽃을 보여 주겠다고 했다. 인산은 가회가 잡은 팔을 슬쩍 잡아 빼며 따라 걸었다. 그날은 하루 종일 마음이 무거웠다. 다시는 그러한 마음으로 가회를 보고 싶지 않았다. 오리는 잘 크더냐 하고 물을 때마다 '잘 큰다. 나를 따른다' 하고 대답해 주었지만 이제는 거짓말을 해야 할지 아니면 바른대로 말을 해야 할지 몰라 할아버지가 이 영감의 진맥을 보러 간다 할 때 오늘은 가지 않겠소 하고 말했다.

가회는 그날 인산의 할아버지가 돌아갈 때까지 대문 앞에서 인산을 기다렸다. 그렇게 몇 달의 시간이 흘러버린 것이다.

인산은 할아버지의 기척이 아직 남아있는 마당에 시선을 두더니 이내 벌렁 누워 버렸다.

■　　■　　■

"이쪽으로 들이라."
"예, 어르신."
일꾼들은 할아버지가 가리키는 방향으로 수 십 그루의 대나무를 어깨에 짊어지고 뒤뜰로 들어갔다.
"이건 어디에 놓을까요."

소금 포대를 허리에 끙끙 짊어진 일꾼들이 할아버지를 쳐다보았다.
"저리로."
할아버지는 대나무를 세워놓는 일꾼을 향해 손을 펼쳤다.
인산은 아우에게 글공부를 가르치다가 뒤뜰에서 나는 소리에 문을 열고 내다보았다. 일꾼들은 할아버지의 명령에 따라 이리저리 바쁘게 움직여댔다. 처음 보는 새로운 일에 인산은 호기심이 발동했다.
"형님아, 나 이제 글 그만 읽고 싶소."
인산은 아우의 말에 고개를 가로 저었다. 할아버지가 오늘은 인산에게 글공부를 대신 시키라 했기에 그 약속을 지켜야 했기 때문이다.
"안 된다. 마저 해야 한다. 거 다시 읽어 보라."
아우는 가렵지도 않은 귀를 짜증나는 표정으로 긁더니 다시 입을 벙긋거리며 글을 읽었다. 인산도 마찬가지였다. 아우의 글 읽는 소리보다 뒤뜰에서 나는 소리에 온통 신경이 그리로 쏠려 있었다. 얼마 후 대나무를 자르는 소리가 나더니 여러 사람들이 왁자지껄 떠들어대며 움직이는 소리가 들렸다.
"형님아! 형님아!"
아우가 인산의 코앞에서 큰소리로 불렀다. 인산은 그제야 아우를 쳐다보았다.
"다 읽었다 했는데 왜 그러고 있는 거야?"
아우는 눈시울까지 붉히며 코를 벌름 거렸다. 인산은 그 모습에 웃음이 나와 아우의 책을 덮어 주었다.
"그래. 오늘은 이쯤 하자. 나도 할아바이한테 가볼 테니."
"그러지 말고 나랑 놀자!"

인산은 아우의 말을 못 들은 척하고 뒤뜰로 뛰어나갔다. 혼자 방 안에 남은 아우는 입을 쭉 내밀며 벌렁 누워버렸다.

"이게 무슨 냄새요? 아이 역해라."
인산은 할아버지가 있는 뒤뜰로 다가오며 코를 감싸 쥐었다. 할아버지는 장작불에 소금을 굽고 있었다. 그는 인산의 목소리에 불쏘시개로 아궁이 속의 장작을 꺼내다 뒤를 돌아보았다.
"이게 냄새는 역해도 약이 된다. 약이."
"그건 대나무가 아니오?"
"그래, 소금을 넣은 대나무다. 이렇게 한두 번 구우면 양치질에도 좋고 눈병에 눈도 낫고 소화가 안 될 때 먹으면 쑥 내려가느니라."
인산은 코를 감싸 쥔 채 할아버지 옆에 쪼그리고 앉아 꺼져가는 불을 가만히 들여다보았다.
"왜 대나무에 굽나요?"
"그건 바닷물에 있는 불순물을 제거해서 약으로 쓰니 그렇다. 그냥 쓰면 소금은 독이 될 수 있거든. 볼 테냐."
할아버지는 이미 구워진 소금을 꺼냈다. 그리고 손바닥만한 도끼로 그 대통을 가볍게 두들겼다. 쩍 하고 소리가 나더니 대나무 속에서는 김이 모락모락 나는 소금이 나왔다.
"고약한 냄새다."
인산이 다시 코를 쥐었다.
"원래 몸에 좋은 약은 입에 쓴 법이라 하지 않았느냐."
"그렇지 않소, 할아바이."

인산이 할아버지를 돌아보았다.
"두 번을 굽는 게 아니라 아홉 번을 구워야 약이 되오."
"응? 왜 하필 아홉 번이냐."
"한방 최고의 수, 완전하다는 소리와 아홉이라는 발음이 같은 것은 건 필시 이유가 있기 때문이오. 또 이렇게 구우면 냄새가 역겨워 쓸 수도 없소."
인산은 아직 따뜻한 소금을 맛보았다. 그리고 얼굴을 찡그렸다.
"할아바이. 이걸로는 약을 할 수 없소."
"운룡아. 이건 조상 대대로 해오던 방법이야. 그걸 부정하는 게냐."
"부정하는 게 아니라 더 나은 방법으로 후손에게 물려주어야 한다고 생각하오. 불은 독을 없애긴 하나 소금에 있는 일부 특정 물질의 독성은 보통의 불만 갖고는 없어지지 않소. 더 센 불이 들어가야 하오."
"음……."
할아버지는 인산을 가만히 쳐다보았다. 독에 관한 것이라면 할아버지는 인산에게 자문을 구할 정도로 그는 독을 다루는데 능했다. 작년 인산이 여덟 살 때 부족증(폐병)환자에게 까치독사를 잡아다가 그의 엄지손가락을 물게 한 적이 있었다. 마을에서는 난리가 났지만 어찌된 게 그 집에서는 온갖 음식을 싸들고 김 의원에게 찾아왔다. 환자의 혈색이 좋아지고 거동도 할 수 있다는 말에 할아버지는 멍하니 서있었다.
"독은 독으로 다스려야 하오. 하지만 지혜가 없으면 소용없소."
까치독사를 쓴 이유를 묻자 그가 대답한 말이다.

그런데 오늘 인산이 또 그와 비슷한 말을 한다. 할아버지는 대나무 옆의 커다란 돌 위에 앉아 인산에게 가까이 오라고 손짓을 했다. 인산은 할아버지 앞에 가며 소금을 한 움큼 더 쥐었다.

"독은 독으로 다스려야 한다는 말이지?"

"예. 그러나 그보다 더 센 독으로 조금씩 없애야 하오."

"그래, 소금의 독은 뭘로 없애지?"

"할아바이. 소금 자체는 아주 좋은 것이잖소. 특히 우리나라 천일염은 백두산 산꼭대기부터 좋은 공기와 햇빛을 쐬고 흘러온 감로정(甘露精)의 시냇물과 좋은 땅을 훑고 강을 타고 바다로 들어간 것이기 때문에 이 세상 어느 나라의 소금보다도 훌륭하오. 백두산의 정기는 괜히 훌륭하다 하는 거이 아니오. 그래 그걸 알고 왜놈들이 우리나라 좋은 산마다 말뚝을 박고 맥을 끊으려 하지 않소?"

할아버지는 별안간 주위를 살펴보며 인산의 입을 막았다. 인산도 할아버지와 같이 눈동자를 굴리며 주위를 쳐다보았다. 주위가 조용하자 할아버지는 가슴을 쓸어내리며 손가락으로 입을 가리켰다.

"제발, 입 조심 좀 하거라."

인산은 빙긋 웃으며 어깨를 으쓱해 보였다.

"알았소. 내 주의할 테니……. 하하."

할아버지는 고개를 끄덕끄덕하며 계속 이야기를 하라 손짓했다.

"그 좋은 소금이 그냥 좋게, 좋게 바다에 있으면 좋겠지만 물이 땅을 이리저리 쓸고 지나가면서 더러운 것도 함께 쓸고 가니 바다는 깨끗하면서도 더러운 것들이 가득하오. 그리고 불도 저 정도로는 되지 않소."

인산이 장작을 가리켰다.

"훨씬 세야 하오. 뜨겁다 불이 아니고 소금의 독을 해독할 때는 더 높은 온도가 필요하오. 물이 끓는 온도가 다르고 된장이 다르고 기름이 다르듯이 소금도 그러하오."

"얼마나 세야 하느냐."

"음……한 천삼백 도는 넘어야 하오."

"천사백도?"

"천사백도."

"운룡아. 무쇠를 녹이는 온도가 얼마인지 아느냐."

"모르오."

"그건 천육백 도도 안 된다. 그래도 쇠가 펄펄 물처럼 끓지 않느냐."

"그래도 더 세야 하오. 그게 안 되니 다른 것으로 보완해서 그 독소를 없애야 하오."

"다른 것이 어떤 것이냐."

"소나무의 힘이오."

"소나무?"

"소나무를 장작으로 써야 하오. 소나무가 화력을 더해주기 때문이오."

"음."

"송진도 필요하오. 뚜껑처럼 마지막 아홉 번째에 송진으로 덮어야 하오."

"아홉 번이라."

"그러면 독성이 없어지고 완전한 소금이 나올 것이오. 태초의 소금. 조물주가 이 세상을 만들었을 때 생겨났던 소금이오. 그런데 인간이 그리 더럽게 만들었소. 전쟁에 무기에……. 성능이 더 좋은 무기가 나오면 더 심하게 공기와 바닷물은 더럽게 될 거요."

인산은 다시 손바닥에 놓인 소금에 혀를 대 보았다. 그리고 할아버지를 쳐다보았다.

"확실하오. 아직은 불순물이 많으오. 진짜가 되려면 아홉 번을 단련시켜야 하오. 그럼 갈증도 안생기고 불치병자까지 낫게 하는 신비로운 약(神藥)이 될 거요."

"불치병까지 낫는다?"

"할아바이. 소갈증(당뇨)에는 소금을 먹어야 합니까, 못 먹게 해야 합니까?"

"소갈증 환자에게 소금을 먹이면 죽이는 것이다."

인산은 고개를 저었다.

"할아바이. 소갈증 환자한테는 염분이 반드시 필요합니다. 이 소금이 아니고 불순물을 잘 처리한 소금. 정결한 소금 말이오. 뼈가 되는 석회질에는 염분이 절대적으로 필요합니다."

"하지만 소금을 먹여서는 안 된다."

"아닙니다. 그렇게 만들어진 소금은 보통의 소금이 아닌 전혀 다른 성분의……. 그러니까 맛은 짜지만 전혀 다른 어떤 것으로 변형되어 있을 거요. 내 자신 있으니 소갈증 환자에게 이렇게 구운 소금을 먹여 보시라요. 그가 갈증을 느끼나 안 느끼나."

할아버지는 인산의 자신감 있는 목소리에 갈등을 했다. 그렇다고 소갈증 환자에게 소금을 먹인다면, 만일 그것이 잘 못 된다면 그 감당은 어찌 할 것인가.

"할아바이, 그걸 할아바이가 만들어 보시오. 화로를 이렇게 하지 말고……."

인산은 주변을 두리번거리다가 까맣게 탄 숯을 꺼내어 바닥에 그려보았다.

"이렇게 생긴 화로통에."

할아버지는 인산이 그리는 그림을 쳐다보았다. 우물처럼 생긴 통이다. 인산은 그 밑동 부분에 작은 구멍을 그렸다.

"그게 뭐냐."

"바람 구멍이야. 왜 쥐불놀이 할 때도 구멍을 뚫으면 공기가 들어가 훨씬 더 잘 타잖소? 이 구멍이 있으면 공기가 밑에서도 들어가서 온도가 훨씬 높아질 거란 말이야요."

할아버지는 다시 그림을 그리는 인산의 머리를 한참이고 쳐다보았다. 이 아홉 살 난 아이의 머릿속에는 대체 무엇이 들어있는 것일까.

"됐소!"

인산은 손바닥을 탁탁 털며 일어섰다.

"이렇게 하면 오천 도는 아니지만 이보다는 두어 배 가깝게 온도가 올라갈 것이요."

할아버지는 바닥에 그려진 그림을 가만히 들여다보았다.

"쥐불놀이의 방법이라."

"형님아! 쥐불놀이는 나랑 놀자!"

아우의 소리에 인산은 어깨를 으쓱해 보이고 그리로 달려갔다. 할아버지는 인산의 그림을 가만히 쳐다보다가 저만치 서있는 일꾼을 불렀다.

"여 와 보라!"

"예, 어르신."

"요거 요, 무슨 그림인지 알아보겠나?"

"어느 것 말씀이십니까?"

일꾼의 말에 그는 바닥을 손가락으로 톡톡 쳤다. 일꾼들은 일제히 머리를 땅으로 바짝 들이대고는 껌뻑거리며 그림을 쳐다보았다.

"화로통인가요?"

"응, 화로다. 아주 큰 화로를 만들 것인데 주물하는 사람 좀 데리고 왔으면 하네. 내 이것을 만들어 달라고 할 테야."

"거 참 희한하게 생겼구만요. 알아보겠습니다."

일꾼이 일어서자 그는 자그마한 돌멩이를 주어다 그림 주위에 둘러놓았다.

"요, 건드리지 말라!"

그가 손바닥을 털고 일어섰다.

이삼 일 후. 주물제작자가 중국 사람처럼 소매에 손을 넣고 인산의 집에 들어섰다.

인산은 그 사이 종이에 옮겨 그린 그림을 들고 할아버지 옆에 서서 그를 바라보았다.

"어느 것을 만드신다고요?"

"이 큰 화로를 만들어 보려고 합니다."

할아버지가 인산이 든 그림을 그에게 전해 주었다. 종이를 받아든 그는 시야를 찌푸리며 그림을 자세히 살펴보았다.

"음……얼만한 크기로 할까요?"

할아버지는 인산을 쳐다보았다.

"커야 하겠지?"

"크면 많이는 들어갈 수 있으나 온도는 그만큼 떨어질 것이 아니오?"

인산이 할아버지를 바라보았다.

"응. 그렇긴 하겠다."

"내 생각에는 우리 장독대만한 공간이면 될 것 같은데요."

"거, 꼬마가 제법 영특합니다."

할아버지도 따라 웃었다.

"요 아이가 그걸 그렸다오."

"허, 그렇습니까? 거 참 별나구나, 별나."

그가 고개를 설레설레 저어대며 인산을 가만히 쳐다보았다.

"아저씨, 그 화로를 만드는 동안 제가 구경을 해도 되겠습니까?"

"훼방만 놓지 않는다면 뭐. 그런데 꽤나 먼 거린데 올 수 있간?"

"상관없소. 난 걸음도 빠르오."

"하하"

그가 웃었다.

첫날은 할아버지와 주물장에 동행했다. 사오십 대로 보이는 기술자들과 그 밑에서 장작을 넣고 망치로 쇠를 두들기는 젊은 사람들도 꽤 있었다. 용광로와 제법 떨어져 있는 거리에 있었음에도 후끈 달아 오는 열기로 숨통이 막혔다.

"운룡아. 저게 천육백도다. 그런데 너는 오천도를 원하니 그게 얼마나 뜨거운 온도인 줄 알겠느냐?"

"아오. 그러니 그만한 온도가 없을 겁니다. 그래서 천삼백도가 넘는 온도로 아홉 번을 구워야 합니다."

할아버지는 고개를 끄덕였다.

"오늘부터 작업에 들어가면 얼마나 걸릴 것 같소?"

"닷새면 될 것입니다."

그러나 그는 닷새도 길다는 듯 마음이 조급해졌다. 어서 아홉 번 구운 소금을 보고 싶었다.

"할아바이. 그리 마음이 급해져서 어찌 아홉 번이나 기다릴 수 있겠습니까?"

인산이 할아버지의 마음을 읽었다는 듯 소리 내어 웃었.

인산은 주물을 만드는 동안 작업장 귀퉁이에 앉아 구경을 하기도 하고 이것저것 물어보기도 했다. 주물쟁이는 그것이 귀찮다가도 어쩔 때는 너무나도 기이한 것을 물어보는 차에 당황했다.

"그렇지 않소? 이 같은 공기 안에서 요렇게 다른 색깔들의 불길이 올라오는 걸 보면 분명히 이 공기 중에는 뭔가가 있는 것이 틀림없소. 그러니 요기는 붉은 색, 또 요기는 푸른색으로 철이 변하지 않소? 불길을 봐도 그렇소. 이렇게 후 하고 입김을 내면 불길이 금세 다른 색으로 변했다가 돌아오고. 거참 공기 속에는 뭐가 들어있고 뭐랑 섞이기에 불의 색도 바뀌는 것일까요?"

주물쟁이는 인산의 등을 떠밀며 저리 가라는 손짓을 했다. 이제는 영특한 것을 떠나 자기로서는 한 번도 생각지 않은 것들을 줄줄이 내뱉어 대며 곤란하게 만드는 것이 싫어졌다.

"네가 하는 말에 일일이 대답할 정신은 없다. 저기 가서 앉아있던지 해라."

인산은 두어 걸음 밀려난 상태로 화로를 쳐다보다 다시 자리에 앉았다. 사방을 보니 여러 가지 도구들이 흩어져있었다. 그 중에는 버리다 시피 내팽겨져 있는 것도 있었다.

"아주바이."

"또 뭐냐?"

그가 귀찮다는 듯 하던 일을 하며 대답했다.

"저기 저 마당 구석에 있는 도구들은 죄다 버릴 것이오?"

"거 버리긴 왜 버리냐. 쇠는 다시 녹여서 쓰고……. 네가 심심한 모양이구나?"

인산은 고개를 끄덕였다. 그 천진한 표정에 주물쟁이는 문득 자신의 말이나 행동이 야박했다고 느꼈는지 하던 일을 멈추고 몇 가지를 주어 인산에게 다가갔다.

"이것들은 가지고 놀아도 된다. 그래도 조심해야 하느니라."

"고맙소."

인산이 웃었다. 주물쟁이가 다시 뚝딱거리며 일을 시작할 즈음에 인산은 나무 장작더미에 다가가 자기 종아리만한 뭉툭한 나무 하나를 들고 자리에 앉았다. 그리고는 이리저리 살펴보더니 이내 끌로 나무껍질을 긁어댔다. 어린손목에 힘을 잔뜩 주는 바람에 손이 바들 바들 떨려왔다. 그 모습이 하도 귀여워 그를 바라보던 주물쟁이는 웃음을 터뜨렸다. 손놀림을 계속하던 인산은 힐끗 그를 바라보며 하던 일을 계속했다.

"무엇을 만드느냐?"

"모르오. 그저 이렇게 하다가 아무 모양이라도 나오면 그때 생각할 것이오."

주물쟁이는 다시 껄껄 웃더니 이내 하던 일을 다시 시작했다.

인산의 이마에서는 땀방울이 송송 맺히기 시작했다. 그리고 뭔가에 빠져 몰두하는 눈빛이 되었다. 나무는 이내 껍질이 다 벗겨지고 어느새 코끼리 상아처럼 하얀 속살을 드러냈다. 인산은 활짝 웃으며 그것을 이리저리 돌려보며 웃었다.

"재미난다."

요것을 모양내어 작은 방망이라도 만들어야겠다. 방망이는 서서히 굴곡을 나타내며 제법 그럴싸한 모양새를 갖추었다. 그러나 방망이로 만들겠다는 의지와 다르게 한 면을 깎으면 다른 면이 넓어 보이고 다시 넓은 곳을 바로잡으면 다른 편이 좁아지기를 반복해서 결국 아우에게 줄 오뚝이로 둔갑하고 말았다.

"하하. 그래도 마음에 든다."

인산이 이리저리 돌려보며 웃었다.

"운룡아! 할아바이 속이 타서 넘어 갈 뻔 했다. 아직도 여기 있었느냐."

인산이 고개를 돌려 바라보니 할아버지 뒤편의 해가 붉게 물들어 가고 있었다.

"할아바이."

인산이 일어서자 그의 무릎에 수북이 쌓여있던 나무 부스러기 들이 떨어졌다. 그리고 손에 쥔 오뚝이를 들고 할아버지에게 달려갔다.

"그거이 뭐냐."

"내 오늘 이것을 만들어 보았소. 하하."

"솜씨가 제법이로다. 잘 만들었구나."

"내 할아바이를 닮아 손재주가 있는 모양입니다. 이제 더 자라면 거문고도 켜볼테요."

"하하."

할아버지가 너털웃음을 지으며 인산의 손을 잡았다.

■　　　■　　　■

인산은 소학교에 들어가고 보통학교에 들어가자 그야말로 보통 학생들처럼 지냈다. 친구들과 어울려 놀고 시험 때는 공부를 하느라 잠을 설치기도 하며 그렇게 십대 시절을 맞이했다.

그도 그럴 것이 일제의 식민정책이 강화 되어 할아버지는 인산의 특출 난 재능에 노심초사했다. 말도 많이 해서도, 사람을 고쳐서도 안됐다. 하지만 어렸을 때와 마찬가지로 할아버지가 위급한 병자들을 돌보러 갈 때는 처방을 전하기도 했다.

가끔 하교 길에서 이 영감의 손녀 가회와 오다가다 인사도 나누었다. 그럴 때마다 인산의 친구들은 누구냐, 누구냐 하며 인산의 옆 구리를 찌르며 짓궂은 표정으로 가회를 쳐다보았다. 인산은 일없다는 듯 손을 저어댔다. 인산에게만 시선을 두었던 가회는 그럴 때마다 섭섭했다.

"운룡아."
오늘도 가회가 먼저 말을 걸었다. 인산은 친구들과 가다 말고 멈춰 섰다.
"여학교는 재미가 없다."
돌아선 인산에게 가회가 살짝 웃으며 말했다.
"그러냐."
인산이 대답하며 발로는 슬슬 흙을 팠다. 인산의 행동에 짱구와 두꺼비는 고개 짓을 하며 갔다. 두꺼비가 끅끅거리고 웃자 짱구는 그의 머리를 받아버렸다. 인산은 멀어지는 친구들을 보자 마음이 편해지는 것이 미안했다.
"우리 참 오랜 만이다."
"그제도 봤잖냐."
"아니, 이렇게 둘이 있는 거 말이다."
인산은 다시 발로 흙을 비벼댔다. 가회는 인산의 발끝을 가만히 쳐다보다 입을 열었다.
"여학교 선생님은 무섭다. 칼도 차고 있다."
가회가 말문을 열 무렵 인산은 잠시 발장난을 멈췄다. 그러나 다시 어색한 듯 흙을 슬슬 비벼댔다.
"응. 여기도 그렇다."
가회는 잠시 짧은 한숨을 쉬고는 인산을 바라봤다. 봄바람이 흘러나온 가회의 잔머리를 슬쩍 만졌다.

"나한테 화난 거이 있느냐?"

가회가 인산의 표정을 살펴보며 조심스레 물었다. 인산은 가회를 쳐다보았다. 어렸을 적부터 물어보던 질문을 가회가 다시 하기 시작했다. 인산과 눈이 마주친 가회는 약간은 겁을 먹은 눈빛으로 눈썹을 끌어당기고 있었다.

"아니다."

인산은 고개를 돌렸다.

"그래도 참 이상하다……. 나는 네가 나한테 화를 내는 것 같다."

"아니다."

인산은 다시 말했다.

"그런데 왜 나를 피하고 또……."

가회는 별안간 목이 메여 말문을 닫아버렸다. 인산은 가회를 쳐다보았다. 코끝이 발갛게 된 가회는 고개를 숙이고 있었다. 인산은 순간 멈칫하여 어쩔 줄 몰라 했다.

"나는 지난달에도 기다렸다."

"뭘."

"네가 네 할아바이랑 같이 오나 해서."

인산은 다시 말문을 닫았다.

"전처럼 너와 이야기도 하고 싶은데, 네가 하는 이야기는 죄다 재미있고 신기했다. 그런데 너는 왜……."

가회가 훌쩍거리자 그제야 인산이 가회의 앞으로 다가왔다.

"화난 거 아니다."

가회가 고개를 들었다. 까만 속눈썹이 숨은 눈물에 반짝거렸다. 인산은 다시 고개를 돌렸다.

"네가 준 오리가 죽었다."

가회는 눈을 동그랗게 떴다.

"오리라면 육년 전에 준 그 오리를 말하는 거 아니야?"

인산이 고개를 끄덕였다.

"그게……."

"응."

"그게, 찬모가 잡아버린 거다. 미안하다."

인산은 몸을 돌려 달리기 시작했다. 가회는 입을 반쯤 벌린 채 인산을 바라봤다. 인산은 벌써 저만치 멀어지고 있었다.

인산이 시냇가에 앉았다. 아까 달음질하면서 나뭇가지에 긁힌 발목 언저리가 발갛게 일어났다. 시냇물에 발목을 넣었다. 여름인데도 얼음처럼 차가웠다.

-바보처럼 도망을 치다니.

"어이, 운룡이 여서 뭐하나?"

운룡이 뒤를 돌아보았다. 범현이다.

"너희 학급은 벌써 끝났던데 너는 여기서 뭐하는 거냐? 무슨 안 좋은 일이라도 생긴 거냐?"

범현이 인산의 옆에 앉아 그를 가만히 쳐다보았다.

"아니다."

"너 또 무엇을 본 게냐? 누구에게도 말 못해 또 답답한 거냐?"

"아니다. 그런 건 아니다."

"그래. 만일 그렇다면 나에게라도 이야기해서 속을 풀어라. 네 깊은 것은 나도 알 수 없지만 네가 우울하면 싫다."

"그래. 고맙다."

그러나 둘 다 아무런 말을 하지 않았다. 범현은 별안간 뒤로 벌렁 누웠다.

"우리 학급 아이들이 그 못된 왜놈 학생들한테 당했다. 미친 쪽발이 놈……."

"응. 들었다. 늘 보던 그 패거리겠지."

"여학생들도 수모를 당했다고 하던데."

"그 놈들 손 좀 봐야겠다."

■　　■　　■

인산의 눈에서는 보통 싸움꾼 눈빛이 아닌 살기가 비쳤다. 후쿠다는 잠시 멈칫했다. 그리고 오늘 내가 이놈의 손에 죽을지도 모른다는 공포감이 온몸을 타고 흘렀다. 생각이 그렇게 흐르자 별안간 전신마비라도 온 사람모양 꼼짝 할 수가 없었다.

-대체 이게 뭐란 말인가.

주변에서 친구들의 신음소리와 짱구와 두꺼비 그리고 범현의 기합소리가 아득하게 들려왔다. 그는 인산과 단 둘이 벼랑 끝에 서 있는 느낌마저 들었다. 그 벼랑 끝으로 자기가 떨어질지도 모른다는 공포심에 등줄기에서 땀이 흘렀다. 인산은 아무 말도 하지 않았다.

놈은 작다. 나보다 훨씬 작다. 내 머리 하나 만큼 차이가 난다. 하지만……너무 크다. 정말 거대하다.

그러나 인산의 표정에는 아무런 동요도 없었다. 되레 자신의 동공 넘어 그 무엇을 보는 듯한 표정으로 움직임 없이, 정말은 숨도 쉬지 않는 것처럼 그저 그렇게 자기를 바라보고 있었다. 덩치는 침을 꼴깍 삼켰다.

이미 초죽음이 되어 나자빠져 있는 후쿠다의 패거리는 겨우 눈알만 굴려 그를 쳐다볼 뿐이었다. 간절히 이기거나 무사하기만을 바랄 뿐이었다.

덩치는 기합소리를 내며 인산에게 달려들었다.

"이얍!"

인산은 살짝 덩치 옆으로 빠져 나가며 그의 명치부분을 짧게 쳤다. 순간 숨이 멎더니 안에서 울컥하고 뜨끈한 덩어리가 올라오는 느낌이 들었다. 덩치는 무릎을 꿇었다. 급소를 맞은 것이다. 입 안에 물컹거리는 것이 올라왔다. 손을 펼쳐 그것을 받았다. 핏덩어리다. 채 식지도 않은 핏덩어리에서 나는 비린내가 콧속을 찔렀다.

"……한 번 더 치면 죽는다. 죽을래? ……오늘?"

덩치는 온몸이 부들부들 떨렸다. 정말 오늘 죽을 수도 있다는 생각에 머리가 하얗게 새는 느낌이 들었다. 두꺼비가 다가와 덩치를 한발로 툭 쳤다. 덩치는 그대로 옆으로 꼬꾸라졌다. 인산은 그의 옆에 앉아 물끄러미 내려다보았다.

"또 한 번 내 눈에 띄면 죽는 줄 알아라. 네 목숨 하나 끊는 건……"

인산이 나뭇가지 하나를 손가락으로 부러뜨렸다.

그 때 멀리서 호각 소리가 들려왔다. 누군가가 순사에게 알린 모양이다.

"젠장! 튀자!"

두꺼비가 앞장서서 달렸다. 소년들은 그때부터 뛰기 시작했다. 하지만 두 명의 순사들은 소년들 쫓기를 포기하고 반송장이 된 일본인 학생들을 살펴보느라 허둥댈 뿐이었다.

"아니, 넌 후쿠다가 아니냐! 누구냐! 누가 이렇게 한거냐!"

순사가 다시 소리쳤다. 후쿠다는 입술만 겨우 움찔거리며 신음하듯 말했다.

"호……호랑이……."

■　　■　　■

"나는 만주로 갈란다."

압록강 앞에서 인산이 중얼거렸다.

"뭐라고?"

짱구가 인산을 쳐다봤다.

"만주에 가서 독립군이 될 테다. 주먹이 아닌 총칼로 그놈들 숨통을 끊어 버릴 테다."

인산이 벌떡 일어나 압록강 저 너머를 바라볼 때 두꺼비도 벌떡 일어났다.

"나도 갈 테다."

"나도!"

짱구도 일어섰다. 그러나 범현이는 그들을 바라보며 아무 말도 하지 않았다. 줄줄이 위로 네 명의 누이들이 있고 그 다섯 번째가 범현이. 그리고 밑으로 다시 여동생이 있는 삼대독자이다. 학급 성적도 좋거니와 집안도 넉넉하기 때문에 범현이의 아버지는 조만간 경성으로 가 제국대학에 넣을 생각이다. 성품 또한 학자에 가깝다면 가깝지 독립군이 되어 총칼을 들 성격도 아니다. 잠깐의 침묵 사이로 범현이 입을 무겁게 열었다.

"미안하다. 나는 못 간다."

모두가 일제히 범현을 쳐다보았다.

"어째서? 왜?"

두꺼비가 눈알이 튀어 나올 듯 범현에게 다그쳤다.

"나는 공부를 해야 한다. 아바이 어마이를 배신 할 수 없다."

"그럼 우리들은 부모님을 배신하기라도 한단 말이냐?"

두꺼비가 코를 씰룩거렸다. 범현은 움찔했지만 이내 고개를 떨어뜨렸다.

"그래. 천륜을 끊으라고 강요하지는 않을 테다."

인산이 말했다.

"그러나 우리는 부모와의 연을 끊고 달아나는 것이 아니라 큰일을 위해 그리 하겠다고 결정한 거다. 물론 우리가 하루아침에 사라진다면 부모님 가슴에 못을 박는 것은 훤하다. 하지만 이해해 주실 것이다."

"어쩔 수 없다. 나는 공부를 계속 해야 한다. 너희들이 이해를 해다오. 꼭 독립군이 되는 것이 나라를 위한 것은 아니지 않나. 응?"

범현은 조금은 안심이 되는 듯 고개를 끄덕였다.
"하지만 나는 네가 이리 나올 줄은 몰랐다. 두꺼비 짱구 모두 귀한 친구지만 솔직히 나는 너에게 각별한 우정을 느껴왔다. 아마 이들보다 네가 더 오래된 동무라서 그런 것도 있겠지. 하지만 그게 다는 아니다. 너는 나를 이해해 주었다. 어려서부터 아무도 이해해 주지 못하는 부분을 너는 들어주었고 참아와 주었다."

범현은 시선을 피했다.

-그래, 생각난다. 폐병 걸려 늘 혼자 지내던 또래의 꼬마를 끌고 와 벌떼들의 공격을 받게 했었지. 사람들은 그 아이를 골탕 먹이려 했던 소행으로 받아들였다. 때문에 동네 어른들은 운룡이를 죽일 듯이 잡으러 다녔어.

하지만 그 벌통을 함께 따준 친구가 범현이다.

-얘, 범현아. 저 아이의 몸의 독은 더 센 독의 기운이 살린다. 그러기 위해서는 벌떼가 필요한데 나랑 벌통을 찾으러 가지 않을 테냐?

여섯 살 때의 일이다. 범현이는 고개를 끄덕이며 막대기를 하나 들고 무작정 인산의 뒤를 따랐다. 범현은 인산이 시키는 대로 꼬마 아이를 유인했고 인산은 벌떼를 풀어 아이를 놀라게 했다. 벌떼가 그 소년을 공격할 때 범현 역시 공포에 질려 울음을 터뜨렸지만 인산은 벌떼를 이리저리 몰아대며 마지막에는 아이를 안고 물에 뛰어들었다.

동네사람들은 난리가 났었다. 아이는 온몸이 벌에 쏘인 채 퉁퉁 부어 집에 실려 갔고 그날 인산은 밤새도록 마을 동구 밖에서 주린 배를 움켜잡고 있었다. 그때 주먹밥을 건네 준 것도 범현이다. 인산이 어디 있느냐는 말에 범현은 모른다고 고개를 저어대고 부엌에서 밥을 훔쳐 인산의 손에 쥐어 주었다. 그렇게 사흘이 지나 아이의 부모가 인산의 집에 나타났다. 맨 처음 죽일 듯이 달려들던 기세는 온데간데없이 허리를 조아리고 이마가 땅 바닥에 닿도록 고맙다는 말만 연신했다.

-어르신. 아이가 살아났습니다. 그 검은 안색에 붓기가 가라앉으니 홍조를 보이더라니까요.

아이의 아버지가 울다 웃다를 번갈아보였다. 대문 밖에서 동태를 살피던 범현은 곧장 인산이 숨어 있는 곳으로 달려갔고 그 소식에 둘은 손을 잡고 덩실덩실 춤을 췄다.

범현은 그 당시의 생각을 하며 인산의 낡은 신발을 바라보았다.

-발이 자랐다. 내 발도 자랐다. 우린 서로 많이 자랐구나. 하지만 우린 다른 곳으로 걷게 될 거다. 나는 졸지에 비겁자가 된 것이다. 하지만 그렇다고 해서 이 길로 이들과 함께 압록강을 건널 생각은 없다.

범현의 가슴은 죄는 듯 했다. 죄를 지어 살 수 없는 사람의 마음이 되어버렸다.

-왜, 이런 기분이 드는 걸까. 내가 가지 않으면 안 되는 일일까. 가더라도 도움이 될까. 사실 난 죽음을 불사하고 싸움을 할 용기는 없다. 그것은 거짓말로도 되는 것이 아니다. 당장에 총칼을 보더라도, 또 방금 전 싸움을 할 때도 나는 수 십 차례 눈을 깜빡이며 주먹질

을 했다. 그게 나다. 난 싸움은 할 줄 모른다.

"맞다. 내가 이렇게 나올 줄은 몰랐다. 하지만 나는 공부를 해야 한다. 게다가 아들이라곤 나 하나 뿐인데……."

-나는 독립운동에 내 모든 것을 바칠 수는 없다. 무모한 짓일 수도 있다. 나는 신중해야한다. 그래, 미안한 일이지만 이 나라가 장차 어떻게 되던 그것은 나와는 먼 일이다. 이 상태로 공부를 한다면 독립이 되건 안 되던 간에 나는 성공을 할 것이다. 범현은 다시 한 번 숨을 크게 내쉬며 입을 열었다.

"미안하다. 나는 지금 만주에 건너가기엔 너무나도 할 일이 많다. 난 꼭 의사가 되고 싶다."

두꺼비가 입을 씰룩였다.

"할일은 우리도 많다. 우리가 만날 힘도 없이 비리비리한 쪽발이 학생들이나 두들겨 패기만 하는 줄 아나? 우리가 강을 보더니 갑자기 만주로 가겠다고 하는 소리 같나? 우리가 도망치기 위해 그럴듯한 변명이나 지껄이는 것으로 보이나?"

인산은 두꺼비의 팔을 가만히 잡았다.

"그래, 범현이는 남아라. 남아서 해방되거든 그때 나라일이나 열심히 하는 편이 낫다."

침묵 속에 남겨진 범현이 못 견디겠다는 듯 입을 열었다.

"기다려라. 집에 가서 주먹밥이라도 만들어 올 테니."

범현이가 일어나자 인산이 그를 가로막았다.

"아니다. 한시가 급하다. 너도 해질 무렵이나 들어가도록 하는 게 좋을 것 같다. 우리는 인근 마을에 숨어 있다가 새벽에 가자."

인산이 휘적휘적 걸어가자 짱구와 두꺼비가 따라 들어갔다. 인산의 거침없는 행동이 오늘따라 냉정하게 보였다.

그는 몇 걸음 그들을 쫓아가다 서둘러 신발과 웃옷을 벗어 짱구에게 안겨 주었다.

"뭐냐?"

"밤이면 춥다. 신발도 닳아 해질 것이고. 이거라도 가져가라. 누구라도 춥다고 하면 덮어주고 신발 해어지면 신겨라. 응?"

범현의 눈에는 눈물이 그렁그렁하다. 짱구는 범현을 더 이상 곤란하게 하지 않으리라 마음먹었는지 신발과 웃옷을 받고 범현이에게 박치기를 했다.

"아야!"

"최초의 군자금이다."

짱구가 허리춤에 받은 옷가지를 둘러매고 산속에 뛰어들었다. 벌써 저만치 가는 인산과 두꺼비를 바라보며 범현이는 울음을 터뜨렸다.

"미안하다! 미안하다! 나만 아는 놈이라 미안하다!"

인산이 뒤를 돌아보며 손을 흔들었다. 범현도 손을 들어 흔들었다. 소년들은 다시 걷기 시작했다. 그들은 깊은 산속으로 점점 더 들어갔다.

-그래, 난 의학을 꼭 해야 한다. 운룡이는 아주 어릴 적부터 자기의 지혜로 사람을 고치고 살렸지만. 난 그 보다 더 많은 지식을 배워서 많은 사람을 고치고 살리는데 내 일생을 바칠 테다. 그러니 운룡아. 나를 이해 해 다오. 난 어려서부터 네가 무척이나 부러웠다.

너무도 어린 네가 사람의 생명을 살리고 병을 고치는 모습은 내가 죽을 때까지 잊지 못할 것이다.

나중에 훌륭한 의사가 되거든 꼭 이 말을 할 테다. 네 덕분에 서양의학을 배웠고 또 너와 더불어 많은 사람들을 고치는데 동참을 하겠다고. 그러니 운룡아. 꼭 살아야 한다. 전투에서 꼭 살아남고 그곳에서 많은 사람들을 살리고 그리고 우리 어른이 되거든 반드시 만나자. 만나서 나는 내가 배운 의술을 너에게 알려주고 넌 너 나름대로의 의술을 내게 가르쳐다오.

우리 꼭 어른이 되어서 만나자. 꼭.

그러니 너희 모두들 건강하고 무탈해야한다.

범현은 해가 저물도록 산마루에 앉아 있다가 돌아갔다.

■　　　■　　　■

저녁이 되자 소년들은 허기 진 배를 움켜잡고 마을로 들어섰다. 유난히 고요한 마을의 밤공기는 더욱 싸늘했다. 집집마다 감을 따 실에 꿰어 놓은 것들이 보였다. 두꺼비는 혓바닥을 날름거리며 그 중에 하나를 들고 뛰었다. 멀리서 컹컹거리며 개가 짖는 소리가 울렸다. 감은 얼마 전에 뗀 모양이다. 겉은 쪼글쪼글하고 안은 단단했다. 두꺼비는 가슴팍에 그것을 끌어안고 성황당 입구에 쪼그리고 앉아 있는 인산과 짱구에게 다가갔다.

"이거라도 먹어둬라."

두꺼비는 숨을 몰아쉬며 그대로 주저앉았다.

"어디 간다면 간다고 말이라도 해라!"

짱구가 흘겨보았다.

"한줄 만 가져왔다."

그들은 서로 바닥에 놓인 곶감을 쳐다보았다. 일본인 학생들과의 싸움도 싸움이지만 한참 먹을 시기에 곡기를 건너뛰니 허기 져서 이만저만 지쳐 있는 것이 아니었다. 그들은 훔쳐다 준 감도, 곶감도 아닌 것을 허겁지겁 먹어댔다. 그러던 중 인산이 생각에 잠긴 시선으로 허공을 쳐다보았다.

"여비라도 만들어 만주를 가야겠다. 이 꼴로 가다가는 독립군은 커녕 굶어 죽기 십상이다."

"무슨 수로 여비를 만들어?"

두꺼비가 손가락까지 쪽쪽 빨아대며 인산을 쳐다보았다.

"환약이라도 만들어야지. 이제 고뿔이 오면 상비약으로도 필요 할 테니 말이다. 아침이 되면 난 환약 만들 약초를 캐러 가야겠다. 우선 일어나자. 버려진 움막이 있을지도 몰라."

산턱에 들어서니 서늘한 밤바람이 불어댔다. 멀리서는 부엉이와 여우의 울음소리도 들렸다. 별안간 오싹한 느낌이 들었다. 두꺼비는 앞장서서 휘적휘적 걸어가는 인산의 발꿈치를 바라보며 발걸음을 옮겼다.

"이제 조금만 더 가면 된다. 동굴이다."

인산의 말에 두꺼비가 그의 옷자락을 잡았다.

"보이냐? 잘 보이냐?"

"그럼, 잘 보이지."

"어디, 어디?"

두꺼비와 짱구가 인산의 어깨 너머로 살펴보았으나 새카만 어둠 뿐이었다.

인산은 그러했다. 어두운 밤에 다니면 두 눈에 불이라도 켠 듯 유난히도 반짝거렸다. 그 빛이 뭔지 몰라 맞은편에서 오던 사람들은 걸음걸이를 멈춘다. 그러다가 인산이 인사를 하면 그제야 안도의 한숨을 쉬고 늦은 밤에 쏘다닌다고 호통을 치기도 했다.

산 중턱에 다다르자 부러진 나뭇가지들 사이로 자그마한 동굴이 나왔다. 인산이 안을 들여다보자 두꺼비와 짱구도 들여다보았다. 아무 것도 안보였다. 인산이 불쑥 들어섰다.

"안전하다. 들어와라."

두꺼비와 짱구는 인산을 따랐다. 그리고 누가 먼저라고 할 것 없이 나뭇가지를 주워 불을 지폈다.

두꺼비는 어렸을 적부터 동네에서 닭서리다 콩을 구워먹는다 하면 두꺼비가 앞장서서 불을 지핀 탓에 불을 꽤나 잘 만들어냈다. 잠시 후 허연 연기기 올라오자 입김으로 후후 불어대며 나뭇잎을 올려놓았다. 따닥따닥하며 불길은 조금씩 커져갔다. 소년들은 아무 말 없이 불길을 주시하며 각자 깊은 생각에 잠겼다.

짱구는 허리춤에 차고 있던 범현이의 옷과 신발을 풀러 놓고는 그것을 멀뚱히 바라보고 있다.

"자식······. 계집애처럼 눈물이나 흘리고 말이야."

두꺼비의 콧등은 시큼해졌다.

"에이, 연기도 안 나는데 눈이 왜 이리 매운 거야?"

그들은 다시 침묵에 들어갔다. 잠이 든 것이다.

너무 고단한 탓인가. 눈을 떴을 때는 이미 해가 높이 솟아 오른 후였다. 짱구의 머리를 베고 자던 두꺼비가 눈을 뜨자마자 끄악하고 비명을 지르려다 꿀꺽 삼키었다.

동굴 입구 쪽에서 잠이 든 인산 앞에 커다란 곰 한 마리가 웅크린 채 잠을 자고 있었다. 그뿐이 아니다. 노루며 사슴이고 토끼고 너구리. 심지어는 나뭇가지에는 여러 종류의 새들이 옹기종기 앉아 고개를 갸우뚱하고 주변을 돌아보고 있었다. 두꺼비는 벌벌 떨리는 손가락을 겨우 움직여 짱구를 흔들어 깨웠다.

"우웅……"

짱구는 몸을 더 웅크리며 다시 잠에 빠졌다. 잠이 달아난 두꺼비의 눈은 아직도 충혈이 되어 있었다. 그는 입술만 달싹거리며 인산을 불러 보았다.

"……이봐! 운룡! ……자나? 응?"

그 소리에 인산이 눈을 꿈틀거리며 떴다. 그리고 곧장 두꺼비를 쳐다보았다.

"……왜?"

두꺼비는 덜덜 떨며 손가락으로 동굴 입구를 가리켰다.

"……대문 앞에 곰서방이 왔네."

인산이 돌아보았다. 곰은 인산 바로 뒤에서 두 손을 포개고 코까지 곯아대며 잠을 자고 있다. 인산은 팔을 뻗어 곰의 이마를 툭 쳤다. 순간 토끼들이 귀를 쫑긋거리며 고개를 들더니 귀를 털어댔다. 곰은 여전히 잠을 잔다. 두꺼비가 침을 꼴깍 삼키며 다시 인산을 쳐다보았다.

"너 곰 키우냐? 저거 네 곰이냐?"

"개도 못 키우는 마당에 무슨 곰을 키우겠냐."

인산이 일어나자 비로소 곰이 눈을 떴다. 곰은 하품을 쩌억하더니 그 큰 몸을 기우뚱거리며 일어났고 그 소리에 오소리와 너구리들은 인산 옆에 좀 더 바싹 다가왔다. 그 광경에 두꺼비가 자리에서 벌떡 일어나 앉으며 눈을 비볐다.

"이게 무슨 일이야?"

"내 옆에 오면 호랭이가 안 오니 여기서 잠을 잔거다. 호랭이가 나를 무서워하거든."

두꺼비는 고개를 갸우뚱했다.

"그래 곰은 안 무서워 퇴끼도 여서 자빠져 자냐?"

두 사람의 소리에 짱구가 눈을 부스스 떴다.

"……뭐야 ……으악! 곰이다!"

짱구는 몸을 굴리며 애벌레처럼 몸을 말았다.

"에라이. 그리 겁이 많아서리 무슨 독립군이 된다고 지랄이냐. 하하"

인산이 다시 웃음을 터뜨리며 곰을 쳐다보았다.

"곰서방! 내 친구들이 무서워하니 그만 자리를 옮겨라. 호랭이는 이제 잠을 잘 테니 가서 아침 요기나 하고 생각나거든 우리한테도 싱싱한 물고기나 가져다오."

그 말을 알아들었기라도 한 듯 곰은 앞발을 땅에 집고 기지개를 펴더니 이내 털래털래 그들의 시야 앞에서 사라졌다. 침을 꼴딱 삼키던 두꺼비는 이내 동굴 밖으로 얼굴을 내밀더니 소리를 쳤다.
"물고기는 꼭 가지고 오라우! 우리 배고파 뒈지겠다!"
"곰탱이 믿지 말고 거 자빠져있는 퇴끼나 잡으라우! 고 구우면 맛나겠다!"
짱구가 일어나며 토끼를 쳐다보자 인산이 짱구를 돌아보았다.
"거, 호랭이 무서워 제 목숨 보존하러 온 놈을 여기서 잡아먹자는 말이야?"
"알게 뭐냐. 우리 굶주린 거 알고 산신령이 보냈는지."
짱구가 성큼 일어나자 토끼는 귀를 바짝 눕힌 채 허둥지둥 산기슭으로 올라갔다.
"에이!"

■   ■   ■

소년들은 칡뿌리를 씹어대며 산길을 올랐다.
"운룡아. 왜 하필 이런 산길로 가냐? 다리가 빠지겠다우!"
짱구는 숨을 헐떡이며 앞에 가는 두꺼비의 허리춤을 움켜잡았다.
"야야! 자빠지려면 너 혼자 자빠지라!"
두꺼비는 짱구에게 핀잔을 주었지만 한 손으로는 짱구를 끌어당겼다.
"여비를 마련하려면 약초가 있어야 하는데 그건 우리나라에서 자란 것이야 좋은 값에 쳐준다. 그러니 백두산 기슭을 타고 연길로 가야한다."

"그 약초 캐거든 나 먼저 먹이라우."

"하하."

인산은 산을 타는 동안 약이 될 만한 약초들을 캐었고 그게 약인지 독인지도 모르는 두꺼비는 나뭇가지로 바구니를 만들어 그것들을 가지런히 놓았다.

"나는 손재주가 좋아 도적놈이 된다고 하더니 지금 꼴은 딱 아낙이네, 아낙이야."

"손재주가 좋아 도적이 아니라 생긴 꼴이 도적이겠지!"

인산은 그늘이 진 산턱을 지긋이 바라보고 있었다.

"너희는 여기서 있어라. 나는 저기 좀 다녀와야겠다."

"저기가 어딘데?"

짱구가 목을 쑤욱 빼더니 인산이 쫓는 시야를 더듬었다.

"저기는 왜?"

"다녀오면 알게 될 거다."

"아이고, 다행이다. 난 더 가다가는 만주도 못가 숨통이 끊어질 것 같다. 우리는 저 개울에 가서 물이나 마시자."

두꺼비는 이마의 땀을 닦으며 산길을 내려갔다. 그다지 넓지도 깊지도 않은 개울 안에는 손가락만한 물고기들이 헤엄을 치고 있었다. 짱구가 돌덩이를 치우자 가재들은 빠른 속도로 도망을 쳤다. 두꺼비는 그걸 놓칠세라 가재를 잡아 올렸다. 둘은 그렇게 어릴 적처럼 물고기 잡기에 열중했다. 다만 어릴 적과 다른 것이 있다면 허기를 채울 생각으로 온 몸을 던져 물고기와 씨름을 한다는 것.

간에 기별도 가지 않을 만큼의 양의 물고기들을 잡아 구워놓고 그들은 바위 위에 걸터앉아 인산을 기다렸다. 저만치 인산이 산을 타고 내려오는 것이 보였다.

"저 녀석은 무슨 썰매라도 타고 오냐. 뭐 저렇게 슬슬 내려온데?"

짱구가 코를 후비다 튕겨내며 일어섰다. 인산은 그들에게 손을 흔들어 대며 환하게 웃었다. 매서운 눈매를 가진 그이지만 웃을 때는 저토록 천진난만한 웃음을 보였다. 주변이 환해질 만큼 밝은 웃음이다.

"이건 더덕이다. 먹어둬라"

인산이 서너 뿌리의 더덕을 그들 앞에 놓더니 이내 그의 품에서 약초 한 뿌리를 조심스레 꺼내어 들었다.

"이거이 뭐이가?"

인산이 그들 앞에 풀어 헤친 것을 두꺼비와 짱구가 멀뚱거리며 쳐다보았다. 몰라서 묻는 것이 아니라 기가 막혀 묻는 말이었다.

"산삼 아니야?"

"산삼이지. 하하하"

"허거덩. 이걸 네가 어떻게 찾았냐?"

"이걸 갖다가 팔면 여비랑 먹을거리, 그리고 군자금으로 쓸 수 있다."

짱구가 손뼉을 쳐댔다.

"그런데 이걸 누구한테 파냐."

"고려 인삼이라면 되놈들 껌뻑 죽는다. 약재상에 가서 팔아야지."
소년들은 식어빠진 작은 물고기를 손가락으로 집어먹었다.

정오가 되었다. 널따란 두레박에는 그들이 벗은 옷가지 사이에 약초들을 겹겹이 놓고 맨 밑에는 산삼을 가지런히 펼쳐놓았다. 인산이 산삼의 잔가지를 정리하는 시간만 서너 시간이 소요되었다. 그리고 산삼을 잘 보관해서 가기 위해 두꺼비가 마을 우물가의 두레박을 끊어 왔다. 그것을 압록강에 둥둥 띄워 오늘 만주로 건너갈 것이다. 강을 건넌다는 것은 이들에게 아주 쉬운 일이었다. 그야말로 일도 아닌 것. 물을 다룰 줄 아는 아이들. 차라리 물을 타고 간다는 말이 더 어울렸다.

"여기 이쪽의 강폭은 그리 넓지 않다. 건너자."
인산이 그 특유의 걸음걸이로 휘적거리며 강에 발을 넣었다. 그리고 두레박을 띄워 단단히 잡고 물장구를 쳤다. 그 뒤를 짱구와 두꺼비가 따라와 두레박을 단단히 잡았다. 넘실대는 강물은 그들의 턱과 귀를 간질였다. 짱구는 혓바닥을 날름거리며 규칙적으로 입에 찬 물을 여유 있게 뱉어 냈고 평영을 하는 두꺼비는 그야말로 두꺼비처럼 물의 리듬을 따랐다. 인산은 맨 앞에서 방향을 조절하며 두레박을 조심스레 당겼다.

"다 와간다."
짱구는 퉤퉤거리며 끙 하는 신음 소리를 냈고 두꺼비는 인산을 바라보며 눈에 힘을 주었다. 무릎이 강바닥에 닿을 무렵 인산은 중심을 잡고 일어서서 두레박을 당겼다. 이내 두 소년도 일어나 첨벙

거리며 강가를 나왔다. 흠뻑 젖은 그들은 그대로 바닥에 앉자마자 두레박을 열어보았다. 산삼의 여린 잔뿌리에 흙이 그대로 뭉쳐져 있는 것이 마치 잠이 든 아기 같았다. 소년들은 안도의 한숨을 쉬고 환하게 웃어보였다. 그들은 이내 털썩 소리 내어 앉아 강 건너를 지긋한 시선으로 바라보았다.

멀리서 화물을 싣고 가는 기차의 기적소리가 아련하게 들려왔다. 그들은 동시에 우뚝 서서 기관차가 내뿜는 수증기를 바라보았다.

"어디로 가는 기차냐."

"만주로 가는 거다."

"만주는 얼마나 가야 할까."

"모르긴 해도 보름은 꼬박 걸어야 갈까 말까 할 거다. 기차를 타야지."

그들은 숨을 몰아쉬며 마을에 들어섰다. 꽤나 먼 거리. 소년들은 충동적이지만 너무나도 진지한 감정으로 독립군이 되겠다는 각오아래 발이 부르트도록 길을 걷고 또 걸어댔다.

"그나저나 되놈 말을 못하니 어쩌냐."

짱구가 부르튼 발을 주무르며 길가에 앉았다. 짱구가 앉자 두 사람도 그 옆에 털썩 앉으며 신발을 벗었다.

"말은 못해도 글은 쓸 줄 아니 걱정마라."

인산이 말했다.

"나는 읽을 줄은 알고 쓸 줄은 모른다."

두꺼비가 히죽거리며 짱구를 쳐다보며 다시 입을 열었다.

"너 아냐? 운룡이는 어릴 때부터 한자로 된 소설을 줄줄이 읽었다.

아마 열 살 때는 병풍에 글까지 썼다지? 그 글이 하도 환하게 빛이 나서 운룡이 어마이는 밤이 되면 병풍을 접었다고 하더라. 하하"

"에에, 그 말을 믿냐?"

짱구가 핀잔을 줬다. 두꺼비는 자못 진지하게 고개를 저어댔다.

"넌 우리 마을에 굴러 들어와서 모르지만 이 놈 꽤나 유명한 놈이었다. 진짜다. 죽어가는 사람도 살렸다니까."

짱구는 인산을 쳐다보았고 인산은 손을 저어대며 웃어버렸다.

"그만하고 가자."

인산이 일어섰다. 두꺼비가 따라 일어나자 짱구가 두꺼비의 허리춤을 잡았다.

"진짜란 말이지?"

두꺼비는 그게 자신의 일이라도 된다는 듯이 고개를 힘차게 끄덕이며 인산의 뒤를 따랐다.

■　　　■　　　■

한참을 걷던 소년들은 한적한 산길만 타고 다니다 별안간 도문의 저자거리에 이르자 갑자기 정신이 번쩍 들었다. 그래서인지 그들의 발걸음은 지쳤음에도 불구하고 더욱 빨라졌다. 거리에는 사람들이 종종걸음으로 바삐 움직이고 있었다. 그들은 서로 빠른 말투로 이야기를 주고받았는데 낯선 언어의 탓인지 한결같이 시끄러운 인상을 남겼다. 그 사이를 두꺼비와 짱구 그리고 인산은 인파들을 헤치며 걸었다.

"애, 너희들은 조선인이 아니냐?"

뒤에서 들려오는 말에 이들은 멈칫하고 슬쩍 돌아보았다. 조선 상인처럼 보이는 사람이 그들을 위아래로 훑고 있었다.

"왜 그러시오?"

짱구가 물었다.

"왜 그러긴 인석아. 여기는 조선인이 드무니까 니들이야 말로 이곳에 웬일인고 해서 물었지."

"그러는 아주바이는 무슨 일이오?"

두꺼비가 배를 내밀며 물었다. 배를 내민 연고는 배짱이 두둑하다는 표현으로 보였다.

"허허."

중년의 상인은 그 꼴이 우스운지 껄껄거리고 웃었다. 인산은 그들 사이로 파고들어 상인을 쳐다보았다.

"보시오. 우리는 약재상을 찾고 있는데 이 근방에 있소?"

"거긴 왜?"

그가 인산이 짊어진 짐을 힐끔 쳐다보며 물었다. 짱구는 산삼을 팔기위해 찾는다고 말하려던 참이었다. 그런데 인산이 그의 팔을 잡으며 그를 뒤로 물러서게 했다.

"내가 배앓이를 해 약을 사러 가오. 아시오?"

"저편으로 가라."

상인이 손끝으로 거리를 가리켰다. 그 손을 따라 일행은 줄줄이 고개를 돌렸다.

"고맙소."

인산이 앞장서자 짱구와 두꺼비가 그를 따랐다. 상인은 그들을 바라보다 가던 길로 갔다.

"운룡아. 저이는 중국어도 할 줄 아는 모양인데 동행을 하는 편이 낫지 않았겠나?"

"믿지 못할 인상이다. 믿을 만한 사람이라면 아예 삼을 보여주고 우린 얼마가 필요하니 나머지는 당신이 붙여 적당히 남겨 먹으라 할 참이었다."

상인이 알려준 곳의 끝에 다다라도 약재상은 보이지 않았다. 소년들은 잠시 서서 주변을 돌아보았다.

"약재상이 어디 있나 다시 물어보자."

"그런데 그 약재상에서 제값을 줄까? 우리를 얕잡아 보고 얼토당토않은 삯을 주면 어쩌냐."

"할 수 없다. 당장의 돈을 융통할 수 있는 곳이 약재상이니. 어느 세월에 중간상을 끼고 판단 말이냐. 또 믿을 수도 없고. 어차피 상인들이 후려치는 가격이 있지만 우린 얼마가 필요하니 나머지는 네 몫이라고 하면 기를 쓰고 팔 것이다."

두꺼비는 시장에서 파는 중국 음식을 보고 입맛을 다시다 그들 옆으로 달려왔다.

"운룡아. 그거 팔면 돼지고기나 실컷 먹고 연길로 떠나자."

"하하."

상점들이 즐비하게 펼쳐진 곳에 다다르자 인산은 그 중에서 한가해 보이는 점포에 불쑥 들어가더니 주인에게 나오라는 듯 손짓을 해보였다. 주인은 무슨 일인가 하는 표정으로 인산에게 다가왔다. 그는 주인에게 허리를 굽혀 인사를 하더니 곧 바닥에 한자를 썼다. 인산이 몇 글자를 쓰자 주인이 고개를 끄덕이며 그도 글을 쓰기 시작했다.

"되놈들 문맹률이 높다는데 저 자는 글을 용케 아는 모양이네."
두꺼비가 중얼거렸다.
"그러냐? 문맹들이 많단 말이지?"
"많다."
"보아하니 서적을 파는 곳인데 글도 모른다면 장사를 어캐 하간?"
짱구가 두꺼비의 이마를 박았다.
"에이!"
두꺼비는 이마를 문지르며 짱구를 노려봤다. 그 사이 인산과 가게 주인은 몇 차례 주거니 받거니 글을 쓰다가 이내 인산이 일어서서 그에게 허리를 굽혀 인사를 했다. 주인은 인산의 앞에 나와 시장 끄트머리를 가리키며 계속 가라는 시늉을 해보였다. 소년들도 주인에게 덩달아 인사를 했다. 가게 주인이 알려 준 대로 가다 보니 왼편으로는 약재상들이 즐비하게 자리하고 있었다.

"저기구나. 〈적지사〉라는 곳이."
인산이 간판을 보자마자 그리로 들어섰다. 소년들도 따라 들어갔다.
"너희들은 이곳에 있어라. 우르르 들어가면 되레 얕잡아 볼 터이니."
"응. 그건 그럴 수도 있겠다. 아이고, 난 여기 좀 앉아 있을 테니."
짱구가 앉자 두꺼비도 따라 앉으며 신발을 벗어던졌다.
"아이고! 꼬랑내야!"

짱구가 코를 감싸 쥐었다.

　인산이 약재상에 들어서자 그곳에는 약초꾼이 상점 관리 앞에서 이것저것 펼쳐 보이며 흥정을 하고 있었다. 그는 그의 뒤에 슬쩍 붙어 무슨 약초를 팔고 있나 살펴보았다. 상점 관리는 이것저것 조심스레 훑어보더니 이내 내려놓으며 인상을 찌푸렸다. 약초를 보는 눈썰미가 보통이 아니었다. 좋지 않은 부분을 가리키며 손을 저어댔다. 그러자 약초꾼은 다시 그것을 들어 보이며 무엇인가를 설명했다. 관리는 그를 쳐다보지도 않고 장부에 무엇인가를 썼다. 약초꾼은 그를 쳐다보다 이내 주섬주섬 약초를 다시 넣고는 돌아섰다. 그가 비켜서자 인산이 상점 관리 앞에 섰다. 그는 인산을 바라보며 말하라는 듯이 눈짓을 했다. 인산은 종이와 붓을 달라는 시늉을 해보였고 그는 고개를 갸우뚱 하다가 그의 앞에 종이를 건네주었다.
　인산은 붓으로 글을 써 내려갔다. 관리는 고개를 비스듬히 하며 그의 글씨를 바라보았다. 그리고 인산의 글을 보며 감탄을 했다. 내용이 아니라 우선은 그의 필체에 대한 감탄이었다. 그것은 서적 주인도 마찬가지였다. 흙바닥에 써내려간 인산의 글씨체를 칭찬하며 인산에게 어찌 그리 글을 잘 쓰는가를 묻기도 했다.
　약재상의 관리는 인산이 산삼에 대한 글을 쓰자 보여 달라는 듯이 고개 짓을 해보였다. 인산은 바닥에 내려 둔 두레박을 열고 옷가지에 올려 있는 산삼을 조심스레 보였다. 잔뿌리가 두 뺨 정도 길게 펼쳐 진 것을 들어 보이자 그는 입을 쩍 벌리며 양손을 허우적대며 조심하라고 했다. 그리고 산삼을 코앞에 대고는 향이며 묻어나온 흙을 비벼 대기 시작했다. 짙은 초록색 이파리와 그 위에 달린 하얀 꽃을 보던 관리인은 활짝 웃어 보이며 인산에게 기다리라는 듯이 손짓하고는 장막이 둘러진 안쪽으로 쏜살같이 달려갔다. 인산이 나머지 약초들도 꺼내 들 때 약재상의 주인으로 보이는 한 노인이 지팡이를 짚고 천천히 걸어 나왔다. 그를 부축하던 관리인은 무엇인가를 열심히 설명했다. 노인은 상기된 표정으로 고개를 끄덕였고 인산에게 손을 내밀었다. 인산은 얼떨결에 노인의 손을 잡았고 노인은 지팡이로 앞을 가리켰다. 산삼을 빨리 보고 싶은 모양이었다.

노인이 자리로 가면서 목에 걸려있던 돋보기안경을 코 위로 걸쳤다. 그는 관리인과 마찬가지의 모습으로 조심스레 산삼을 이리저리 살펴보았다. 다시 인산을 안경너머로 힐끔 쳐다보더니 관리인에게 무엇인가를 적으라고 말했다. 관리인은 붓을 들어 써내려갔고 인산은 글을 쳐다보았다. 가격에 대한 흥정이다. 인산은 중국의 산삼 시가보다 다섯 배만 달라고 했다. 노인은 생각보다 많이 부른다고 했지만 그 산삼에 비하면 그리 비싼 것도 아니었다.

인산은 노인의 눈을 가만히 바라보았다. 노인은 병을 앓고 있음이 틀림없다. 폐가 좋지 않다.

사람의 병이 들여다보이는 것. 아주 어려서부터 인산의 일부로 자라온 그 능력은 그가 자라도 소멸되지 않고 오히려 그의 성장과 함께 더욱 더 강해지기만 했다.

인산은 다시 글을 써서 노인의 앞에 펼쳐 놓았다. 폐를 따뜻하게 하라는 말이었다. 조선의 약초는 중국의 땅과 햇볕에서 자란 것과는 달리 약성이 강하니 우선은 노인의 병, 스스로를 위해 먹으라는 말을 썼다. 노인은 인산을 바라보았다.

 인산은 나머지 약초를 노인에게 건네었다. 인산은 노인과 무언의 대화라도 나누듯이 한동안 서로를 바라보았다. 노인은 인산의 손을 덥석 잡고 고개를 끄덕거렸다.

 인산이 나오자 짱구와 두꺼비는 벌떡 일어났다. 인산은 비워진 두레박을 들어 보이고 그들에게 활짝 웃어 보였다.

 "이제 허기를 채우고 연길로 가는 기차를 타는 거다."

 그 소리에 짱구와 두꺼비는 펄쩍 뛰며 좋아했다.

 "그런데 되놈 음식에 우리 입맛이 맞기나 하겠어?"

 "네 놈이 아직 배가 덜 고픈 모양이구나. 배떼지 창자가죽에 들러붙으면 똥이라도 퍼 먹는 게 인간이다."

 짱구가 입을 삐죽거렸다.

 "아니다!"

 "그런데 기차를 탈 수나 있나. 통행증이 있어야 하는 거 아니고?"

 "몰래 타야지."

 "어, 그래. 그거 재미나겠구만!"

■　　　■　　　■

 기차를 몰래 타는 것이 재미있을 것이라고 생각했던 짱구는 바깥 난간을 붙잡고 있는 손마디가 달달 떨려왔다. 여비로 마련한 솜옷도 이렇게나 센 바람 앞에서는 속수무책이다. 매섭게 불어대는 바람에 뺨은 찢어질 듯이 아팠고 시린 눈은 뜨기가 무서웠다. 별안간 두꺼비가 구토를 했다. 멀미가 난 것이다.

"두껍아. 조금만 견뎌라. 만주가 금방이다."

짱구가 주저앉는 두꺼비를 잡을 때 인산은 소매 춤에서 환약을 꺼내어 들었다. 동글동글한 게 포도 알 크기만 했다.

"이거 씹어라. 구토가 가라앉을 거이다."

인산이 두꺼비의 입에 환약을 넣어 주었다. 구토가 가라앉을 거라는 말에 두꺼비는 덜덜 떨리는 턱에 힘을 주고 씹기 시작했다. 인산은 두꺼비의 등을 부드럽게 문질러 주며 서로의 체온이 떨어지지 않도록 짱구의 손을 잡아끌고 부둥켜안았다. 매서운 바람이 그대로 눈에 닿자 그는 시큼거리는 시야 사이로 펼쳐진 황량한 벌판을 응시했다. 나무도 없는 황토의 거친 땅이 사막처럼 펼쳐져 있다.

그 땅을 오래전 조상들이 누비고 다녔던 터라는 것이 떠오르자 갑자기 코끝이 시큰했다. 만주 땅을 누비며 영토를 넓힌 왕과 장수들. 침략하는 적을 무찔러 승전고를 울리던 병사들. 그들의 환영이 인산의 시야 앞에 덮쳐왔다.

그러나 지금은 땅 끝의 섬나라 왜인들에게 임금의 자리를 내어주고 나라를 빼앗겼다. 강대국에 도움을 구했지만 이 나라 저 나라에서 미개한 조선은 일본이 필요하다는 결론을 내어버렸다. 우리가 미개한 나라인가. 머리털을 잘라버리고 양복을 입고 차를 타고 다니면 문명인인가. 그리하면 발전을 한 나라인가. 서양에서 총포를 가져와 이웃나라에 총을 들이대는 일본은 각성한 신인류 국가인가. 너희들이 강한 민족이라고? 강하다고? 우리보다 강하다고? 강한 것과 악한 것을 구분도 못하는 너희들은 더럽다. 더럽기 그지없다. 진정한 강함이라는 것이 그들로 인해 퇴색했고 그 뜻마저 변질해 버렸다. 너희들은 결코 강하지 못하다. 너희들은 그저 악일뿐이다. 악.
"으아아아!"
인산이 소리를 질렀다. 터져 나오는 울분이 기차의 기적 소리와 함께 사라졌다. 짱구와 두꺼비는 깜짝 놀라 인산을 쳐다보았다. 하지만 두 소년은 인산이 무슨 생각을 하고 있는지, 또 왜 그랬는지 알 수 있다는 듯이 만주 벌판을 바라보았다.
그들은 지금 만주로 가는 것이, 어쩌면 그러한 조상의 정기를 받아, 천하의 전사가 되기 위한 과정처럼 느껴졌다.
"만주에 가면 왜놈의 모가지를 동강 낼 테다. 댕강 댕강!"
짱구가 허공에 손을 휘저으며 소리쳤다.
"으……. 그런데 너무 춥다."
두꺼비가 팔을 웅크리고 그들을 쳐다보았다.
"……나도 그렇긴 하네."
짱구도 다시 쭈그리고 앉아 귀를 감싸 쥐었다. 그 때 인산이 저만치 먼 곳을 가리키며 입을 열었다.
"애들아. 저기 산등성이를 건너갈 무렵에 열차가 서행을 할 거이다."
"응."
그들은 그게 뭐 하는 표정으로 고개를 끄덕였다.
"서행은 왜 하나?"
짱구가 한쪽 눈을 뜨며 고개를 들어보였다.
"길이 가파르면서 구부러져 있기 때문에 속도를 줄여야 탈선을 안 하기 때문이다. 그때 뛰어 내려야 한다."

두꺼비가 그 말에 정신이 번쩍 났는지 인산을 쳐다보았다.

"뛰어 내린다고? 기차에서? 그럼 뒈지는 거 아니냐."

"야! 뒈지긴 왜 뒈지나? 기차가 서행한다는데."

"그리고 통행증이 없으니 달리 길이 있나."

인산이 말을 이었다. 통행증이라는 말에 그들은 사색이 되었다. 추위에, 멀미에 잊고 있었던 것이 다시 떠오르자 이것저것 따질 이유가 없다고 생각됐다.

"뭐 뒈지지 않는다면 뛰자!"

두꺼비는 지금 당장이라도 뛸 수 있다는 듯이 소리쳤다.

얼마 후 기차는 기적 소리를 내며 가파른 언덕길을 올라 산등성이를 끼고 돌기 시작했다. 속도가 점점 더 늦춰 졌다. 바닥을 보자니 코앞에 보이는 길이 어지럽기만 하다. 인산은 난간을 잡은 채 기차 꽁무니를 바라보았다. 엉금엉금 산기슭을 따라오는 꼴이 황소 두 어 마리를 잡아먹고 배가 불러 산을 타고 올라가는 능구렁이 같았다.

"야, 이거이 속도가 늦다 해도 눈앞에 팽팽 돈다야. 이래서야 뛸 수나 있간?"

짱구가 침을 꼴깍거렸다.

"등신. 요것도 못 뛰면 무슨 독립군이고 나발이가?"

두꺼비가 핀잔을 주었지만 그 역시 겁이 나긴 했다. 짱구는 벌써부터 발가락에 힘이 빠진 느낌이다. 그는 눈동자만 굴려 옆에 있는 인산을 바라보았다. 기차 난간을 잡고 있는 인산의 손이 살을 에는 바람에 얼어붙어버린 것 같았다.

"그냥 뛰어 내리면 되는 거다. 무서울 것 하나 없다. 우리 담벼락에서 뛰어내렸을 때처럼 그저 그렇게 앞으로 구르면 되는 거야. 다 쳐봤자 우리한테 두들겨 맞은 왜놈만큼 할까. 하하"

인산의 말에 짱구는 다시 입을 악다물고 고개를 힘차게 끄덕였다. 그 정도야 뭐. 두꺼비도 고개를 끄덕였다. 소년들은 모두 약속이라도 한 듯 입을 다물고 눈에 힘을 주었다. 이제 인산이 뛰라고 고함을 칠 때만을 기다리면 된다. 단거리 뜀박질을 준비하는 육상선수가 된 기분으로 모두가 주먹을 쥐고 다리에 힘을 모았다. 기차의 소음에도 불구하고 주위에는 적막이 흘렀다. 모험이다. 이제 시작하는 거다. 저기 저 땅을 밟으면 그땐 정말 시작이다. 총칼을 받고 전쟁을 하는 것보다 더 멋진 시작을 하게 되는 거다.

"뛰어라!"

인산이 소리치며 앞으로 뛰어 내리자 이윽고 짱구가 뛰어내렸다. 두꺼비는 약간 주춤하더니 이내 커다란 기합과 함께 뛰어내렸다. 펄쩍 허공을 가르는 꼴이 진짜 두꺼비 같았다. 그 모습에 바닥에 엎드려 있던 짱구가 팔꿈치를 문지르며 웃음을 터뜨렸다. 하지만 두꺼비는 다친 곳 없이 무사하게 땅을 디딘 것에 만족하는 표정으로 인산을 바라보았다. 소년들은 시야에서 천천히 사라져가는 기차를 바라보았다.

"아이구 삭신이야……"

목쉰 소리에 돌아보니 한 30대 남자가 허리를 집은 채 누워있었다. 주변을 보니 여기저기 제법 많은 사람들이 뛰어내렸다.

"뛸 때 허리에 힘을 주었구만요. 그러니 허리가 다친 거요."

인산의 말에 그는 눈을 게슴츠레 뜨고 혀를 퉁겨댔다.

"좀 봅시다."

인산이 다가오자 그는 허공에 주먹을 휘둘러댔다.

"야, 이놈아! 네가 뭘 안다고 보자고 해?"

그는 허리춤에 찬 전대 주머니를 바지 속으로 집어넣었다.

"그 친구가 보자고 할 때 보여 주는 게 아주바이한텐 이득이오!"

두꺼비가 손바닥을 털어내며 코를 씰룩거렸다.

"그건 또 뭔 소리래?"

"이 친구 할아바이가 우리 마을에서 제일 유명한 의원이란 말이오."

"할아바이가 의원이면 손자는 자동으로 의원이더냐?"

그가 입을 삐죽거리며 귀찮다는 듯 손을 저어댔다.

"그 할아바이가 모르던 것 까지 그 친구가 일러준 일이 허다하오. 우리 동리에서는 그 의원 못지않게 이놈이 유명한 놈이었소. 천재란 말이오."

인산은 그만 두라는 듯이 두꺼비를 쳐다보았다. 두꺼비는 애꿎은 마른 풀을 뜯었다.

"이 다리 들어 올려보시오."

그는 입을 삐죽거리며 다리에 힘을 주었다.

"아고고고!"

그는 다리를 올리기도 전에 인상을 구겼다. 인산은 그의 옆에 앉아 발목에 차고 있던 침통을 꺼내어 들었다.

"아주바이. 요추골을 다친 모양이오."

"뭐? 내 뼈다귀가 작살났다고?"

"뼈가 부러졌다는 말은 아니오. 안 쓰던 힘을 쓰니 뼈를 굽혔다 폈다 하는 조직이 별안간 튀어나와 허리 신경을 건드려서 심한 통증을 느끼는 거요."

"야, 이놈아. 내가 허리힘을 안 쓰긴 왜 안 써? 내가 이래 뵈도 한 읍의 과부들의 긴 밤을 위로해주던 봉사자란 말이다!"

짱구가 킥하고 웃음을 터뜨렸다. 그 모습에 그는 고개를 바짝 들어 짱구에게 소리쳤다.

"야, 이놈아. 네가 봉사의 뜻을 알기나 하고 웃는 거냐?"

"그걸 왜 모르오? 우리 어마이가 아바이를 타박하는 걸 내 보고 자라 아주 잘 아오. 하하하"

"에라이, 베라먹을 놈! 싹쑤가 노랗다 이놈아!"

"아주바이, 그렇게나 떠들어대는 걸 보니 그리 죽을 정도는 아닌 모양이오."

두꺼비가 말했다.

"아고고. 이 애송이들이 어른을 모욕을 하는구나! 아고고. 나는 이제 죽는구나. 노다지 캐러 가기도 전에 이리 허리가 부러져서 객사하고 구천을 떠돌게 되겠구나. 아이고!"

"거, 아주바이. 말을 그리 함부로 하다가 진짜 그리 되는 수가 있소. 살아온 세월 힘들게 살다가 팔자 한 번 펴보러 새 출발하던 차에 이리 망발하여 복이 달아나는 수가 있으니 조심하시오."

"뭐야? 이 애송이가 어디서 누구한테 훈계를 해?"

"자, 그 대로 가만히 있으시오."

"뭐?"

"침을 놓아 줄 테니 낫거들랑 노다지 캐고 부자 되시오."

인산이 손가락으로 침봉을 바라보다가 이내 허리에 꽂았다.

"……"

잠깐의 침묵이 흘렀다.

"뭐야? 침놓는다며 뭐하는 거야?"

"이미 놓았소. 움직이지 마시오."

"뭐? 바늘이 들어간 느낌도 안 나는데?"

"거 느낌이 나고 아프면 가짜요. 정확하게 꽂으면 아프지도 않고 되레 시원하오."

"……응. 그렇다. 시원하다."

그는 그제야 떠들어대던 입을 다물고 눈알만 굴려 먼 산자락을 바라보았다. 두꺼비와 짱구는 찬바람에 몸을 움츠리고 귀를 감쌌다.

"다 됐으면 가자. 이러다 얼어 뒤지겠다."

그래도 인산은 침을 꽂았다 뽑았다를 반복하며 그를 살펴보았다.

"얘."

누워있던 사내가 곁눈으로 인산을 쳐다보았다. 목소리가 한결 누그러졌다.

"말씀하시오."

"너는 누구냐?"

"김운룡이라하오."

"이놈아. 누가 이름을 물어봤느냐? 뭐하는 놈인가 물어본 거지. 뭐하는 놈이야? 뭐하는 놈인데 그 나이에 중국 땅에 들어온 거야? 너도 노다지 캐러 왔냐?"

"아주바이."

"그래."

"아주바이, 노다지 많이 캐면 독립군들에게 꼭 보태 주시오."

그는 인산의 까만 눈동자를 똑바로 쳐다보았다. 총기가 있는 눈빛이다. 매서운 눈꼬리도 살아 움직이는 봉황 날개 꼬리 같았다.

"얘."

"또 뭐요?"

"얘, 너희는 독립군 되려 하냐?"

"우리보다 훨씬 더 어린 학도들도 독립군 되었소. 부끄럽소."

"이놈들이! 니들이 그리 말하면 난 뒈져야겠구나!"

"각자 할 일이 있으니 그럴 필요 없나. 아주바이는 돈을 벌어 군자금 주고 우리는 총칼을 사서 왜놈들 몰아내면 되지 모두가 총 칼 들고 있으면 누가 밥을 주고 총을 사오겠소? 하하"

인산은 침통에 침을 넣으며 웃었다.

"너희들은 죽는 게 무섭지도 않냐?"

"나이가 어리니 무서운 것이 모르고 살았소?"

"이놈들이 또 어른을 모욕하네!"

그가 벌떡 일어나 앉으며 주먹을 휘둘렀다.

"다 나은 모양이오. 그렇다고 해서 무리하면 또 다치게 되니 조심하시오."

그는 허리를 더듬거렸다.

"어, 희한하다. 조금 아프긴 해도, 이렇게, 이렇게 해도 안 아프네."

"아주바이 그리 찬 바닥에 앉아 있다가는 똥창 빠지오. 어서 일어나서 갈 길 가시오! 하하하!"

인산이 달음질치며 멀어져갔다.

"에라이!"

그가 주먹을 다시 허공에 휘둘러댔지만 얼굴에는 환한 웃음이 퍼져나갔다. 소년들은 까르륵 웃어댔다.

"……거참……별일이다."

그는 천천히 일어서서 허리를 집고 좌우로 움직여 보았다.

"대체 저놈은 뭐하는 놈이야?"

제3장

인산의 명석한 지혜와 빠른 행동은
모화산 부대가 침체되어 있던 기를 몰아내기 충분했다.
모체인 모화산 부대와 이제 조선에서 움직이는
제2부대의 움직임이 활성화 되자
이것을 눈치 챈 일본군은 그 연락책을 잡기 위해 혈안이 되었다.
인산은 일본경찰의 추적을 피해
낮에는 숨고 밤에는 산을 타며 도망치기를 이십 여일 했다.
해발 2천 미터나 되는 산을 넘자니 이제 기어갈 힘도 없다.
며칠째 먹지 못해 흙이라도 먹을 지경이었다.

아침부터 꼬박 길어온 연길을 지나자 고갯길이 보였다. 화룡으로 가는 길이다. 드디어 모화산 근방에 도착한 것이다. 인산 일행은 안도의 한숨을 쉬었다. 어느새 해가 저물어 갔다.
"저게 봉화대구만! 지금도 쓰면 좋겠구만."
짱구가 손끝으로 가리키자 인산과 두꺼비가 시선을 좇았다.
"발해 때 만들어 진거라 하더라."
"골동품이구만."
두꺼비가 낄낄거렸다.
"저 봉화대가 중경하고 연길을 거쳐 일직선으로 하나가 된다 하더라."
인산이 말하자 둘은 고개를 끄덕였다.
"그럼 아예 연길부터 저 봉화대나 잡고 올 걸 그랬구만. 괜히 길을 헤매고 말이지."
 짱구의 말에 두꺼비가 콧방귀를 꼈다.
 "에라이, 미쳤다고 오르락내리락하며 힘쓸 일 있나?"
 "아, 그건 그렇구나야."
 "우리가 연길에서 왔으니 저 너머 해란 강이 보일 것이다. 가자. 날이 더 어두워지기 전에 가야한다."
 그러나 그들은 새벽이 다 되어갈 무렵 모화산 부대에 도착했다.

 "너희는 뭐냐."
 독립군 초소 입구에서 제법 키가 큰 소년이 그들을 가로 막았다. 총을 가로질러 메고 있는 모양새가 그들과 같은 또래임에도 불구하고 늠름해 보였다.
 "우린 독립군이 되고 싶어 조선에서 왔소."
 소년은 그들을 위아래로 훑어보았다.
 "그래. 보아하니 온갖 고생을 하며 이곳을 찾았구나."
 그가 처음의 말투와는 달리 부드러운 어조로 고개를 끄덕였다.
 "올해 몇 살이냐."
 "맞선 보오? 나이는 뭐 하러 묻소?"
 "우리는 모두 열여섯 살이오. 평안북도 의주 보통학교 학생이었소."
 인산이 대답했다.
 "금세 과거형이 되었구나. 하하"
 그가 웃을 때 털모자를 뒤집어 쓴 남자 하나가 다가왔다. 삼십대 초반의 매서운 눈빛을 가진 사나이였다.

"현구야. 무슨 일이냐."

"독립군 지원하는 보통학교 학생이라 하오."

"그래?"

이번에는 장정이 그들을 훑어보았다. 배를 내밀며 당당하게 말하던 두꺼비가 이번에는 잔뜩 긴장한 모습으로 눈에 힘을 주었다. 한참을 바라보던 그가 입을 열었다.

"이곳까지 왔다면 꽤나 힘든 여정이었을 것이다. 용케도 찾아왔다. 아이들에게 먹을 것을 좀 챙겨 주거라."

"예."

현구라는 소년은 인산의 일행에게 따라오라는 고개 짓을 하며 앞장섰다. '먹을 것'이라는 말을 들으니 갑자기 소년들은 참을 수 없는 허기가 밀려왔다. 희한한 일이었다.

"긴장이 풀려서 그런 것이다. 오늘은 참을 들고 푹 쉬어라. 이야기는 내일 할 터이니."

그는 나무 사이를 가로 질러 군데군데 무리지어 있는 보초들과 눈인사를 한 뒤 허름해 보이는 건물 문을 열었다. 굳은 쇠문은 둔한 소리를 내며 무겁게 열렸다.

"들어와라."

현구가 등으로 문을 밀며 손을 까딱해 보였다. 인산이 맨 앞을 걸었고 그 뒤로 짱구와 두꺼비가 따랐다. 잠시 후 쇠문은 닫혔고 막다른 벽 사이로 작은 계단이 보였다. 현구가 다시 그들 앞에 섰다.

"배불리 먹지는 못하더라도 허기는 가실 것이다."

"먹기 위해 온 것은 아니오."

두꺼비가 코에 힘을 주었다.

현구가 다시 웃었다.

"그래. 내 그런 뜻으로 말한 것이 아니다."

"나도 아오."

나무로 만든 문을 열자 서구식으로 만들어 놓은 부엌이 나왔다.

"본래 학교 건물이었다. 지금은 버려졌지만."

"어서 오니라."

부엌 난로 가에서 책을 읽던 곱상한 젊은 부인이 일어났다. 그녀는 현구가 인산 일행을 소개 시켜주기도 전에 머리수를 세어보고는 곧장 국과 밥을 담아냈다.

"인사 드려라. 내 또래 아이들은 모두 무야 이모라고 부른다. 이모. 조선에서 온 아이들이오. 독립군이 되겠다하니 국물이라도 배부르게 내어 주시오."

"그래. 앉거라. 모두."

그녀는 생글생글 웃는 낯으로 허름해 보이는 식탁에 수저를 놓았다.

"고맙습니다."

인산이 자리에 앉았다.

"거, 이모가 아니라 누이라함이 옳소. 무야 누님."

두꺼비가 넉살을 떨었다. 혜무라는 이름의 그녀는 살짝 웃어보였다.

"아무리 그래도 찬이라고는 무짠지가 전부다. 군자금이 제때 오지 않아 그나마 다음 주면 이것도 없이 그저 소금에 보리죽이야."

인산은 허리에 찬 전대를 가만히 확인했다.

"그래. 현구는 올해 열일곱인데 너희는 몇 살이니?"

"그래요? 키가 커서 그런지 우리보다 서너 살은 위인 줄 알았는데."

"하하. 그런데도 그리 건방을 떨며 내 기를 죽이려했냐? 그래도 한 해 위고 이곳에 온 것으로 따져도 내가 위임은 틀림없으니 꼬박꼬박 형님이라 해야 한다. 하하"

환한 불빛에서 보니 현구의 인물은 출중했다. 그리고 그 맑은 눈이 인산의 마음에 들었다. 혜무는 그들을 가만히 바라보더니 읽던 책을 다시 펼쳤다. 금강경이었다.

"이모님 법명은 무엇입니까?"

혜무가 고개를 들었다.

"어찌 알았느냐?"

인산은 가만히 웃어 보였다.

"국이 아주 맛있습니다. 이런 맛은 오래 전 절에서 먹어 본 그 맛입니다. 그리고 무라는 이름 역시 불가와 익숙한 느낌이고요."

"하하. 너 참 제법이구나."

현구가 등을 의자에 기대며 인산을 바라보았다.

"그럼요! 이놈이 얼마나 대단한 놈인 줄 아십니까? 이놈 혼자 왜놈 열 명을 반송장 만들었다오. 나머지 셋은 두 놈씩 패고……."

짱구가 국을 들어 마시다가 말꼬리를 흐렸다.

"난 혜무다. 이젠 불가에 몸을 담지는 않지만, 그래도 마음은 늘 부처님과 함께 있다."

"이름이 참 좋소. 어울리오."

인산이 가만히 고개를 끄덕이며 웃음 지었다.

"그래 넌 이름이 무어냐?"
현구가 턱을 괴고 물었다.
"김운룡입니다."
"가명을 쓰도록 해라."
현구의 말에 짱구와 두꺼비는 그를 쳐다보았다. 무엇 때문에 가명을 쓴단 말인가.
"앞으로 어찌 될지 모른다. 본명을 쓰는 것은 위험한 일이다. 설마 작은 일을 하기 위해 이 모화산 부대까지 온 것은 아니겠지. 그러니 가명을 써라."
"형님도 가명입니까?"
두꺼비가 물었다.
"난 마태오라는 이름으로 살았다. 열 살 때부터 그렇게 불렀고 이곳에 와서 현구라는 이름을 받았다."
"마태오라면 천주교 이름이 아닙니까?"
인산이 물었다.
"그래. 난 신부님이 키웠다."
"뭐 어차피 가명이 필요하다니 저는 짱구라고 불러주십시오. 그리고 이 친구는 생긴 대로 두꺼비입니다."
혜무가 가만히 웃었다.
얼마 되지 않은 양인지라 식사는 금세 끝났다. 두꺼비는 습습 소리까지 내며 국물을 마셨고 그것이 안 되어 보였는지 혜무는 생고구마 두어 개를 꺼내어 주었다.
"한참 먹어야 할 나인데……."

"아니오. 내 늙어서 실컷 먹을 것이니 마음 쓰지 마시오. 헤헤."

두꺼비가 멋쩍은 듯 혜무를 쳐다보았다.

"그런데 형님."

"그래."

인산의 부름에 현구가 웃다 말고 그를 바라보았다.

"대장님을 지금 만나고 싶소."

"대장님을?"

현구와 혜무가 눈이 동그랗게 되어서 인산을 쳐다보았다. 두꺼비와 짱구는 전대에 찬 돈을 건네려니 하는 짐작을 하던 바라 코를 씰룩해 보이며 딴청을 부렸다.

"오늘은 쉬고 내일 이야기 하자고 하지 않았냐."

"아니오. 지금 이야기해야 푹 쉴 수 있을 것 같소."

현구는 잠시 생각을 하더니 고개를 끄덕였다.

"따라 오너라."

인산이 일어서자 짱구와 두꺼비가 따라나섰다.

바깥바람은 아까보다 더 세차게 불었지만 따뜻한 음식을 먹어서 그런지 그다지 한기를 느낄 수 없었다.

여기저기 총을 메고 보초를 서는 독립군들이 보였다. 목을 움츠리고 손을 호호 불어대는 또래의 소년들도 있었다. 추위를 잊기 위해 제자리에서 깡충깡충 뛰던 군인 하나가 인산의 무리를 쳐다보았다. 누구에게 얻어 입었는지 바지 길이가 짧아 발목이 나왔다. 이렇게 추운 날 변변한 의복과 신발도 갖추지 못한 것을 보고 인산은 마음이 저려왔다.

―다음 주면 소금에 보리죽이야.

혜무의 말이 귓전에 울렸다.

"잠시 기다려라."

현구가 일행을 돌아보고 건물 안으로 들어갔다.

"어째 부엌이 있는 건물보다 더 낡아 보인다."

짱구가 중얼거렸다. 벽을 치고 돌아가는 바람 소리가 제법 크게 들려왔다. 사방은 온통 어두웠고 가끔 보초를 서는 병사들의 입김이 허공으로 퍼지는 것이 보였다.

"어째 여기서 기다리는 게 이 부대를 찾아 헤맨 시간보다 더 긴 것 같다야."

두꺼비가 목을 움츠렸다.

"그러게 말이다."

인산이 대답할 때 문이 열리더니 현구가 비스듬히 서서 들어오라는 듯 고개를 끄덕였다. 안이나 밖이나 한기가 느껴지는 것은 마찬가지다. 낡은 창문은 바람에 부숴질듯 요란한 소리를 냈다.

"들어와라."

현구가 문을 열어주었다.

방안에 들어서니 네모진 긴 책상 주변에 여러 연령으로 구성된 사람들이 손깍지를 끼고 일제히 인산의 일행을 바라보고 있었다. 피곤에 지친 눈빛을 가진 자들과 날카로운 눈매로 그들을 바라보는 사람들. 그리고 어린 나이에 조국을 위해 뛰어들었다는 자체만으로도 귀하게 여기며 빙긋 웃어주는 사람들이었다.

"가운데 계신 분이 여기 모화산 부대의 대장님이신 변창호 선생님이시다. 대장님 저는 나가 보겠습니다."

"응, 그래라. 수고 많았다."

변대장이 고개를 끄덕였고 일행 등 뒤로 문이 닫히는 소리가 들렸다. 지금 보니 일곱 명이 각각 자기의 자리를 잡고 앉아있었다.

"그래. 평북 의주에서 왔다고 들었다. 맞나?"

"예, 맞습니다."

"고생 많았겠구나."

"아닙니다. 오면서 더 힘이 나두만요!"

두꺼비가 코를 씰룩거리며 군인처럼 차렷해 보였다. 그것을 보자 일동 모두가 웃음을 터뜨렸다. 웃음이 조금씩 사라질 때 변대장이 다시 입을 열었다.

"그래, 할 이야기가 무어냐."

인산은 양손을 펼쳐보였다. 아무 것도 없다는 듯 안심을 시키는 행동이었다. 그는 조심스레 전대 주머니를 천천히 들어 올려 책상 끄트머리에 놓았다. 대장을 비롯한 모두가 그 주머니를 살펴보기 위해 의자에서 등을 떼었다.

"······무엇이냐?"

대장이 묻자 가장 가까이 앉은 자가 그것을 조심스레 끌어당겼다. 그리고 대장에게 건너가기도 전이었다.

"조선에서 캔 산삼을 중국약재상에 판 것입니다. 금으로 받았습니다. 부대에 도움이 되었으면 하는 바람입니다."

인산의 말에 모두가 뻑뻑하게 굳은 모습으로 눈알만 굴려 인산을 바라보았다.

금이라니. 저 아이가 산삼을 캐어 그것을 중국 약재상에게 팔았다고? 그것이 가능한 일인가.

"제 조부가 의원입니다. 어려서부터 많은 약초를 봐왔습니다."

전대 주머니가 대장 앞으로 오자 대장은 그것과 인산의 얼굴을 번갈아 보며 한 손으로 전대를 털어보았다. 둔탁한 소리를 내며 엄지 손가락만한 샛노란 황금 두개가 떨어졌다. 어찌나 무게감이 있던지 둥근 모양의 금은 구르지도 않았다. 그 때 60대 노인이 가만히 입을 열었다.

"어제 내가 꿈을 꾸었다. 우리는 의복과 음식과 새 총칼을 받았는데 그것을 용이 내려 주었다."

"맞습니다! 이 친구의 이름에 용이 들어갑니다."

짱구가 흥분해서 펄쩍 뛰자 인산은 얼굴이 벌개졌다.

"본명은 알려줄 일 없다."

"지을룡이라는 이름을 쓰겠습니다."

인산의 말에 노인이 다시 고개를 끄덕였다.

"그래, 그럼 이제부터 네 이름은 지을룡이다."

"송 선생님, 이 아이들 덕에 우리가 겨울을 버티게 되었습니다."

변대장이 노인에게 말하자 노인은 변대장의 손을 가만히 토닥거리며 웃었다. 송 선생이 이윽고 그들을 바라보았다.

"얘들아. 너희가 벌써 공을 세워줬다. 고맙다."

두꺼비는 코끝이 시큰거렸다. 이런 게 나라를 위한 보람이구나. 그 때 인산이 큰절을 올렸다. 짱구와 두꺼비도 덩달아 절을 했다.

"받아주셔서 고맙습니다."

"하하하. 군인은 그렇게 인사를 하는 게 아니다. 하지만 고맙다. 이제 오늘은 편하게 쉬어라. 무척 고단할 것이다. 내일부터는 더욱 고단할 것이니 자거라."

변대장이 고개를 끄덕거리며 그들을 바라보았다.

이천만 동포야 일어나거라
일어나서 총을 들고 칼을 잡아라
잃었던 내 조국과 너의 자유를
원수의 손에서 피로 찾아라

노소를 행각 말고 남이나 여나
어린 아이까지라도 일어나거라
한천의 우로 받은 초목까지도
무덤 속에 누워 있는 혼령까지도

아직 잠에 빠져있던 인산의 귀에 환청 같은 노래가 들려왔다. 인산이 피곤한 눈을 뜨자 그 노래는 더욱 선명하게 들려왔다.

"……광복가다."

그가 중얼거렸다. 별안간 목이 메여왔다. 입에서 입으로 전해 듣던 노래가 지금 그의 귓전에 들려왔다. 지금 살아 움직이는 독립군 몸에서 우렁차게 나왔다. 그가 자리를 박차고 일어났다. 맨발로 숙소 문을 박차고 나가자 아침 찬바람 속에 무장을 한 독립군들이 함성을 지르듯 광복가를 부르는 모습이 시야를 덮쳤다. 인산은 얼어붙은 듯 그들을 바라보았다. 눈시울이 붉게 물들었다. 3절이 시작되자 인산은 메인 목구멍 사이로 읊조리듯 노래를 따라 불렀다.

  끓는 피로 청산을 고루 적시고
  한사의 강물을 붉게 하여라
  원수의 무리들을 쓸어버리고
  자유의 종소리가 울릴 때까지

노래가 끝이 나자 별안간 고요한 적막이 흘렀다. 독립군들은 일률적인 입김을 내고 있었다. 한 군인이 인산을 쳐다보았다. 왜소한 체구에 배짝 마른 몸을 가진 사람이었다. 그의 시선을 따라 다른 이들이 움직일 때 현구가 무리 속에서 빠져 나와 인산에게 다가갔다.
"대장님께서 깨우지 말라 하셨다. 들어가라."
인산이 현구에게 이끌려 숙소로 들어섰다. 짱구와 두꺼비는 코를 곯고 잠에 빠져있었다.
"하하. 저 녀석 정말 별난 놈이다."
그가 두꺼비에게 이불을 덮어주었다.
"매일 이런 특권을 주는 것은 아니야. 그러니 너도 좀 더 쉬거라. 몸살이 나서 아무 것도 못하는 것이야 말로 동료들에게 폐를 끼치는 거니까. 독립군 훈련이 혹독하다는 것은 들어서 알 것이다. 이제 오후가 되면 훈련에 들어 갈 것이야. 이것은 목숨과 바꿔 쟁취하는 거다. 내가 죽더라도 후손에게 자유를 찾아줘야 할 의무를 가지고 말이다."

"……현구 형님 눈은 슬퍼보이오."

인산의 말에 현구는 행동을 멈추고 그를 가만히 바라보았다.

■　　　■　　　■

한 달 후 인산과 현구는 한 조가 되어 보초를 섰다. 현구가 인산을 특별히 아낀 까닭에서다. 인산은 총을 바로 잡다 인상을 찌푸렸다. 고된 훈련으로 생긴 물집이 터졌다.

"그게 몇 번이고 생기고 없어지고 하면 이렇게 된다."

현구가 손바닥을 펼쳐 보였다. 어찌나 굳은살이 많은지 달빛에 거울처럼 빛이 났다.

"그러다 총이 미끄러지겠소."

"하하."

현구가 웃었다.

"전에 고깃국이 나왔을 때 이게 꿈인가 싶었는데 그게 네가 마련한 것이라고 들었다. 산삼을 팔았다고?"

"그런 건 기밀사항이 아닌 모양이구만. 하하."

인산이 멋쩍게 웃었다.

"산삼은 어찌 캤냐."

"그저 되놈들이 조선 약초라면 기절하고 덤벼들어 얼마의 약초를 캐어 팔면 여비라도 되겠거니 생각했소. 그런데 산삼을 캐게 된 것이오. 그러니 노잣돈에 고깃국까지 먹을 수 있었던 거요. 하하."

"너 참 별나다. 나도 참 별난 놈이라지만 어째 너는 더 별난 놈

같다."

"그 별난 형님은 어떻게 이곳에 왔소?"

인산이 물었다.

"길이 이쪽이라 그저 흘러왔다."

"형님. 내 이런 말 한다고 오해 하지 말고 들으시오. 형님은 형님이 원하는 삶을 살지 못한 사람 같소."

현구가 인산을 쳐다보았다.

"맞다. 내가 그렇다. 넌 어찌 그걸 알았냐."

"깊은 이야기는 안할 테요. 형님이 말하기 전까지는. 그런데 성당에는 어떻게 가게 되었소?"

"하하. 그 이야기를 하면 너는 내가 무서워 옆에 서 있지 않을 것이다."

"난 무서운 것 없소."

"그래. 넌 무서운 게 없는 놈이다. 내 그런 것은 볼 줄 안다."

"하하. 그래서 내가 형님한테 마음이 가는 모양이오."

현구가 가만히 웃더니 이내 입을 열었다.

"부모가 나를 그리로 맡겼다. 그래. 나는 귀신들린 아이라 그리로 보냈다."

"귀신은 보이지 않소. 형님에게는 귀신같은 것 붙어있지 않소."

현구가 놀란 듯 인산을 바라봤다.

"너는 그런 것을 아느냐?"

"형님. 나도 어려서 귀신 붙은 아이라 어른들이고 아이들이고 나를 피해 다녔소. 내가 한 말 그대로 사람이 죽는다 하여 우리 조부

조모, 부모님이 마음고생 무척이나 했소. 아마 지금은 내가 없어져서 그 나름대로 가슴앓이를 하고 있을 것이오."

"그래도 너희 부모님은 너를 보호하고 아꼈구나. 하지만 나는 그렇지 못했다."

"아오. 그래서 형님 눈이 슬퍼하고 있는 것이오. 형님. 형님 속에 있는 것들을 다 이야기해야 하오. 그게 병이 되오. 병이 되면 그게 사람을 잡아먹게 되는 것은 당연지사 아니겠소. 형님은 길이 이쪽이라 왔다하지만 이 길은 형님이 갈 길이 아니었소. 무척 아깝소."

현구는 인산보다 1년 7개월 먼저 태어났다. 풍수상으로 특출 난 인물이 태어난다는 지리산 명당에서 태어난 그는 말을 하기 시작할 무렵에는 신동이라 불렸지만 일곱 살이 되자 귀신 붙은 아이라고 소문이 났다. 인산은 태생부터 병든 사람과 치유법을 알고 있었다면 현구는 그가 언제 죽는지 왜 죽는지를 알아맞혔다. 능히 피할 길을 알려주었지만 사람들은 현구에게 죽은 조상 혼이 붙었다 했다. 결국 그의 부모는 이웃사람을 통해 천주교에 그를 맡겼다.

성당에서의 삶도 고되긴 마찬가지였다. 침묵의 시간은 어린 그에게 있어서 가장 괴로운 고행이었다. 또한 믿음이 아직 없다하여 또래의 아이들이 성가와 성찬 시중을 들 때도 그는 멀찌감치 앉은 어린 이방인이었다.

"그렇게 철저하게 혼자이어야만 하느님과 교감을 할 수 있다고 신부님은 말했지만 난 안 보이는 하느님보다 눈앞에 보이는 친구가 더 절실하게 필요했다. 그렇게 말을 하자니 늘 애쓰는 신부님에게 괴로움을 주는 것 같았고 사실은 그곳이 너무나 싫었기 때문에 뛰쳐나왔지. 담을 넘고 모퉁이를 돌았을 때 나는 내 세상을 얻은 기분이었다. 숨통이 열리는 듯했지. 열 살 때다. 배가 고파 구걸도 했고 남의 집 부엌에 들어가 밥을 훔쳐 먹다 죽도록 맞은 적도 있었다. 그리고 송 선생님을 만나게 되었다. 그 때는 지금처럼 수염을 기른 모습은 아니었어. 하하. 그분이 나를 거두어 주었고 나는 자연스레 그를 아버지처럼 따랐다."

현구는 잠시 말을 끊었다. 인산은 문득 할아버지가 그리웠다. 그리고 현구는 어쩌면 또 다른 삶을 살고 있는 자신의 모습일지도 모른다고 생각했다.

-만일 나에게 할아버지가 없었다면 어떻게 되었을까. 또한 지금의 어머니와 아버지가 아니었다면 어떻게 되었을까. 나도 현구 형님처럼 되지 않았을까. 아니 더 심하게 되었을 수도 있다. 생각해보니 그러하다. 우리 가족들은 나를 보호하느라 모든 수모를 참아왔다. 할아버지는 훨씬 어린 사람에게도 허리를 굽실거렸고 아버지도 그러했다. 다들 모든 것을 참아내며 나를 감싸주셨다.

"끝까지 살아야 네가 보답을 하는 거다."

현구가 인산의 생각을 안다는 듯 말했다.

"참 슬프오."

"하지만 을룡아. 나는 네가 슬퍼 보인다. 나는 지금 사라져도 아무에게 해를 끼치지 않는다. 하지만 너는 아니다. 너는 꼭 있어야 하는데. 너는 끝까지 살아야 하고 또 오래오래 살아야 하는데……. 너는 참 슬픈 사람이다."

인산은 현구를 가만히 쳐다보았다.

"모르겠소, 형님. 내가 어떻게 살아야 하는지 아직은 잘 모르겠소."

"잘 하고 있다. 걱정 없다. 너는 네가 살아야겠다는 의지만 있으면 아무 문제없을 것이다. 하지만 그러한 의지가 없으면 허무한 생이 될 것이다. 그러니 너는 네 삶만 마치고 가는 인생은 아니다. 네 한 평생에 많은 생명들이 달려 있음을 네가 살면서 느끼게 될 날이 올 것이다. 너는 내가 너와 비슷한 면이 있다고 생각할지 모른다만 너는 나와는 다르다. 아주 달라."

그때 부스럭거리는 소리에 두 사람은 동시에 한 곳으로 시선을 두었다.

"누구냐!"

현구가 외쳤다.

"누구긴 누구여?"

20대 동료가 허리춤에서 무 두개를 꺼내어 들었다.

"흐미. 완전 시골 아낙네처럼 나불나불 해대 쌌네. 어지간히 떠들드만 저러다 뭔 일 나것다 싶어서 살금살금 왔는디 귀는 또 귀신일세. 이거나 자셔봐."

인산과 현구는 그가 내미는 무를 받아들며 멋쩍게 웃어보였다.

"무가 트림만 안하면 인삼만큼 좋은 거라제. 긍께 콧구녕 주어 싸고 먹으랑께. 방구도 끼지 말고잉."

그가 손을 흔들며 사라졌다.

그 사이 두어 차례 전투가 있었다. 지리 지형에 밝은 독립군에 비해 일본군은 유리한 고지를 찾지 못해 매복하여 있던 독립군에 의해 몰살을 당하거나 혼비백산하여 도망을 치곤했다. 전략 전술로도 독립군의 그것을 따라가지 못했다.

전투는 치열하면서도 의외로 침착한 가운데 이뤄졌다. 그런 방면에서 변창호 대장은 대단한 영웅이었고 그에 관한 소문은 입에서 입으로 퍼져갔다. 그럼에도 인산의 기발한 전략 발상에 변대장은 입을 다물지 못했고 인산은 연륜 높은 군인보다 더 지혜로운 제안을 하기도 했다.

지을룡이라는 이름은 변창호 선생의 이름과 더불어 일본군에게 알려지기 시작했다. 발 빠르고 총명하고 무서운 것이 없는 청년 독립군. 지을룡이라는 인물의 대범함과 발 빠름에 일본 순사들은 긴장을 했고 이내 수배령이 내려졌다.

인산은 그들의 감시망과 추적을 피해가며 독립운동에 있어서 없으면 안 될 인물로 부각 되어가고 있었다.

그렇게 한 해가 지나서다.

"아이고, 나 죽네."

나른한 늦봄의 오후였다. 동료 군인 둘이 농민 하나를 부축하고 왔다.

"아니 자네는 개똥아범 아닌가?"

그는 개척농민 2세로 독립군들에게 연락망이 되어주기도 하고 지리 지형에 밝은 민간 부대안내자 중 하나였다.

"아이고 대장님, 나 죽소!"

"어서 눕히게. 무슨 일로 이렇게 된 건가?"

변대장이 묻자 부축하던 병사 하나가 입을 열었다.

"다음 달 우리 부대 행군을 위해 지리를 안내해 주다가 낙상했습니다."

"아이고! 거기가 위험한 곳이라고 알려주다가 내가 그만 떨어졌습니다. 뼈다귀가 조각조각 난 것 같이 아파 죽겠습니다! 아이고 개똥엄마! 대장님. 내가 앵간 하면 아프단 말을 안 하는 사람입니다. 아이고 머리 어깨 무릎 발 다 아프다. 아이고!"

그의 소란에 오후의 햇살아래 쉬고 있던 부대원들이 달려왔다. 사람들이 둘러싸인 가운데 인산이 고개를 내밀었다.

"어허, 어쩐다. 김 선생이 자리에 없는데. 어디가 부러졌는지 알 수가 있나. 어디 조금 움직여보게."

"아이고 대장님아. 움직일 수 있으면 이리 누워 꼼짝 않고 있겠습니까요? 아이고. 머리 어깨 무릎 발이야!"

개똥아범은 죽겠다고 우는데 몇몇 동료들은 그 꼴이 우스워 이를 악물고 코를 씰룩거렸다.

"잠깐 봅시다."

인산이 사람들 사이를 뚫고 나왔다.

"예예, 제발 봐주시오. 누구라도 봐주시오. 아이고."

인산이 발목에서 침통을 꺼내어 들었다.

"이 쪽 다리를 좀 들어보시오."

"몰라. 몰라. 눈을 감고 있는데 무슨 다리를 말하는 건지 나는 몰라."

그가 허리를 약간 비틀며 고개를 흔들어 댔다.

"그리 움직이는 것으로 보아. 골절은 아니오. 근육이 놀란 모양이오."

인산은 익숙한 손놀림으로 이리저리 눌러 보았다.
"으악. 사람 죽네, 사람 죽어!"
"살려 줄 테니 좀 가만히 있으시오."
개똥아범이 요란을 떠는 통에 누구하나 인산에게 간섭을 하는 사람은 없었다. 인산은 익숙한 손놀림으로 그의 근육과 뼈마디를 눌러 나갔다.
"여긴 아프오?"
"오메, 오메! 아프면서도 시원한 거!"
그가 고개를 번쩍 들었다 죽은 듯 눈을 감았다.
"근육이 놀랐소."
인산은 손바닥으로 척추부위의 근육을 부드럽게 눌러주었다.
"여긴 또 어떻소?"
인산이 허벅지 근육을 눌렀다.
"거기를 누르니 요 옆구리가 시원하다."
인산은 침통에서 침을 꺼내어 들었다. 사람들은 흥미로운 표정으로 인산을 바라보았다. 그리고는 빠르고 정확하게 침을 꽂아댔다.
"어이, 안 아프나?"
군인 중 하나가 개똥 아범에게 물었다.
"지금 뭐하고 있는디?"
그가 눈알만 굴려 그를 쳐다보았다.
"침놓고 있는데?"
"침을 놓던 재봉틀로 박던 난 지금 같기만 하면 살 것 같소."
사람들이 그 말에 쿡쿡 소리를 내며 웃었다.

"그런데 말이오."

인산이 개똥 아범을 쳐다보았다.

"예?"

그가 목에 주름을 만들며 인산을 바라봤다.

"낯빛은 원래 그리 까맣소 아니면 그을린 것이오?"

"내가 원래는 뽀얀 게 꼭 계집애 같았지."

그가 넋두리를 하는 표정이 되어서 다시 바로 누웠다.

"내가 참 그 인물로 여럿 울렸어. 그럼 뭐해. 내 마음은 이미 개똥 엄마한테 가 있는 걸. 그런데 한 몇 달 전부터 이렇게 얼굴이 까맣게 되는 거야. 늙어서 그런지."

"하루에 잠은 얼마나 자오?"

"대략 없지. 많이 자면 4시간, 5시간. 잠을 많이 자야 하얗게 되나?"

"간이 몹시 지쳐 있소. 이대로 가다간 큰 병을 얻을지도 모르오."

"큰 병?"

그가 벌떡 일어나 앉았다.

"자네 다 나은 모양일세."

변대장이 눈이 휘둥그레 되었다.

"아이고! 제가 큰 병이 있다는 말입니까?"

"아니오. 그럴 지도 모른다는 소리요. 이렇게 우리를 위해 밤낮 수고하니 몸이 버텨 나겠소? 혹시 사는 곳 근처에 개울이 있습니까?"

"좀 떨어진 곳에 있긴 하오."

"그럼 거기 민물 고동이 있겠구만."

"있다마다."

"그걸 잡아 깨끗이 씻은 후 솥에 물을 부어 끓이시오. 껍질이 다 녹도록 끓여서 한 보름 드시오."

"껍질째로?"

"껍질도 다 녹소. 그럼 그게 파란색이 되오. 짙은 초록 말이오. 그게 아저씨의 간을 살릴 거요."

"고동 껍질째 삶아서 먹으라고?"

"귀한 목숨 오래 살고 싶거든 그리 하시오."

인산이 침통을 넣었다.

"얘, 을룡아. 민물고동이 간에 좋은 것이냐?"

배짝 마른 군인 하나가 인산을 바라보았다.

"그렇습니다."

"그게 참말이라면 우리 어마이 드셔야 한다. 우리 어마이."

그가 코를 씰룩거리며 눈시울을 붉혔다.

"내 말대로 그리 하시오. 보름만 먹으면 아주 좋아집니다. 혈색부터 달라질 것이오."

"그건 무슨 연고로 그러냐?"

변대장이 물었다.

"간과 쓸개는 본시 짙은 초록색을 띠고 있습니다. 사람 몸에는 그마다 자기 장기의 색과 맞는 음식을 섭취해야 하는데 웅담은 구하기 어려워 급히 먹을 수 없습니다. 하지만 고동은 웅담만큼 효능도 좋거니와 누구나 쉽게 구할 수 있지요. 그것이 진한 초록색을 띤다고 했지 않습니까. 내 말을 믿으시오. 그럼 정말 낫습니다. 어마이께 꼭 그리 하시라 이르시오."

인산의 말에 반신반의 하며 듣던 사람들은 하나 둘 흩어지며 수군거렸다.

"을룡이는 알면 알수록 무서운 놈이야. 저런 사람 고친 게 한두 번인가."

"그래도 난 못 믿겠는 걸?"

"그야 네 놈이 상하거나 죽어가지 않으니 그런 거야. 갑수도 죽을 지경에 이렀을 때 을룡이가 침을 놓아서 살렸다잖아. 그것도 한방에 말이야."

"응, 그 얘기는 들었지. 그런데 난 내가 못 봤으니 알 수가 있나."

"죽어가던 갑수가 네 앞에서 움직이는 것을 보고도 왜 못 믿는다는건지 나는 자네가 더 알 수 없네."

그 때 변대장이 주위를 둘러보며 입을 열었다.

"개똥 아범 어디 갔나?"

"민물고동 잡으러 갔습니다."

두꺼비가 대답했다.

■　　■　　■

"내가 독립군이 된다면 당장이라도 독립이 될 것 같았는데……. 이제 가을이 되면 이곳에 온 지도 오 년이다."

한 병사가 쓸쓸한 표정으로 하늘을 바라봤다. 그는 고향에 두고 온 처자식과 부모님 그리움에 서서히 지쳐가고 있었다. 잠시 후 그의 구슬픈 노래가 나지막하게 들려왔다. 삼삼오오 모여 있던 사람들

가운데 그의 노래를 듣는 사람이 있는가 하면 에이 하고 자리에서 일어나 먼 곳으로 가버리는 사람도 보였다. 그의 슬픈 노래 때문만이 아니었다. 오늘은 어딘지 우울하고 음산한 기운이 가득했다. 해란강 저편에서는 뭉게뭉게 회색빛 구름이 서서히 다가오고 있었다. 코 끝에 맴도는 바람이 차갑게 느껴졌다.

"드디어 비가 오려는 모양이다. 바람 한 점 불지 않더니."

새벽 세 시경이다. 군인들은 고된 훈련에 피곤해서, 또한 요 몇 달 사이 전투가 없어서 나른해서인지 모두가 코를 곯고 깊은 수면에 빠졌다. 후드득하고 새가 날개 짓을 하는 소리가 났지만 그것은 새가 아닌 빗소리였다. 이내 수많은 빗줄기가 막사를 향해 쏟아졌다. 인산은 몸을 움츠리며 고개를 돌렸다. 창밖에는 나뭇가지들이 바람에 흐물흐물 쓰러지다 일어서다를 반복하고 있었다. 마치 춤을 추는 것 같았다. 그것을 가만히 보다가 졸린 눈을 스르르 감았다.

그리고 얼마가 지났을까. 막사에 문이 열리며 보초병이 달려 들어왔다.

"싸게 싸게 일어나라! 왜놈들이다!"

잠결에 눈을 부비며 일어나던 병사들은 보초병을 바라보았다. 반쯤 감긴 눈 사이로 피범벅이 된 보초병의 얼굴이 덮쳤다. 그는 사력을 다해 그것을 알려주러 왔다는 듯 곧장 쓰러졌다.

"홍아!"

나이든 병사 하나가 그에게 맨발로 달려갔다. 그제야 병사들은 총칼을 둘러메고 자리를 박차고 일어났다.

"홍아! 홍아!"

"……기습이랑께요. 미친 개떼같이 몰려오는디……. 싸게 싸게 거시기 하지 뭐하고 있소!"

"홍아!"

그가 피가 뿜어져 나오는 가슴을 누르며 울부짖었다. 그 사이 병사들은 막사를 빠져나가 총칼을 휘둘렀다. 홍이를 안고 있던 병사는 그의 얼굴을 감싸 안으며 흐느껴 울었다.

"행님요……. 아침에 행님이 준 무 허벌나게 맛났었소잉……. 내 죽어도 그 맛은 잊지 않을 꺼라……."

그가 중얼거리다 이내 고개를 떨어뜨렸다.

"홍아! 홍아!"

일본군의 기세는 대단했다. 마치 모화산 부대만 넘어뜨린다면 모든 것이 끝날 것이라고 여긴 듯 그 수가 독립군과는 비교가 되지 않았다. 그럼에도 부대원들은 죽음을 불사하고 총칼을 들이댔다. 일본군도 쓰러졌지만 독립군들은 더 많은 희생을 당했다. 인산은 죽어 나자빠진 일본군의 무기를 빼앗아들었다. 그의 주변의 일본군은 외마디 비명을 지르며 죽어갔다. 여기저기 독립군과 일본군들이 동시에 쓰러지고 일어서기를 반복했다. 어린 군인들도 쓰러져갔다. 이곳에 와서 짱구와 친해진 병사 하나가 짱구 앞에서 쓰러지자 짱구는 두 다리가 후들거렸다.

"으엑!"

짱구가 겁에 질려 허공으로 칼을 휘둘렀다. 하지만 그가 일본군에게 칼을 쓰기도 전에 외마디 비명과 함께 피를 뿌리며 쓰러졌다. 그것을 본 인산은 정신이 아득해졌다.

"정신 차려!"

현구가 인산의 따귀를 때렸다.

"너도 저렇게 되려하냐! 정신 차려라! 정신 차려!"

현구가 다시 거세게 인산의 양쪽 뺨을 때렸다. 그러나 현구의 눈에도 물기가 비췄다.

"도망가라. 대장님의 지시다. 이러다 전원 전멸이 될 수 있으니 우선은 피하란 말이다!"

현구는 일본군의 피가 얼룩져있는 인산의 팔을 잡아당겼다.

"그럴 수 없소, 형님! 여기서 내가 죽어도 이렇게 도망가지는 않을 테요!"

"이 등신아! 넌 살아야 한다니까! 넌 살아야 한다!"

그가 인산을 잡아끌며 어두운 산으로 향했다. 돌아보니 이미 몇몇의 독립군들이 일본 군 앞에 두 손을 들고 항복했다. 그들은 대부분이 어린 학생이었는데 전투가 점점 잦아질수록 가까운 동료를 잃은 슬픈 사람들이었다. 인산은 그 속에서 두꺼비를 발견했다.

"두꺼비. 두꺼비요!"

인산이 현구와 함께 숨은 바위틈에서 일어섰다. 현구가 인산을 쓰러뜨렸다. 그리고 그의 입을 틀어막았다. 두꺼비와 다섯 명 가량의 군인들이 머리에 깍지를 낀 손을 올리고 있었다.

-저놈들. 동료들을 노역장에 끌고 가겠지. 그렇다면 저 아이들은 분명히 지쳐 죽을 것이다. 살려내야 한다. 구출시켜야 한다.

인산이 생각하는 그 짧은 순간 일본군은 일제히 어린 그들의 가슴에 칼을 꽂았다. 인산은 그것을 두 눈으로 바라만 보고 있어야 했다. 현구는 더욱 인산의 입을 틀어막으며 그를 일으켜 더 깊은 산속으로 뛰었다.

"저쪽에도 도망간다!"

그들의 뒤로 일본군의 고함소리가 높다랗게 들렸다. 이어 총소리와 함께 화약 냄새가 진동했다.

"억."

현구가 인산의 뒤에서 쓰러졌다.

"현구 형님!"

그가 현구를 일으켜 안았다. 현구는 인산을 밀어치려 했지만 사지에 힘이 빠졌다. 저만치서 그들에게 달려오는 일본군 소리가 들려왔다. 그 때 현구가 노여운 눈빛으로 인산을 노려봤다.

"가, 이 새끼야! 가란 말이다!"

인산은 동공이 풀린 듯 정신이 또다시 몽롱해졌다.

"야, 이 등신새끼야! 개새끼야! 넌 살아야 한다니까!"

현구는 검붉은 피를 토하며 매서운 표정으로 인산을 바라보았다.

"너는 반드시 살아야 한다. 너는 반드시 해야 할 일이 있는 놈이다. 그러니까 도망가란 말이다!"

현구는 입에서 검붉은 피를 쏟아내며 그의 눈을 바라보았다. 인산은 전신이 마비라도 온 듯 꼼짝 하지 않았다. 그러나 현구는 그의 대답을 기다리기라도 하는 듯 눈에 힘을 주었다. 인산이 고개를 끄덕이자 그는 이제 할 일을 다 했다는 듯 마지막 숨을 내쉬었다. 인산은 그대로 현구를 감싸 안았다. 그의 가슴에서 뿜어져 나오는 피와 심장의 박동소리도 멈췄다.

-사람을 살리는 게 무슨 소용이야. 정작 내 옆의 소중한 친구들을 살리지도 못하고. 이게 무슨 소용이야.

-을룡아. 너는 반드시 해야 할 일이 있다.

현구의 목소리가 귓전을 때렸다. 인산은 현구의 시신을 바닥에 누이고 두 눈을 감았다. 그리고 정신없이 뛰어댔다. 그 빠른 발은 현구의 영혼이 더 해지기라도 한 듯 돌부리에 걸려도 칠흑 같이 어두운 산길임에도 불구하고 훨훨 날아가듯 그렇게 산으로, 산으로 들어갔다.

"을룡아. 네가 있어서 든든하다."

변 대장은 슬픈 눈으로 인산을 바라보았다. 그 옆으로는 송 선생이 현구를 비롯한 많은 이들을 잃은 슬픔에 고개를 숙이고 있었다. 그는 깊은 상실감에 기력이 빠졌다.

"을룡아……"

송 선생이 지팡이에 이마를 댄 채 인산을 불렀다.

"예, 선생님."

"많은 이들이 죽었다."

"……"

송 선생이 고개를 들어 인산을 바라보았다. 눈시울이 아직도 발갛게 되었다.

"네가 해 줘야 할 일이 있다."

"예."

"우리의 독립운동은 끝나지 않았다. 새로운 직책이 있다. 네가 그 수고를 해다오."

"우리 기밀 사항의 연락책을 해야 한다. 군자금 통로는 물론이요 군수물자까지 말이다."

다른 이가 송 선생을 바라보았다.

"선생. 그것을 하기엔 이 아이가 너무 어리지 않소? 을룡이는 이제 열여덟 입니다."

그러나 송 선생은 가만히 있으라는 듯 손을 저어댔다.

"너무 어려서 지금은 그것만 시키는 것이야. 지금은 어리니까."

송 선생의 말에 그는 입을 다물었다.

■   ■   ■

인산의 명석한 지혜와 빠른 행동은 모화산 부대가 침체되어 있던 기를 몰아내기 충분했다. 모체인 모화산 부대와 이제 조선에서 움직이는 제2부대의 움직임이 활성화 되자 이것을 눈치 챈 일본군은 그 연락책을 잡기 위해 혈안이 되었다.

일본 경찰의 앞잡이는 한국인이였는데 어찌나 교활한지 그의 가족조차도 외면할 정도였다. 그는 자부대에 몸을 담고 있다가 살길이 막막하여 일본경찰에 자진하여 들어간 사람으로 인산의 얼굴을 똑똑히 기억하고 있었다. 그의 행동에 사람들은 분개했지만 기세등등하여 다시 나타난 그는 허리에 찬 권총을 버릇처럼 만지작거려 그 누구도 감히 대들지 못했다.

"이제 지을룡이를 잡으면 내 팔자 만고 땡이다. 하하하!"

하지만 그가 땅을 뛴다면 인산은 하늘을 날고 있었다. 인산은 연막과 역행으로 그의 뒤통수를 수차례 때렸고 그는 늘 한 발 늦어 달려와서는 이를 갈며 분을 토했다.

"지을룡이가 조선에 다시 왔다고 한다. 샅샅이 뒤져야 한다."

일본 경찰력은 몇 갑절로 되어 의심 가는 모든 곳을 수색하여 길 가는 사람들까지 괴롭혔다. 인산은 그러한 일본경찰의 추적을 피해 낮에는 숨고 밤에는 산을 타며 도망치기를 이십 여일 했다.

해발 2천 미터나 되는 산을 넘자니 이제 기어갈 힘도 없다. 며칠째 먹지 못해 흙이라도 먹을 지경이었다.

-이제 산을 넘기만 하면……. 그곳에 가기 전까지 버틸 수나 있을까. 인산은 주린 배를 움켜쥐었다. 그나마 이제는 그 길을 내려오는 터니 다행이라면 다행이다. 숨을 몰아쉬고 눈을 들어 바라보니 저만치 성황당이 보였다. 인산은 일단 그리로 가서 쉬기로 하고 몸을 일으켰다. 가까이 다가가니 방금 제를 마치고 돌아갔는지 쌀밥에 나물에 닭과 떡이 산처럼 쌓여져 있었다. 인산은 그것을 보자마자 허겁지겁 먹기 시작했다.

"야 이놈아! 그게 어떤 음식인데 먹어?"

멀리서 지팡이를 휘두르며 한 노인이 뒤뚱거리며 쫓아왔다. 인산은 그래도 음식을 계속 집어 삼켰다.

"이놈아! 산제음식 먹으면 뒤진다우! 어여 신령님께 잘못했다 싹싹 빌라우!"

노인은 산신이 노한다는 두려움에 다가오지도 않고 멀리서 지팡이만 들었다 내렸다 하며 발을 굴렀다.

-쿠르르릉.

그 때 산제당 바로 위에 벼락이 쳤다.

-꾸지끈

"으아아악!"

노인이 지팡이를 던지고 주저앉았다. 이어 산제당 뒤의 고목나무가 인산의 바로 뒤에 쓰러졌다.

"아이고! 신이 노하셨다!"

"뭐람?"

인산은 음식을 계속 삼키며 돌아보았다. 큰 나무는 인산의 바로 뒤에 쓰러졌고 노인도 나무처럼 땅에 엎어져 있었다. 잠시 후 노인이 고개를 빼꼼 들어 인산을 바라보았다. 태연하게 음식을 먹고 있는 인산을 보자 노인은 혼비백산하여 지팡이도 던지고 달려 내려갔다.

인산은 일어서며 당분간 먹을 음식을 챙겨 다시 산으로 올라갔다. 그 후로도 인산은 일본경찰의 추격을 피해 독립운동의 주요 역할을 수행했다.

제 4 장

"어떻게 살린 것이냐. 이미 숨이 떨어진 사람을.
그 사람은 분명 죽었단 말이다. 이것뿐만이 아니다.
너는 많은 사람들을 고쳤다 들었다. 자잘한 병부터 죽을 지경의 사람들까지.
대체 무엇을 보고 공부하고 어떻게 적용을 했단 말이다."
인산은 범현의 물음에 하늘을 바라보았다.
"가령 사람이 병이 들었다. 그럼 그 사람의 병만 보면 못 고친다.
사람의 몸은 우주다. 만물에서 비롯된 것이다.
그렇기 때문에 우주를 보고 그 사람의 체질과 식성.
그리고 그 계절에 나는 식물과 약초를 써야한다.
그게 틀어지면 벌써 반은 실패한 것이다."

두 해가 지났다. 그는 스무 살의 청년이 되었다. 이제 그는 더 큰 일을 하게 되었고 혹독한 고생은 그의 나이대로 늘어갔다.

한여름이라도 산속에 있자니 한기가 서려 절로 몸이 움츠려졌고 게다가 요 며칠 먹지도 못해 거의 살아있는 송장처럼 산길을 타고 올랐다. 이제 이 길을 따라 내려가면 마을이다. 그러나 근방에 마을이 있다는 안도감은 오히려 인산을 지치게 만들었다.

저녁 무렵이 되자 그는 지치고 주린 배를 움켜잡고 마을로 접어들었다. 후덥지근한 한여름 밤의 습기는 숨통을 더욱 더 죄어왔다.

"계시오?"

인산이 어느 대문을 두드리며 외쳤다. 잠시 후 기척이 들리며 사람이 나왔다.

"뭐요?"

문 사이로 눈만 빼꼼 내민 아주머니가 인산을 위아래로 훑어보았다. 방어하는 말투에 비해 눈빛은 겁을 먹은 듯하다.

"찬밥이라도 있으면 좀 내어 주시오. 사흘간 아무 것도 먹지 못했소."

인산이 기운 빠진 목소리로 겨우 말했다.

"잠시 기다려 보우."

아낙이 들어가고 얼마 후 바가지에 찬밥에 쉰 김치를 몇 조각 얹어 그 앞에 내밀었다.

"고맙소."

인산은 그것을 받자마자 허겁지겁 먹었다. 아낙은 그런 인산을 바라보며 혀를 끌끌 찼다.

"거, 사지 멀쩡하니 막일이라도 할 것이지 젊은 사람이 구걸은 왜 하누? 쯧쯧. 총각보다 더 어린 학생들이 왜놈 총칼 앞에 쓰러진 얘기도 못 들었소?"

순간 인산은 가슴 한 가운데서 뜨거운 것이 올라왔다. 그의 눈시울은 금세 붉어졌으나 그저 밥만 삼켰다.

"이런 말을 들어도 꿈쩍 안 하는 걸 보니 어지간하다, 어지간해. 쯧쯧."

아낙이 혀를 차더니 하늘을 휘둘러보았다.

"내일도 쨍쨍이구나. 쨍쨍이야. 다 먹거든 바닥에 그냥 놓고 가시오."

그녀가 대문을 닫고 사라졌다. 인산은 그제야 눈물을 떨어뜨렸다. 한숨에 다 먹을 줄 알았던 밥은 바가지에 그대로 남겨졌다. 그는 애벌레처럼 바닥에 웅크렸다. 먹고 사는 것이 무슨 소용이야. 친구들이. 동료들이 죽어버렸는데.

-을룡아. 너 왜 그러고 있나?

눈을 감으니 현구의 목소리가 귓전에 울렸다.

-지쳤소. 아니, 살아야 될 이유를 모르겠소. 그래서 내 이러고 있는 거요, 현구 형님.

-살아야 된다. 너는 꼭 살아야 한다. 그 이유는 네가 더 잘 알 것 아니냐.

-형님. 내가 지금 눈을 뜬다면 형님, 내 형님의 얼굴을 볼 수 있소? 그게 아니라면 난 눈을 뜨지 않을 테요.

인산은 두 눈에 힘을 주었다. 아무런 소리가 나지 않았다. 그 때였다.

"아이고! 아이고!"

한 노파가 소리를 지르며 길 복판에 뛰어 나왔다. 인산은 소리가 나는 쪽을 향해 고개를 돌렸다. 노파는 맨발로 뛰어 나왔고 그 뒤로 아버지로 보이는 30대 남자가 서너 살 가량의 어린 사내아이를 안고 나와 그대로 주저앉았다. 그는 윽윽 소리를 내며 울음을 참고 있었다. 인산은 그들을 바라보다 일어나 앉았다. 이어 넋 나간 표정의 아이 엄마가 털래털래 그들을 따라 걷고 있었다.

"보시오. 할마이."

인산이 일어서서 노파에게 다가갔다. 노파는 입을 벌린 채 눈물이 그렁그렁하여 인산의 가슴을 쳤다.

"아이고오……아이고오……."

"무슨 일이오?"

"우리 손자가 죽었소! 우리 삼대독자 손자가 죽었소. 아이고……아이고……."

"어머니! 거 쓸데없는 소리 하지 마시오!"

애 아버지가 소리를 버럭 질렀다.

"거, 아이를 좀 봅시다."

"이 사람이 미쳤나?"

아이 아버지의 눈에는 빨간 불이 켜진 것처럼 노기가 서려있었다.

"아이가 뇌염에 걸려 방금 숨을 거두었소!"

할머니가 주저앉아 통곡을 했다. 그들이 나온 곳을 보니 병원이었다. 인산은 다시 아이의 아버지를 쳐다보았다.

"내 그 아이가 진짜 죽었는지 아닌지 볼 테니 보여주시오."

"이놈이 미쳤나?"

그가 벌떡 일어나 인산의 멱살을 잡았다. 인산은 한 팔로 그를 밀어 쳤다. 아이의 아버지는 그대로 바닥에 나가 떨어졌고 놀란 나머지 눈을 크게 뜨고 인산을 바라보았다.

"아이의 사지가 굳었소?"

인산의 말에 아이 아버지는 여전히 멍한 표정으로 그를 바라보았다. 그리고는 그의 기에 눌렸는지 입까지 벌린 채로 고개를 저어댔다. 인산은 저벅저벅 걸어가 바닥에 뉘인 아이의 가슴에 손을 얹었다. 아직 따뜻했다.

-따뜻하다는 것은 아직 피가 식지 않았다는 거다.

이에 그는 서둘러 동으로 된 큰 침을 꺼내어 왼쪽 소상[폐경에 속한 혈. 엄지손가락 요골(橈骨) 쪽 손톱 뒤 모서리에서 1푼 뒤에 있는 우묵한 곳으로, 편도염, 인후염, 이하선염, 중설, 어린이 경풍, 코피, 뇌출혈 따위로 인한 의식 장애, 기침, 천식을 치료할 때 침을 놓는 자리]에 침을 놓았다. 피가 나왔다.

-판막이 움직인다. 심장이 뛰고 있다.

"여기를 주물러요. 아이가 죽었다면 피는 나오지도 않소."

"예? 예."

"심장이 뛰고 있는 사람이 죽은 사람이오? 어서 시키는 대로 하시요."

아이의 아버지는 그대로 기어와 아이의 손을 비벼댔다. 이번에는 반대편에 침 꽂아 할머니를 불렀다.

"할마이는 여기를 주무르고."

입을 쩍 벌리고 있던 할머니도 인산이 시키는 대로 아이를 주물러댔다. 주변에는 어느덧 구경하는 사람들이 그들을 에워쌌다. 그 중에는 방금 전 인산에게 밥을 준 아낙도 보였다. 그녀는 호기심 있는 표정으로 비딱하니 서서 팔깍지를 끼고 있었다.

"콜록 콜록! 으에에에엥!"

그 때 아이가 기침을 하더니 울음을 터뜨렸다. 사람들이 깜짝 놀라며 입을 막았다.

"아이고! 우리 재룡이! 우리 재룡이!"

할머니가 울음을 터뜨리며 소리쳤다. 아이가 울자 멍하니 서있던 애 엄마가 달려가 아이에게 젖을 물렸다.

"저기 선생님, 아까는 몰라봤습니다요! 여 우리 집에 오셔서 따뜻한 밥 한 끼 드시고 오늘 밤 주무시고 가세요, 예?"

아까의 아낙이 허리를 굽실거리며 인산의 눈치를 살폈다.

"저게 무슨 일이래? 분명히 선생님이 아이가 죽었다고 했는데 말이야."

병원의 간호사가 까치발로 서서 중얼거렸다.

"아이고, 고맙습니다! 고맙습니다!"

할머니가 울다 웃다 하며 고개를 숙였다.

"선생님. 존함이라도 알려주시라요, 예? 어디 사시는 누구십니까? 예? 어느 분의 자제분이십니까?"

아이의 아버지가 인산 발 앞에 엎드려 물었다.

"알 필요 없소. 당신이 불쌍해서가 아니라 아이를 위해 한 것이니 아무 것도 묻지 마시오."

인산은 인파를 가르고 서둘러 빠져나갔다.

"누가 어쨌다고?"

범현이 간호사에게 물었다.

"누군지는 몰라요. 거지 행색의 젊은 남자라는 것 밖에는. 이름도 안 알려주던걸요, 뭐. 그리고 알아서 뭐하오? 우리끼리 하는 얘기에 신경 쓰지 말고 이따 선생님 오시면 이것이나 전해주세요."

간호사가 범현에게 약품을 건네고 나갔다. 어린 간호사는 오히려 자기가 무안했다.

"얘, 소희야."

범현이 간호사에게 손짓을 했다.

"예."

"어제 그 사람 이름이 뭐라더냐?"

"그건 정말 몰라요. 그냥 어떤 젊은 사람이 죽은 아이를 살렸다고 하네요. 왜 그제 뇌염 걸려 우리 병원에 온 아이 있잖아요. 네 살 된 아이. 그 아이가 간밤에 숨이 넘어갔거든요. 선생님이 죽었으니 데리고 가라 했어요."

"근데 그 젊은 사람이 침을 놓아 살렸다는 말이냐?"

"그렇다고 해요. 믿어지지는 않지만, 요 앞집 개성 댁이 봤다고 하잖아요. 자기 집에 밥 구걸하던 거지가 살렸다고 아침부터 떠들어 대던걸요? 뭐 말투가 평안도라고 하던데……."

"미쑤 정! 아직 안 나오고 뭐하는 거야?"

"예, 나가요."

"미쑤 정은 가끔 행동이 굼떠서 나 화가 나려고 해. 알아? 미쑤 정?"

그녀는 미쑤라는 말에 힘을 주며 발을 굴렀다. 소희가 범현에게 눈인사 하고 사무실을 나갔다. 범현은 그들이 빠져나간 후 멍한 표정으로 허공을 쳐다봤다.

-운룡이다. 분명 운룡이야. 그 나이에 그렇게 하는 건 운룡이 밖에 없다. 운룡이가 살아 있었구나. 살아있었어.

범현은 눈물이 났다. 그는 이를 악물고 창밖을 내다보았다.

-잘 견뎠다, 운룡아. 내 너는 반드시 돌아올 거라 믿었다. 운룡아. 나 네게 말한 대로 양의학을 공부한다. 우리 빨리 만나보자. 우리 빨리 만나서 이야기 하자. 짱구와 두꺼비도 잘 있겠지? 너희들이 보고 싶다. 너희가 내 앞에 나타날 날을 기다리며 이날까지 공부만 해왔

다. 그러니 우리 같이 만나는 날에는 어른처럼 밤새워 술 마시고 그간의 이야기나 실컷 하자.

범현이 눈가를 소매로 눌렀다.

범현의 부모는 인산과 두꺼비 짱구가 만주로 갔다는 소식에 서둘러 고향을 떠났다. 범현의 장래를 위해서였다. 어차피 의학공부를 위해 떠날 생각이었는데 그것을 조금 더 당겼을 뿐이라 범현에게 일렀다. 그들의 일가는 용정 근방에 자리를 잡았고 범현은 그곳에서 학업을 마쳤다. 그리고 인근 병원에서 잡다한 일을 거들어 주었다. 아무래도 미국에 유학을 가면 이러한 경력도 도움이 되리라는 생각에서였다. 그렇게 얼마의 시간이 흘렀을 때 괴이한 청년의 이야기를 듣게 된 것이다.

-분명히 이 근방에 있을 것이다. 고향으로 가는 길일거야. 그전에 만나보고 싶다. 정말 만나고 싶다, 운룡아.

범현은 갑자기 손이 떨렸다. 소름이 돋았다.

-이상하다 운룡아. 넌 분명 독립운동을 하러간 병사가 아니더냐. 그런데 침을 놓아 사람을 살렸다고? 여전히, 아직도 그렇다는 말이냐. 그럴 수는 없다. 할아바이와 함께 있는 것도 아닌데. 학업도 포기하고 총칼을 잡고 있을 텐데, 그럴 수는 없다. 그래, 병을 고친다는 것은 이해 할 수 있지만 숨이 끊어진 사람을 어찌 고칠 수가 있느냐. 어찌 살릴 수가 있단 말이냐.

"그 사람이 또 나타났다고 합니다. 요 인근 마을에서 사람을 고쳤다고 해요."

소희가 얼굴을 내밀고 범현에게 일렀다.

"어느 마을이라더냐?"

그가 자리에서 벌떡 일어났다.

"정수골 근방이라 하오. 목 매단 사람을 살렸답니다."

정수골. 여기서 얼마 안 되는 거리다.

범현은 현기증이 났다. 발목 부상에 뱀에 물린 사람이 아니라 목을 맨 사람도 살렸다는 말이냐. 범현이 병원 문을 박차고 달려 나갔다.

"아이참, 저이는 대체 무어냐. 미쑤 정은 또 시키지도 않은 일을 해서 정말 속상해!"

간호사가 짜증을 냈다.

"오늘 다방에서 코피를 마시기로 했단 말이다. 선생님 안 계실 때 살짝 다녀오려 했는데 저이가 나가니 이 일을 내가 해야 할 것 아니야."

"예? 저이랑요?"

"저런 애송이랑? 흥. 웃긴다, 미쑤 정. 레코드 파는 사장님이 나한테 코피를 사준다고 했단 말이다."

"코피가 그리 맛이 나나요?"

"한 번 먹어봤는데 정말 맛이 좋다. 양키들은 그걸 매일 아침에 마신다 하더라."

"아."

한 시간이 지나 범현은 맥 빠진 모습으로 병원 문을 열고 들어왔다. 그가 정수골에 도착했을 때는 인산의 행방은 커녕 그런 사람이 있었는지도 모르는 이들뿐이었다. 많은 사람들이 오가는 거리 한 복판에서 범현은 멍하니 서있었다. 부릉거리는 차 소리에 놀라 돌아보고 나서 그는 다시 병원으로 향했다.

진료실에는 의사선생이 환자를 돌보고 있었다. 간호사는 범현을 위아래로 쳐다보며 입을 삐죽거렸다.

"범현이 오데 갔다 왔나?"

"죄송합니다."

범현이 서둘러 의사 옆에 다가오자 그는 손을 저었다.

"급한 일 없다."

그는 멈칫하고 섰다.

"일전에 내가 빌려준 책은 다 봤나?"

"이제 조금 남았습니다."

"응, 그래. 고 마저 보라우. 지금 가서 봐도 좋아."

"예. 선생님."

그 시간 인산은 정수골 근방 탄광촌을 거처로 삼았다. 그를 추적하는 일본경찰의 수가 더해지자 본부에서는 당분간 움직이지 말라는 지시를 했다. 인산은 탄광촌에 들어갈 생각이었다. 숨어있기도 좋거니와 생계도 해결해야 하기 때문이다. 그렇게 숨어있기로 하고 이곳에 왔지만 탄광촌에 도착하자마자 눈에 띄는 것은 병든 자와 숨넘어가는 사람뿐이다. 그는 죽은 동료들에 대한 보상이라도 하는 심정으로 정성껏 그들을 살펴주었다.

"폐병이오. 이런 공기는 사람을 쇠하게 하고 폐를 서서히 죽인단 말이오."

"그럼 우린 어쩌냐."

그들이 근심에 가득한 표정이 되어서 인산을 바라보았다.

"독을 빼면 살지 별거 있나."

인산이 별 것 아니라는 듯 환자의 어깨를 다독였다.

"야, 이놈아. 그게 손에 박힌 가시도 아니고 뺀다고 해서 빼지냐?"

안 씨라는 사람이 인산의 뒤통수를 때렸다. 돌아보니 수년 전 노다지를 캐러 간다던 그 사람이다. 기차에서 뛰어내려 허리를 다친 사람. 코가 새카맣게 되어 입을 씰룩거리는 모습에 인산은 웃음을 터뜨렸다. 그러나 인산은 그를 모른 체했다. 그도 인산을 기억하지 못하거니와 알은체를 한다면 이곳에 숨어 지내는 의미가 없어지기 때문이다.

"폐에 병이 났다고 처방 받은 사람들은 손을 들어보시오."

인산이 일어서서 사람들을 바라보았다. 순박한 그들은 학생처럼 손을 번쩍 들어 올렸다.

"당신들은 심각한 것이 아니오. 그렇다고 해서 방심을 해서도 안 되고. 그리고 그쪽에 건강한 양반들."

안 씨는 코를 후비며 인산을 힐끗 쳐다보았다.

"허리춤에 숨겨둔 탁배기 값 노름할 돈 다 내려놓고 군말 말고 집에 돌아가는 길에 황태 다섯 마리 씩 사서 고아 먹으시오."

"응, 네가 요리사구나."

안 씨가 히죽거리고 웃었다.

"하하."

인산은 그중에서 폐병이 심하게 걸린 사람을 부축하여 밖으로 나갔다. 얼굴이 새카맣게 된 그는 겁에 질린 얼굴로 인산을 바라보며 비틀거렸다.
"아무 걱정 마시오. 오래 살 수 있소."
"응. 그래. 뭔지 모르지만 살려다오. 나 죽어 자빠지면 우리 가족 굶어 죽는다."
"얘, 너 이름이 뭐냐?"
안 씨가 목을 긁어대며 물었다.
"지을룡이라 하오."
"그래, 그거 남거든 술국해서 먹어도 되냐?"
"그러시오. 북어가 해장국이라는 걸 아니 그나마 다행이오. 하하."
"저눔이!"
안 씨가 눈을 흘겼다.
"그런데 저 눈매를 어디서 본 것 같은데 말이야……"
멀어지는 인산을 보며 그가 고개를 갸우뚱했다.

보름 후에 폐병 걸렸던 김 씨가 나타났다. 처음엔 사람들이 그를 알아보지 못했다. 잿빛피부는 온데간데없이 혈색이 좋아져서 뒷짐까지 쥐고는 사람들에게 고개를 끄덕끄덕하기도 했다.
"뉘신고?"
안 씨가 이마에 재를 묻히고 그를 빤히 쳐다보았다.
"이놈아! 나다 김가다!"
"뭐야?"
사람들이 잠시 일손을 놓고 그의 주변을 뺑 돌아섰다.

"뭐야? 마누라 동동 크리무를 바른 거야? 응? 분칠한 거야? 피부가 장난이 아닌데?"

"뱀한테 한 번 물렸을 뿐인데."

"뭐?"

"내 딸이 딱 열 살 만 많았다면 을룡이한테 시집보내고 싶네. 내 오늘 일 끝나는 대로 자네들한테 탁배기 한 사발씩 부어줌세. 하하하하!"

그가 기운찬 목소리로 곧장 삽을 들었다.

■   ■   ■

"거참 희한하네."

의사가 청진기를 내려놓고 김 씨를 쳐다보았다. 김 씨는 웃옷을 내려놓고 기세등등하여 콧방귀를 꼈다.

"그렇지요? 이제 약 안 먹어도 되겠지요?"

"그렇다오."

"선생님, 왜 자꾸 고개를 갸우뚱합니까요? 죽을 놈이 이렇게 나타나니 그게 그리 희한합니까? 하하하하"

"예끼!"

"선생님 그간 노고 많으셨습니다. 없는 놈 거둬주고 약값도 외상으로 받아주시고."

"다 나았으면 그만이야."

의사가 손을 저어댔다.

"그럼 선생님 저는 이만 나가보겠습니다요."
"응, 그래. 그래도 가끔 들려."
"예, 그럼."
김 씨가 일어났다. 범현 역시 고개를 갸우뚱하며 그를 바라보았다. 그리고 붕대를 칭칭 감은 그의 손에 범현의 시선은 멈추었다. 불현듯 스쳐 지나가는 생각에 그는 김 씨를 따라 나갔다.
"보시오."
범현의 다급한 목소리에 김 씨가 돌아보았다.
"예?"
"그 손은 어쩌다 다쳤소?"
"이거? 이게 다친 게 아니고"
김 씨는 거기서 말을 멈추었다.
-어디 가서 이런 말 하지 마오. 하고 싶거든 나중에 아주 나중에 하오.
인산의 말이 그의 귓가를 울렸다.
"손톱이 빠졌어."
범현은 답답했다.
"제발 알려주시오. 혹시 어떤 젊은 사내가 벌이나 뱀, 뭐 그런 것으로 폐병을 낫게 한 게 아니오?"
"엥? 그걸 어찌 알았누?"
김 씨는 입을 틀어막았다.
-운룡이다. 운룡이.
"내 동무요. 내 어릴 적 절친한 벗이란 말이오. 그 친구를 어디가면 만날 수 있소? 제발 알려주시오."

범현이 애원하는 눈빛으로 울먹이며 김 씨를 바라보았다.

"음……"

"을룡아. 내 너한테 빌어야 할 일이 생겼다. 그 사람 말이 맞으면 탁배기 한 사발이고 아니면 여기서 죽어주마."

"예?"

인산은 짐을 내려놓으며 그를 바라보았다. 김 씨는 붕대감은 손가락을 들어 뒤를 가리켰다. 김 씨 뒤로는 범현이 서있었다. 인산은 그를 보며 고개를 갸웃해보였지만 곧 한걸음에 범현 앞에 섰다.

"범현이 아니냐!"

인산이 환호성을 지르듯 그의 이름을 불렀다.

"응, 나다, 나. 범현이다!"

그가 주저앉으며 울음을 터뜨렸다.

"뭐야?"

안 씨가 삽질을 하다말고 내려 보았다.

"주방장 친구야?"

"그런가봐."

"음식 맛이 좋아 다시 찾은 모양이네. 우헤헤"

안 씨는 다시 일에 열중했고 나머지들도 마찬가지였다.

"두꺼비는? 짱구는 어디있냐. 응?"

인산은 입술을 꽉 다물었다. 인산의 눈빛을 살펴보던 범현은 다시 주저앉았다.

"그렇구나……. 그렇게 됐구나……. 그게 개들의 마지막 모습이었구나."
"일어나라. 오늘 저녁에 만나자."
인산이 범현을 일으켜 세웠다. 범현은 고개를 숙이고 죄인마냥 몸을 떨며 울었다.

"많이 먹어라. 내가 너한테 해 줄 수 있는 건 이것 밖에 없다."
범현이 인산의 손에 숟가락을 쥐어줬다.
"그래. 고맙다. 두꺼비와 짱구 몫까지 먹어주마."
인산은 웃었지만 코끝이 시큰해져서 국을 바라보다 입을 열었다.
"그래, 너는 어떻게 이곳에 왔냐. 계속 평안도에 있을 줄 알았다."
"그 후 이리로 이사 왔다. 그럴 수밖에 없었다."
"그래. 모두 건강하시고?"
"응."
"용희도 시집갈 나이가 됐겠구나."
"아직 어린 아이 같다."
"하하. 내 보기엔 너보다 생각이 깊은 아이다."
범현이 고개를 끄덕이며 웃었다.
"너는 어찌 여기서 일하고 있냐."
인산은 가만히 웃어보였다.
"당분간만 이렇게 있을 것이다. 당분간."

새벽녘이 되어서 겨우 잠이 든 인산은 불과 몇 분도 채 되지 않아 눈을 다시 떴다. 반복되어지는 꿈 때문이다. 꿈일까. 정말 꿈일까. 하지만 꿈이라고 하기에는 너무나도 짧아 차라리 환상이라고 하는 편이 나을 듯했다. 그 날카로운 섬광 같은 환상은 그의 눈을 찌르고 달아나듯 반복되어졌다. 그 섬광은 짱구의 비명이었고 두꺼비의 신음소리였다.

동료들이 연출된 각본처럼 하나 둘씩 죽어가는 장면이 눈을 찌르자 인산은 얼굴을 감싸고 엎드렸다. 열 댓 명이 누워있는 좁은 방에는 고단한 노동에 지쳐 애벌레처럼 웅크리고 자는 인부들이 코를 곯았다. 그들의 숨결 속에서 인산은 두 손으로 얼굴을 감싸고 숨죽여 울기 시작했다. 눈물이 양 눈가를 할퀴듯 흘러내리자 손바닥으로 문지르며 자리에서 일어났다.

숙소를 나서자 안 씨가 기둥에 몸을 기대고 앉아 콧구멍을 파다 말고 깜짝 놀라 그를 바라봤다.

"에구 깜짝이야! 넌 잠도 없냐?"

인산은 슬쩍 웃어 보이며 차가운 새벽공기를 들여 마셨다.

"내가 웬만하면 뒤를 안돌아 보려고 한다고."

"왜요?"

인산이 옆에 앉으며 물었다.

"저번에 중국 놈 하나가 얘기 해줬는데 중국에서는 이런 얘기가 있다잖아. 그게 혼자 있을 때 뒤에 누가 있는 것처럼 느껴져서 돌아볼 때마다 어깨에 있는 자기 생명불시계가 서서히 꺼진다는 거야. 자기 콧김으로 그걸 줄인다는 말이야."

"아, 들어봤어요. 자기 생명을 어깨에 싣고 다닌다는 얘기지요?"

"그래. 그래서 내가 어지간하면 뒤를 안돌아보려고 한단 말이야. 내 생명불을 내가 끌 수는 없잖아."

"하하."

인산이 웃었다.

"이놈은 좋은 얘기 해줘도 은근히 나를 무시한단 말이야."

그가 콧방귀를 뀌며 팽하니 돌아앉았다.

"무시하는 게 아니라 재미있어서 웃었소. 그리고 조선 사람이 왜 중국인 이야기에 그리 겁을 먹는 거요?"

"이놈아. 때놈이고 조선인이고 간에 무병장수를 기원해서 그리한다는 소리다. 왜놈이 돼지 족발 신을 신고 다녀서 그리 오래 산다면 난 돼지 족발 신발을 신을 테다."

"그걸 일일이 신경 쓰다가 더 늙고 병들겠소. 아주바이는 무병장수의 반대어가 무엇인지 아오?"

"음……"

인산의 물음에 안 씨는 눈을 굴리며 입을 꽉 다물었다.

"……미인박명?"

인산은 또다시 웃음을 터뜨렸다.

"이놈이 또!"

"그저 조선인은 조선인답게 사는 것이 오래 사는 비결이오. 하하."

"어린놈이 장수 비결을 알아봤자 얼마나 안다고 또 나를 가르치려는 거냐?"

"아주바이는 닥치는 대로 먹는 것만 고친다면 무병장수 할 것이오."

안 씨는 인산을 물끄러미 바라보았다.

"내가 말이야. 한 삼년 전인가? 그때 너 같은 놈을 하나 만난 적이 있다. 딱 너 같은 놈. 내가 조선에서 노다지 캐러 이곳에 올 때 무임 승차를 했거든. 사실 돈 주고 타면 미친놈이지. 안 그러냐? 돈 벌러 가는 놈이 돈쓰면서 가는 거 봤어? 그래서 내릴 때가 되어 딱 뛰어 내렸지 뭐냐."

인산은 빙긋 웃었다.

"그런데, 아, 그만 이 허리! 이 중요한 허리를 삐걱 한 거야. 거 말도 못하게 아프더라고."

안 씨는 고개를 절레절레 지어대다가 갑자기 골똘히 생각하는 표정이 되어서는 눈을 게슴츠레 떴다.

"그놈이 내 허리를 고쳐 놨다, 이거야. 어린놈이 말이야. 이렇게 뚝뚝 눌러보더니 제 발목에서 침을 꺼내들고는 글쎄 한 번에 꽂아 버리는 거야……. 미친놈이지. 미친놈이야……. 고놈 눈매가 딱 너처럼 생겼는데, 네가 아니라고 하니 뭐. 하기야. 그놈은 양반인 모양이더라. 성도 김 씨고 말이야. 너는 지 씨라며. 상놈! 으하하하!"

"하하."

"야, 을룡이! 넌 무시당하고도 그렇게 우습냐?"

인산이 다시 웃었다.

"오늘도 오질 나게 춥겠구나. 넌 역시 젊은 놈이야. 그 차가운 맨바닥에서 홑이불 하나만 덜렁 덮고 자니 말야."

안 씨는 몸을 부르르 떨며 몸서리를 쳤다.

─내 동료들은 아직도 그 차가운 지하에서 눈도 못 감고 죽었소. 그런데 내 어찌 따듯한 구들장 위에서 이불을 덮고 편히 잘 수 있

단 말이오.

인산의 머릿속에 다시 그들이 떠오르자 그는 고개를 짧게 털어대고 입을 열었다.

"아주바이는 왜 여태 안 잔 게요?"

"원래 술을 어정쩡하게 처마시면 이렇게 일찍 일어나 설치고 다니는 법이야. 거 노다지 캐다가 뱀이나 한 마리 잡아 술 담았으면 좋겠다, 좋겠어."

그가 입맛을 다시며 히죽 웃어보았다.

"술이 그리 좋소?"

"그럼, 좋지. 마누라보다 더 좋지! 군소리 안하고 마시면 마셔주는 대로 가만히 있고, 기분 좋을 때나 기분 나쁠 때나 옆에 있어주고 말이야."

"그래도 아주바이는 아주마이가 보고 싶지요?"

"가끔은 그렇다. 거 옆에 있으면 호미로 내 눈깔을 팔 것처럼 앙앙거려도 내 노다지 캐서 부자 되어 온다는 말에 거지처럼 살아도 되니까 가지 말라고 울고……. 내 어린 너한테 이런 말 하기는 그렇다만 그래도 그만한 여자 어디 없다. 떠돌이 개처럼 이년 저년하고 계집질하고 돌아와도 아침에 따뜻한 국 올려놓는 여자야."

안 씨가 한숨을 가볍게 쉬더니 다시 입을 열었다.

"내가 노다지 캐서 돌아가면 우리 여편네 호강이나 시켜 줄려고 했는데 지금은 탄광촌에서 지랄하고 있다. 금비녀에 금가락지에 쌀밥에 고기 실컷 먹여줄 생각이었는데 말이다. 그래서 나는 무병장수를 해야 한다. 우리 마누라 호강시켜주려면 오래 살아야 한다, 이 말씀이야."

"하하. 그럴 것이오."

"여서 청승 떨지 말고 우리 한잔 하러 가자. 해장을 해야 하거든. 그리고 오는 길에 약수라도 떠 놔야지. 엊저녁 술고래 된 인간들 눈뜨면 때 구정물 낀 모가지 긁어대며 시원한 물부터 찾을 것이니. 하하!"

"술 먹으면 무엇이 그리 좋소?"

"왜 좋긴! 아무 생각 없어지니 좋지. 대가리 복잡할 때는 그저 한 사발 들이키고 퍼 자는 게 장땡이야, 장땡!"

-아무 생각이 없어진다.

"가자. 저놈들 떼거지로 일어나 따라오기 전에."

"정말 아무 생각이 없어지나 한 번 봅시다."

안 씨가 일어서자 인산은 씁쓸한 미소를 보이며 천천히 걸었다. 어딘지 처량한 모습이다.

주막에 들어서자 단골을 맞이하는 주모가 쌍수를 들고 달려왔다.

"아이고, 요사이 발길이 뜸해 나는 다른 곳으로 갔는줄 알았소!"

"가긴 어딜 가? 요즘 탄광촌 일이라도 계속해야 입구멍에 술이라도 털어 넣지. 어여 내와."

안 씨가 크게 웃으며 자리를 잡자 주모는 고개를 끄덕끄덕해 보였다.

"내 얼른 상 봐드리리다."

잠시 후 자그마한 상에 술병과 나물이 담겨 그들 앞에 놓여졌다. 인산은 안 씨가 따라주는 대로 대접을 받아 들었고 그대로 들이켰다.

"야, 이놈아. 술은 그렇게 마시는 게 아니야. 약 처 먹냐? 약 처 먹어?"

"내 생전 술이라는 건 처음 입에 대 보는 거요. 이만하면 잘 마시는 거지."

인산이 입가를 닦으며 안 씨를 흘겨보았다.

"이놈이! 하하하."

그러다 별안간 안 씨가 한숨을 내쉬었다.

"탄광판에서 일을 하면 돈을 꽤 번다는데 그것도 순 거짓말이야."

"다 거기서 거기요. 임금을 제때주면 잘 버는 것이고 떼어 먹히면 거지꼴이요."

"응. 그래 네 말이 맞다, 맞아. 이젠 왜놈들은 고사하고 동족 등골까지 빨아먹는 사기꾼들이 늘어나서 말이지. 에이. 정말 내 인생 지랄이다. 아참. 너 그 후진 토담집으로 옮길 거라며?"

"그러고 보니 내 오늘 아주바이랑 같이 지낸 마지막 날이었소. 하하."

"이놈아! 뻔질나게 드나들테야."

■   ■   ■

"오라바이 그것 빨랫감이 아니오? 이리 던져주시오."

마루턱에 앉아 있는 범현에게 다례가 말했다. 자그마한 체구가 놋그릇이 가득담긴 바구니를 허리춤에 얹고 있는 모습이 안쓰러워보였다.

"이리 다오. 불안해 보인다."

"아니요, 오라바이. 누가 보면 큰일이요."

다례는 한걸음 물러서며 마당을 돌아보았다. 맑은 눈이 겁에 질린 표정으로 주변을 살펴보는 모습에 범현은 가슴이 두근거렸다.

다례는 같은 마을에 살면서 범현의 집에서 소일거리를 하며 연명하는 처지지만 그러기엔 인물이나 인품이 너무나 고상했다. 아닌 게 아니라 다례의 집안은 명색이 양반이다. 그래도 다례의 할아버지가 생존해 있을 적에는 그나마 범현의 집안의 대접은 소홀하지 않았다. 그가 범현의 아버지의 글공부를 가르치기도 했고 그 집 덕으로 지낸 적도 꽤나 있었다. 하지만 그의 조부가 세상을 떠나자 세월 따라 사람도 변해갔다. 다례는 여덟 살이 되었을 무렵부터 이 집안의 부엌일을 했다. 오라바이라고 불러도 되는 것은 그나마 할아버지와의 왕래 덕분이다.

"오라바이 걱정 있소?"

"아니다."

범현이 입 꼬리를 올리며 고개를 저어댔다.

"오라바이. 오라바이 참말로 미국에 의학 공부하러 간다고 했소?"

범현은 다례를 바라보았다.

"네가 올해 나이가 몇이냐."

"오라바이 보다 세 살 어리잖소."

"그럼 열일곱이구나. 그런데 내 눈에는 어째 아직도 아이로 보이는지 모르겠다."

"아니야요! 나는 열일곱이 맞아요!"

다례는 한 발을 구르며 소리를 높였다. 다례의 행동에 범현은 그녀를 멀뚱히 쳐다보았다. 다례는 이내 얼굴을 붉히며 종종걸음으로 우물가로 향했다. 두 사람 모두 가슴이 뛰었다.

-그래, 아바이한테 미국서 오거든 다례와 혼인을 시켜 달라 말해야겠다.

며칠 후. 범현은 저녁 식사를 하는 내내 아버지의 안색을 살펴보았다. 다례와의 이야기를 꺼내는 것은 마음처럼 쉽지 않아서이다.

"아까부터 뭘 그리 보는거이가?"

범현의 아버지가 수저를 들며 물었다. 범현은 자신을 쳐다보지도 않고 아버지가 눈치를 챘다는 사실에 잠시 주눅이 들었다.

"할 말 있으면 해 보간."

범현이 잠시 어머니를 쳐다보다가 수저를 상위에 놓았다.

"아바이. 저 마음에 두고 있는 처자가 있소."

누이동생 용희는 입을 막고 쿡쿡 웃다가 물 잔을 들고 방에서 나갔다.

"뭐이야? 누구?"

어머니가 반색을 하며 범현을 가만히 쳐다보았다.

"말해봐라."

범현은 아버지의 말에 심호흡을 했다.

"다례야요."

"뭐? 다례?"

어머니와 아버지가 동시에 반문했다.

"예, 다례야요."

그의 부모의 눈에는 노기가 서려있었다.

"다례야! 다례야! 날래 나와 보라!"

용희가 다례의 집 앞에서 발을 동동 구르며 다례를 불렀다. 그 소리에 다례는 급히 방에서 나왔다.

"용희 언니 무슨 일이오?"

다례가 용희에게 다가섰다. 용희는 다례를 보자 얼굴을 가리며 꺽꺽 소리 내어 울었다.

"말해 보시라요. 무슨 일이야요?"

"오라바이가 죽게 생겼다. 네가 가서 아니라고 말 좀 해다오. 응?"

"그게 무슨 말이야요? 범현 오라바이가 죽게 생겼다니요?"

다례는 용희가 잡아끄는 대로 따라가며 되물었다.

"오라바이가 아까 어마이 아바이한테 글쎄 너와 혼인하고 싶다 말했지 안간?"

"예? 범현 오라바이가요?"

다례는 그 말에 뛸 듯 기뻤으나 지금 상황으로 보아 기뻐할 일이 아니라는 것을 알고 금세 수심에 찼다.

"언니. 오라바이가 맞았소? 어르신한테 맞기라도 했소?"

"그래. 그러니 네가 그 말은 오라바이 혼자 생각한 것이라고 말해다오."

"말할 것도 없소. 언니 그건 오라바이 혼자 생각 맞아요."

"응, 그러니 네가 가서 말해다오."

다례는 용희보다 앞서 달리기 시작했다.

"다례야, 미안허다. 난 아바이도 어마이도 너를 귀여워 해주시기에 그리 해도 될 줄 알았다. 미안허다, 다례야."

다례의 뒤를 따라 뛰는 용희가 울먹였다. 다례는 그 말에 별안간 울음이 나왔다.

-언니 나는 그리 될 줄 알았소. 귀여워 해주시는 건 할아바이의 옛정이지 나에 대한 것만은 아니라는 걸 내 어찌 몰랐겠소.

대문을 열자 용희는 에구머니 하고 달려갔다. 용희가 나올 때까지만 해도 범현은 방안에서 아버지에게 혼쭐이 나고 있었는데 지금은 아예 마당에 나동그라져 있다.

"어마이, 아바이 좀 말리시라요! 이러다 오라바이 죽겠어요!"

용희가 범현을 감싸며 소리쳤다. 범현은 입술이 터져 피가 나있었다.

"아니다. 너도 들어가 있어라."

범현이 일어섰다. 다례는 대문 앞에 서서 바라보고 있기만 했다. 무서웠다. 어떻게 해야 할지 아무런 생각도 나지 않았다. 자기를 쳐다보고 있는 노기를 띤 시선에 다례는 더 작아지는 느낌이 들었다. 한여름에도 이런 한기를 느낀다는 것도 무서웠다. 그러나 다례는 대문 앞에 한걸음 옮겼다.

"어딜 들어오는 게냐!"

범현의 어머니가 소리쳤다. 다례는 움찔하여 시선을 떨구었다.

"너는 내일부터 여기 나올 일 없으니 그리 알라우."

다례는 범현의 아버지를 쳐다보았다.

"아니야요! 저는 아무 것도 몰라요! 그러니 그리하지 말아 주시라요. 우리 식솔들은 어찌 살라고 그리 대하십니까? 예?"

다례가 손을 모으고 울먹였다. 그리고 범현을 쳐다보았다.

"오라바이! 저는 아무 것도 모르지 않습니까? 예?"

다례의 커다란 눈망울에는 눈물이 그렁그렁했다. 범현이 일어났다.

"어마이! 아바이! 저는 다례와 혼인할 테니 그리 아시오!"

범현이 다례의 손목을 잡고 대문 밖으로 나섰다. 그러나 다례는 자기 하나만 바라보고 있는 식솔들의 얼굴이 떠올랐다.

"아니야요! 아니야요! 저는 아무 것도 몰라요!"

다례가 손목을 뿌리치며 범현 모친을 쳐다보았다.

"내가 네 식솔 하나 못 거느릴 것 같더냐."

범현은 그대로 다례의 손목을 잡고 나가버렸다. 다례는 다시 한 번 돌아보며 아니야요 하고 소리쳤지만 이내 범현에게 끌려 어둠 속으로 사라졌다.

"오라바이! 다례야!"

용희가 따라나섰다.

"아이고! 아이고!"

범현의 모친이 주저앉으며 통곡을 했다.

"오라바이!"

용희가 그들을 불러 세웠다. 범현이 돌아보자 다례는 그제야 손목을 빼고 저만치 서서 용희를 쳐다보았다. 용희는 헐떡이며 범현 앞에 서서 목걸이와 팔찌를 풀었다.

"가져 가시오. 당장의 여비라도 융통하시오. 내가 다례의 집에 소흘하게 하지 않을 테니 다례 집 걱정은 하지 말고 가시오."

범현은 자기의 손에 억지로 쥐어주는 용희를 쳐다보며 입을 꽉 다물었다.

"다례야. 나는 네가 좋다. 그러니 우리 집안사람 모두가 너를 싫어한다 생각 마라. 알간?"

다례는 그 말에 갑자기 어린 아이처럼 소리 내어 울어버렸다.

"가시오, 오라바이. 그리고 나한테 꼭 안부라도 전해주시오."

범현은 아무 말도 못하고 그저 누이의 손을 잡은 채 고개를 끄덕였다.

■   ■   ■

범현은 그 후로 사흘 밤낮을 걸어 다례와 함께 인산이 머무는 곳에 도착했다. 인산에게 가는 길 말고는 다른 방도가 없었다. 그러나 도착한 탄광촌의 숙소에는 인산이 없었다. 순간 범현은 가슴이 덜컹 내려앉는 듯 했다.

"그럼 운룡이, 아니 을룡이가 이곳을 아예 떠난 것입니까?"

"아니야. 저기 산 어디에 산다고 했지. 안 씨가 알고 있는데."

"그 친구 금점판으로 옮겼어."

"그럼 알 수 없지."

"그럼 어딘지는 잘 몰라. 그래도 그 근방 어디라니까 찾아가봐. 청년 혼자라면 여기서 자고 가라 할 텐데, 그건 안 되겠고."

그가 다례를 힐끔 보며 돌아섰다. 범현은 다시 다례의 손을 잡고 산으로 향했다.

얼마를 걸었는지 모른다. 걷고 또 걸으며 범현은 인산의 거처를 겨우 발견했다. 거의 세 시간을 헤맸다.

"운룡이 있냐?"

범현의 목소리에 인산은 문을 열었다.

"네가 여기에 무슨 일이냐?"

인산은 범현의 뒤에 반쯤 돌아서 있는 다례를 쳐다보았다. 몹시 지쳐보였다. 사태를 알아차린 그는 그들을 방안으로 들였다.

"미안하다. 내가 이런 꼴로 너를 찾아 왔다. 너도 피신하여 있는 몸이라 추스르기 힘들 터인데 말이다."

"그보다 어쩐 일이냐."

그 말에 범현은 그제야 빙긋 웃어보며 다례를 바라보았다.

"네 형수 될 분이다. 다례야. 네 어릴 적 마을 친구 운룡이다."

다례는 몸을 움찔하며 고개만 약간 돌려 꾸벅 인사를 했다. 문간 앞에 쪼그리고 앉아 고개도 들지 못하고 있는 다례의 모습에 인산은 그저 낯을 가리는 것이라고 여겼다. 하지만 다례의 손목을 가만히 쳐다보던 인산은 범현을 바라보며 나지막이 입을 열었다.

"저 분, 건강이 나빠졌다."

인산의 말에 범현이 가만히 고개를 끄덕였다.

"제대로 먹지도 잠도 못자고 그리 밤낮을 걸었으니 그럴 것이다."

"병이 들었다. 이대로 두면 큰일 난다."

범현은 고개를 번쩍 들어 인산을 쳐다보았다. 인산이 하는 말은 사실일 것이다.

"그럼 어찌하면 좋겠냐. 살려다오."

"맥이 좋지 않다. 심장이 본래 약하게 태어난 몸이다. 그리고 기력도 쇠하고 우선 뭐라도 먹여야 하는데 나는 이곳에서 그저 풀뿌리만 먹고 있으니……."

-맥을 눈으로 봐도 안단 말이냐.

범현이 눈을 껌벅이며 인산을 바라보았다.

"기다려라. 뭐라도 들고 올 터이니. 우선 자리에 눕혀야 한다."

"그래. 내가 좀 누이게 하마. 다례 이리 더 들어 와라."

다례는 그제야 고개를 들었다. 이마에는 식은땀이 흘렀다. 다례는 바로 눕지도 못하고 구부정한 모습으로 그저 옆으로 몸을 기울였다. 범현은 그러한 다례의 손을 잡고 바라보고 있었다.

-나는 그저 다례가 피곤에 지쳤을 것이라고, 허기가 져 기운이 없을 거라 생각했다. 그런데 운룡은 맥을 짚고 눈을 보고 몸의 상태를 바로 보았다. 대체 운룡의 머리 안에는 무엇이 들어 있는 것일까.

"오라바이. 목이 타오."

"응, 그래 내가 물을 가져오마."

범현이 방문 앞에 서자 인산과 맞부딪혔다. 인산이 든 그릇에는 물이 가득 담겨 있었다.

"목이 탄다 할 것이다. 이건 대나무에 구운 소금인데 이걸 먹이면 기력이 되살아난다."

"소금을? 소금이면 목이 더 탈 터인데. 옳지 않다."

"소금이 아니라 독소를 뺀 염분이다. 염분은 살아 있어도 간수가 없고 인체에 필요한 영양소로 바뀌어 예사 소금이 아니라 특수 소금이다. 보통의 나트륨만 있는 것이 아니고 백금(白金)도 함유되어 있다."

 범현은 오직 산속에서 은거하며 이리저리 몸을 피해 다니던 인산의 입에서 나트륨이니, 백금이니 하는 말이 나오자 당황했다. 그는 아직 시작도 안했는데 인산은 그저 몸만 숨어 지낸 것이 아니라 그 시간을 자기 것으로 만들고 있었던 것이다.

 인산은 다례에게 물을 먹였다. 조금씩 나누어 마시게 한 후 인산은 옥처럼 생긴 작은 덩어리를 다례에게 보였다.

 "굉장히 짤 것이오. 몸이 안 좋은 사람에게는 지독하게 짤 것이니. 그러나 죽을 병은 아니니 걱정은 마시오."

 다례는 범현을 바라보았다. 범현은 고개를 끄덕이며 받아먹으라는 시늉을 해보였다. 작은 알갱이를 받아먹은 다례는 인상을 찌푸리며 범현을 쳐다보았다.

 "오라바이. 삶은 달걀 냄새와 맛이 나오."

 다례가 잠에 빠지자 그들은 선선한 바람이 부는 마당 턱에 걸터앉았다.

 "이제 좀 살 것 같다. 이번 여름은 꽤나 덥다."

 범현이 중얼거렸다.

 "그런데 이게 무슨 냄새냐?"

 "유황이다."

 "유황? 유황이 왜 이곳에 있냐."

 "지금 뭣 좀 하는 중이다. 연구라는 것은 거창하고. 하하."

범현은 그 말에 귀가 솔깃해졌다. 그것은 실제로 연구 중이고 거창한 것이 분명했기 때문이다.

"무슨 실험을 하는 거냐?"

범현이 유황냄새가 나는 곳으로 발걸음을 조심스레 옮기며 돌아보았다.

"황토."

"황토? 유황과 황토를 섞는 게냐?"

"아니다."

인산이 일어서서 따라오라는 듯이 손짓을 해보였다. 창고로 가니 그곳에는 유황이 볏짚에 덮어져 있었다. 범현은 코를 쥐었다.

"내 이것으로 농사를 지을 생각이다."

"뭐라고? 유황 농사를 짓는다는 말이냐?"

"하하. 무슨 수로 유황을 나무에 열리게 하겠냐. 이 유황을 땅에 뿌리고 토지 성질을 바꾸어 보겠다는 말이다."

"하하하."

범현이 웃었다.

"운룡아. 너는 너무 오랫동안 숨어 지낸 모양이다. 내 생전 유황으로 뭔가를 하겠다는 이야기는 처음 들어본다. 유황이 어찌 땅의 성질을 바꾼다는 말이냐. 흙은 흙이지 이 흙을 무슨 수로 흙의 성질을 바꿔 보겠다는 말이냐. 그런 건 동서고금 어디에도 없다. 유황이 나오는 것은 내 귀동냥으로 들어 본 바 지옥에나 있다고 하더라. 꺼지지도 않는 유황불 말이다. 하하하."

"유황을 뿌린 땅이 지옥이 되나 옥토가 되나 한 번 보자. 하하."

인산의 웃음소리에 범현은 금세 얼굴이 굳어졌다.

"참말이냐?"

"네 말대로 오랫동안 숨어 지내다 보니 미친 사람이 되어가는 모양이다. 하하. 그래도 좋은 것을 알려줄 수 있다면 평생 미치광이로 살아도 그만이다."

인산의 말에 범현은 자못 진지한 표정으로 유황을 바라보았다.

"이것은 어떤 원리로 되는 거냐. 나는 도통 모르겠다. 독이 되는 유황으로 무얼 한다는 지 나는 정말 모르겠다."

"봐라."

인산이 땅에 있는 유황덩어리 하나를 집어 들었다. 범현의 코에 유황냄새가 좀 더 강하게 쏘아댔다.

"이것이 돌멩이냐 아니냐."

"돌이다. 광석이다."

"그래 광석의 일종이다. 하지만 이것은 불덩어리다. 순 불덩어리다. 그게 무엇이냐."

"좀 내려놓고 말하자. 아니, 난 여기서 못 있겠다."

범현이 코를 틀어막고 창고를 나와 숨을 몰아쉬었다.

"양기(陽氣)다."

인산은 유황을 창고에 던지고는 손바닥을 털어냈다.

"양기?"

범현의 물음에 그는 손끝으로 마당 구석을 가리켰다. 범현이 눈을 찌푸리며 그곳을 살펴보았다.

"밤이라 잘 안 보일 게다. 내 이곳과 같은 땅위에 오이를 심어 보왔다. 이쪽은 그냥 본래의 흙이 있는 곳이고, 저기가 유황을 뿌린 땅이다."

범현이 다가갔다. 그리고 한참을 살펴 본 후 입을 열었다.

"그래, 보인다. 이 유황을 뿌린 땅의 열매가 탐스럽다. 저쪽 오이보다 많이 자랐고……."

그가 인산을 돌아보았다.

"대단하다. 운룡이 넌 정말 대단하다."

범현의 말은 진심이었다. 그의 코끝이 저려오는 것은 매캐한 유황 때문만은 아니었다. 인산은 멋쩍은 듯 웃어보였다.

"가을까지 이곳에 버틴다면 맛난 과일이나 한 아름 안겨주마. 하하."

"넌 그저 농사만 지을 생각이냐. 유황 농사 말이다."

"난 농사를 지으면 농사꾼이고 금점판에 가면 막일하는 노동자다. 오늘 굶어 내일 남의 집 문을 두드리면 거지가 되는 것이고. 그리 사는 것이 내 인생이라 하더라도 내 입 풀칠하기 위해 농사일은 하지 않을 테다. 봐라, 범현아. 땅이 바뀌었다."

범현은 고개를 끄덕였다.

"사람도 고칠 것이다. 이렇게 땅의 기운을 바꾼 것처럼. 그건 유황은 죽어가는 사람을 고칠 수도 있는 양기이기 때문이다."

범현은 소리 내어 웃었다.

"운룡아. 너는 어찌 보면 천재 같고 또 달리 보면 알 수 없는 말을 하여 실없어 보이기도 한다. 그래, 유황을 사람에게 먹인다는 것이 말이 되는 것이냐? 운룡아. 유황은 독이다. 독. 독을 먹어 낫는 사람이 있더냐. 하하하."

범현은 일부러 더 큰 소리를 내어 웃었다. 그럼에도 인산은 장단까지 맞추어 주며 같이 웃었다. 그런 모습에 범현은 오싹한 느낌을 받았다. 순간 어릴 적의 일이 생각났다. 폐병에 걸린 아이를 땅벌에 쏘여 낫게 한 것. 까치 독사에 손가락을 물리게 하여 폐암 환자를 낫게 한 일.

-독은 독으로 다스려야 하거든.

어린 인산의 목소리가 또렷하게 들려왔다. 마치 바로 방금 전에 있었던 일처럼 아주 선명하게 범현의 귀에 울려왔다.

-그래, 분명 무엇인가가 있다. 운룡이는 늘 그러했다. 늘 나를 넘어섰다. 내가 하찮은 존재라는 것을 깨달을 때는 반드시 운룡이가 그 앞에 있었다.

"그래, 유황 먹는 법이 대체 무어냐."

"아직은 모른다."

"하하."

범현이 다시 웃었다. 안도의 웃음이었다.

"하지만 반드시 그런 날이 올 것이다. 산삼 녹용보다 더 쉽게 구할 수 있는 유황을 사람이 먹어 탈나지 않는 방법이 있을 것이다. 봐라."

인산이 유황 뿌린 토지 위의 작은 오이 하나를 땄다. 그리고 그것을 한입을 베어 먹었다.

"이런 방법이다."

범현은 휘둥그레진 눈으로 인산을 바라보았다.

"그러나 이것은 몸에 좋을 뿐이지 병을 낫게 할 수는 없다. 유황을 먹고 그 독을 해독하여 완전한 유황기운인 양의 기운을 낼만한 것을 찾아 볼 것이다."

인산은 다시 마루턱에 걸터앉았다. 잠깐의 침묵이 흐르는 사이에도 범현은 화석이 되어버린 것처럼 그대로 마당 가운데 서 있었다.

"날이 선선하니 기분이 좋다. 곧 비가 오려는 모양이다."

범현은 그제야 인산의 옆에 와 앉았다. 두 사람은 하늘을 가만히 바라보았다.

"그래, 앞으로 너는 어디로 갈 참이냐."

인산이 범현을 쳐다보았다.

"어찌해야 할지 모르겠다. 곧 미국에 양의학을 배우러 떠나야 하는데 이렇게 되었으니."

"충동적이다. 앞 뒤 생각 없이. 이렇게 되면 이 처자도 힘이 든 삶을 살게 된다. 그래, 넌 양의학을 포기할 수 있나?"

범현은 흔들리는 눈빛으로 다례가 누워 있는 방을 바라보았다. 깊은 잠에 빠져 색색 소리까지 내고 있는 숨소리는 무척이나 평온하게 들렸다. 그러나 이것이 다례에게 있어서 가장 편안한 시간이었다는 것을 인산은 말하지 않기로 했다.

"너도 그만 쉬어라."

"운룡아."

"응."

"고맙다."

인산은 그 말에 잠시 범현을 바라보았다.

"범현아."

"그래."

"처자가 기운을 차리는 대로 함께 집으로 돌아가라."

범현은 아무 말도 하지 않았다. 인산의 입에서 돌아가라는 말이 나오자 범현의 눈매는 그대로 노기가 서려왔다.

"너무하구나. 어찌 나에게 돌아가라는 말을 한단 말이냐."

"내 너와 이 처자를 위해 하는 소리다. 네가 생판 모르는 사람일지라도 그리 말을 할 것이다. 도덕적으로 옳고 그름을 말하는 것이 아니다. 그것이 너와 이 처자에게 좋은 일이다. 그리 해야 앞으로도 후회하지 않을 것이다. 돌아가서 혼례를 치르고 같이 미국으로 떠나는 편이 낫다. 그래야 한다."

"네가 우리 아바이 성품을 알고도 그리 하는 소리냐. 우리 아바이가 그리 해 줄 것 같으냐."

"그럼 어찌 할 생각이냐. 양의학도 포기 못하고 이 처자와 집으로 가는 것도 싫다하면 앞으로 어찌할 것이냐."

범현은 이것이야말로 너무나도 충동적인 행동이라 느꼈다. 그렇게 우발적이었다면 차라리 몇 해 전 동무들과 함께 압록강을 건너는 편이 훨씬 나았을 것이다. 지금의 범현은 그야말로 홧김에 다례의 손목을 잡고 집을 나왔다. 그러나 양의학을 포기할 수는 없다. 무엇 때문에, 인산과 짱구와 두꺼비의 냉정한 눈빛을 견뎌 내며 공부를 해 왔던가. 그런데 지금은 다례를 위해 그것을 포기해야만 한다. 다례를 위해서? 아니면 다례 때문에? 범현이 고개를 저었다. 그렇다면 지금 당장 무엇을 해야 할까. 그야말로 범현은 공부 이외에는 아무 것도 할 줄 모르는 사람이었다. 범현은 후회가 밀려왔다. 그래서 다례에게 한없이 미안했다.

―다례야 말로 무슨 연유로 지금 이 낯선 곳에서 병을 앓고 있는 걸까. 나는 어쩌면 좋으냐 다례야.

"자식 이기는 부모 없다 한다. 네가 이 처자를 데리고 이 밤에 나왔다면 그만큼 너의 심지와 마음을 알아차렸을 게다. 그리해라."

인산이 침묵을 깼다. 범현은 고개를 다시 세워들었다.

"그리는 못한다. 그럴 부모님이었다면 그리 했을 것이다."

범현은 분노를 억누르며 숨을 들이마셨다.

"내일 날이 밝는 대로 떠나겠다."

범현은 그대로 몸을 돌려 방문을 열었다. 다례는 어느새 일어나 앉아 범현을 근심스레 쳐다보고 있었다. 범현은 서둘러 문을 닫고 인산을 바라보았다.

"난 그리 못한다. 돌아가지 않을 것이다. 미국이고 양의학이고 다 소용없다. 난 다례와 살테다."

이른 아침에 다례의 손을 끌고 마을로 내려간 범현은 두 번 다시 인산과 마주치는 일이 없었으면 하는 바람뿐이었다. 기척이 났음에도 불구하고 인산은 내다보지도 않았다.

범현은 일부러 큰소리를 내며 다례와 함께 그곳을 빠져 나왔다. 다례는 범현이 하도 잡아끄는 바람에 버선 한 쪽이 진흙에 얼룩져 버렸다.

"오라바이. 그리 마오. 그 분은 오라바이를 생각해 주느라고 한 말인데 그리 미워하지 마오."

한참을 걷던 중에 범현은 떨어지는 빗물 사이로 두 눈을 깜빡거리는 다례를 돌아보았다. 얼굴이 발갛게 상기 되어 있는 모습이 아직 열이 채 내리지 않았음이 분명했다. 다례의 몸이 완쾌 된 다음에 내려 올 걸 하고 후회가 되었다. 그러나 이내 다시 다례를 잡아끌고 잰걸음으로 걷기 시작했다. 다례는 또다시 숨을 가쁘게 쉬며 범현을 따랐다.

"내가 그 입장이라면, 운룡이가 누구를 데리고 왔던 간에 환영했을 것이다. 친구가 좋아하는 여자인데, 친구가 사랑하는 여자인데 그 여자 앞에서 너의 미래가 어떻고 하는 그런 되바라진 소리는 하지 않았을 게다. 친구의 여자를 무시하는 일 따위는 하지 않았을 것이다. 그리고 다투었다 해도 친구가 길을 떠난다면 한 두 번은 잡았을 것이다. 이렇게 비가 오면 더욱 더 말이다. 친구는 그런 게 아니다. 죽을 지경일지라도 감싸고 돌보아주고 내 편이 되어주는 것이 친구다. 벗이다."

범현은 잠시 말을 끊었다. 마음 깊숙한 곳에서 두꺼비와 짱구가 한껏 비웃는 소리가 들리는 듯 했다.

-범현아. 부끄러운 줄 알아라. 네 입에서 벗이고 친구고 내 편이라는 말이 그리 쉽게 나오다니. 네 그 가증스러운 말이 여기 만주 차가운 지하까지 들린다. 하하하. 정말 우습다. 안 그러냐. 우습지. 우스워. 정말 우습다.

그는 머리를 저어댔다. 다례는 모른다. 단짝 친구들이 모두 압록강 건너 만주로 독립운동을 하러 떠났을 때 너는 어찌 남았느냐 묻는 다른 친구들에게 나에게 남으라 했다는 거짓말을 했다. 처음에는 그러한 질문을 받을 때와 들을 때 목이 죄어오는 기분이 들고 심장이 빠르게 뛰었으나 시간이 갈수록 그것이 사실인 것처럼 '그들이 나보고 조국에 남으라 했소'라고 당당하게 대답했다.

그때 다례는 '오라바이 참말로 다행이오. 이런 말을 하면 나를 나무라겠지만 참말로 다행이오, 오라바이가 가지 않아서'라고 중얼거렸다. 범현은 다례를 슬쩍 쳐다보며 입을 열었다.

"너무 많이 변했다, 너무 많이 변했어. 외지에 숨어 있고 생명의 위협을 받다보니 사람이 그리 강퍅하게 되는 모양이다. 너무 많이 변했다. 운룡이는 그런 아이가 아니었는데."

비탈길에서 자그마한 돌들이 그들에 발에 치여 데굴데굴 굴러갔다. 그 뒤로 다례의 숨소리는 점점 더 가쁘게 들려왔다. 범현은 급히 다례를 돌아보았다.

"다례야, 많이 힘드냐?"

다례는 힘없이 고개를 가로 저었다.

"아니오, 오라바이. 하나도 힘 안 드오."

다례는 범현이 잡은 손에 더 힘을 주었지만 금세 앞으로 온 몸이 꼬꾸라졌다.

"다례야!"

범현은 다례를 감싸 안았다. 다례의 이마 위로 떨어지는 빗물은 금세 김이라도 올라 올 것 같았다. 범현은 웃옷을 벗어 다례를 덮어 주었다. 주변을 살펴보아도 움막 비슷한 것은 없었다. 다례의 목구멍에서는 가느다란 신음 소리가 흘러나왔다. 범현은 다례를 들쳐 업고 나뭇가지들이 즐비하게 엉켜있는 곳으로 비를 피했다. 범현은 앉을 만한 자리를 잡자마자 다례의 체온이 내려가는 것을 막기 위해 어깨를 문지르기 시작했다.

"다례야, 많이 아프냐, 힘드냐."

그러나 다례는 숨소리만 색색거릴 뿐이었다. 범현은 당황되기도 하고 겁이 나서 주변을 다시 둘러보았다. 당장의 소원이라면 인산이 나타나 집으로 돌아가자고 하는 것이었다. 그러나 그 어디에도 사람의 기척은 느끼지 못했다. 흠뻑 젖은 다례는 몸을 떨기 시작했다.

"오라바이, 추워 죽겠소……."

다례가 울먹였다. 범현은 잠시 망설이다가 그대로 다례의 웃옷을 벗겼다. 다례가 순간 움찔거렸다. 하얀 가슴의 골 사이에는 용희가 건네준 목걸이가 반짝였다. 그가 다례의 몸의 물기를 닦고 자기의 맨 몸으로 다례를 감싸 안았다. 다례는 별안간 따뜻한 체온에 몸을 더 웅크리며 범현의 품에 안겼다. 범현은 벗어 놓은 옷가지를 나무 위에 올려 빗물을 막았다. 그리고 한 손으로는 조그마한 다례의 발을 비벼댔다. 얼음같이 차가운 다례의 발을 만지는 순간 범현의 몸에서도 오소소 소름이 돋아 몸을 떨었다.

"……오라바이, 미안하오."

범현이 고개를 저어대며 다례의 어깨를 다시 문질렀다. 다례는 범현을 가만히 바라보다가 손을 뻗어 범현을 안아주었다.

"오라바이도 춥지 않소."

범현은 다례의 팔뚝에서 느껴지는 체온을 그대로 받아들였다. 갑자기 몸이 뜨거워지는 느낌이었다.

"다례야."

"오라바이, 왜 이러시오?"

다례는 갑자기 가슴 언저리에 입을 대는 범현을 밀어 치는가 싶더니 그대로 받아들였다. 비가 더욱 세차게 내려 부었지만 두 사람은 서서히 추위를 잊었다.

새벽부터 내리던 비는 어느새 멈추었고 나무 가지 위로 햇살이 얼룩얼룩 비춰졌다. 다례의 흠뻑 젖은 머리는 어느새 잔바람에 말라가고 있었다.

"오라바이?"

누워있던 다례가 자리에서 일어나 범현을 찾았다. 범현의 웃옷은 다례에게 덮어져 있었고 얼마나 잠을 잤는지 그 옷도 말라가고 있었다. 다례는 범현의 옷가지에 가느다란 팔을 껴 넣으며 일어났다. 사방 어디도 인기척이 없었다.

"오라바이!"

다례가 겁먹은 눈빛으로 소리쳤다. 머리 위에서 새가 날개 짓하며 멀어지는 소리가 들려왔다. 다례는 나뭇가지 사이의 햇빛을 보며 눈을 찌푸렸다.

"다례야. 내 우리가 머물 만한 곳을 발견했다."

다례는 범현의 목소리가 들리는 곳으로 시야를 두었다. 그는 조금 비탈진 곳에서 환하게 웃고 있었다.

"오라바이. 나는 오라바이가 나를 두고 떠났는줄 알았소."

다례가 울먹거렸다.

"하하."

범현은 서둘러 다례에게 내려와 겉옷의 단추를 단단히 채워주었다.

"자 이것 먹어라"

범현이 나무 열매 몇 알을 다례의 손에 쥐어 주었다. 그것을 가만히 내려다 본 다례는 범현의 얼굴을 쳐다보았다.

"오라바이. 이제 우리 이렇게 살아야 하오? 나 때문에 오라바이는 이렇게 산에서 열매를 따오고 나무를 해 와야 하오? 그 많은 책들은 어찌 하오? 오라바이가 이제껏 힘들게 공부한 것은 아까워서 어찌하오?"

다례가 다시 울먹였다.

"나는 너와 함께 있으면 뭐든 지 할 수 있다. 나무도 해오고 토끼도 꿩도 잡아오고."

범현은 다례의 손을 잡고 언덕 길에 올라섰다.

"가보자. 황토로 만든 집인데 제법 운치가 있다. 또 물도 가깝고."

다례는 한 손으로 얼굴을 훔치며 고개를 끄덕였다.

"그 오라바이하고 가까운 곳이오?"

"운룡이?"

"예."

"모르겠다. 한참을 돌아서 그런지 가까울 수도 있고 멀 수도 있고. 모르겠다. 설령 가깝다 하더라도 찾아보지는 않을 테다."

범현은 입을 굳게 다물었다. 다례는 차라리 인산과 가까우면 내심 마음을 놓으려는 차였지만 범현의 말에 묵묵히 걷기만 했다.

다음 날이 되자마자 범현은 막일 자리라도 알아보기 위해 마을로 내려갔다. 한나절을 돌아다닌 끝에야 금점판에서 일을 할 수 있게 되었다. 범현은 그 날로 오후 작업에 투여됐다. 생전 처음 해보는 노동에 그는 얼마를 못가 바닥에 주저앉았다.

"끌끌……. 거 샌님이 무슨 연고로 이런 일에 뛰어들었나?"

나이 든 인부들이 그를 피해 가마를 지고 바쁘게 움직였다.

"어디서 본 얼굴이네."

안 씨가 주저앉은 범현을 들여다보았다.

"예?"

"그런데 기억이 안나."

안 씨는 고개를 갸우뚱하며 멀어졌다. 멀어지는 안 씨를 바라보던 범현은 별안간 다리가 당겨왔다. 생전 안 쓰던 근육들이 이런 것은 싫다고 버티는 것 같았다.

다례는 인근 마을이라도 가까우면 잡일이라도 할 터인데 후미진 산골에 혼자 있자니 무료한 건 고사하고 두려움에 온종일 범현을 기다리는 일이 일과가 되어버렸다. 때로는 집 앞에 나가 나물이나 야생 열매나 버섯 따위를 캐내기도 했지만 거의 하루를 쓰러져가는 황토 집에 우두커니 앉아 지냈다.

그러나 며칠이 못가 어느 날 이른 아침에 다례도 마을로 내려가 허드렛일을 구하러 다녔다. 몇 차례 거절을 당하고 지쳐 앉아 있었을 때 그녀를 지켜보던 한 아낙이 다가왔다.

"이봐, 오늘 양가네 초상이 났는데 거기 가서 거들어 볼 테야?"

"예?"

다례가 벌떡 일어났다.

"저기 장터를 끼고 돌면 큰 집이 나와. 뭐 기와집은 아니더라도 주변에 비해 좀 괜찮은 모양을 한 집이 양가네야. 가서 좀 거들고 음식이라도 받아와."

"아주마이, 정말 고맙습니다!"

"응, 그래."

아낙이 고개를 끄덕끄덕했다.

■　　■　　■

"어이, 어이!"

방 한 켠에 쪼그리고 앉아있는 범현에게 40대 남자가 손짓을 해보였다.

"나요?"

범현이 몸을 곧추 세웠다.

"응, 그래, 젊은이. 여기 와서 뒷심부름이나 좀 해주고 푼돈이라도 받지 그래?"

"난 그런 거 해 본적 없소."

열 명 가량의 노동자들이 범현을 돌아보았다.

"어디 노름뿐이냐. 일하는 꼴을 보아하니 그것도 해본 적 없소. 오늘 끗발 날리네, 날려."

누군가가 범현의 말투를 그대로 흉내 내며 패를 내려놓았다. 몇몇 사람들이 소리 내어 웃었다. 범현은 얼굴이 붉게 달아올랐다. 무안해서가 아니라 분이 올라와서이다.

"이봐 젊은이. 거기서 그렇게 고고한 학처럼 딴청부리지 말고, 이럴 때 서로서로 알아가는 거지 별거 있어? 일 시작한지 얼마 되지도 않았겠지만 아, 우리라고 처음부터 막노동에 공치는 날은 노름으로 시간 때우고 살았겠나?"

일찌감치 패를 내려놓고 구경하던 자가 말했다.

"오늘은 일이 아예 없는 겁니까?"

"이렇게 비가 오는 날 무슨 일이 있겠나. 어차피 술값으로 날릴 돈 밑천 삼아 처마에 떨어지는 비하고 마누라 잔소리나 피해 보는 거지."

"조용조용! 자네들 딱 서 봐."

누군가가 좋은 패를 받았는지 흥분한 목소리로 주위를 집중시켰다. 범현은 구석진 자리에서 일어나 문을 열었다.

"저는 그럼 가보겠습니다."

"그러시오. 그러시오"

어떤 이가 가락을 하듯 그에게 대답했다.

"오늘 뿐이 아니라 골격을 봐도 오래 버티지는 못할 것 같구만. 비 오는 데 구들장에 등이나 지지고 누우시게. 아싸! 봤지? 요놈아. 으하하하하"

"에이! 저 최가놈 끗발 붙었네, 붙었어!"

"저놈 오늘 마누라 고쟁이 몰래 입고 온 거 아녀? 왜 그렇게 잘 붙어?"

범현은 왁자지껄하는 소리를 뒤로하고 나와 버렸다. 아직 비가 계속이다. 그러고 보니 요 며칠간 비가 계속 내린다. 인산의 집에서 나온 이후로 하루걸러 비가 온 것 같다. 다시 말하면 하루걸러 하루는 굶어야 하는 것이다. 그런 면으로는 날이 좋아야겠지만 노동이라는 것을 처음 해본 범현에게 있어서는 잘 된 것이다. 아마 오늘도 그 힘든 노동을 했더라면 아마 내일부터 몸살을 앓았을 것이다. 범현은 빈손을 펼쳐 보았다. 오늘은 아무 것도 없다. 내일은 날이 밝는 대로 전당포에 가서 용희가 준 금팔찌를 팔아야 겠다는 생각을 했다.

"오라바이 왔소?"
다례가 범현의 기척에 방에서 뛰어 나왔다. 그녀는 범현의 머리가 더 이상 비에 젖지 않게 두 손을 그의 머리 위로 펼쳤다.
"오라바이. 내 오늘 닭을 잡았소. 어서 들어 오시라요."
다례가 활짝 웃었다.
"하하. 너는 마치 소꿉놀이를 하는 아이 같구나."
범현은 씁쓸한 웃음을 짓고 들어섰다.
방에 들어서자 낡은 이불 한 채와 자잘한 살림가지들이 놓여있었다. 그것은 함지박 안에 있었는데 그 속에는 보리쌀과 콩 그리고 회색빛이 도는 소금이었다.
"어디서 난거냐."
"오라바이. 화내지 말고 내 말을 들어보시오. 운룡오라바이가 찾아왔소."
"운룡이가?"

범현이 굳은 표정으로 다례를 바라보았다.

"그런데 이 계란 맛이 나는 소금과 저기 이불과 크고 작은 함지박을 짊어지고 와서 오라바이 안부를 묻고는 그대로 가버렸소. 내가 받으려 받은 것이 아니고……."

인산이 주었다는 말에 범현은 갑자기 숨통이 막혔다.

"오라바이들은 오랜 동무지 않소? 안 그러오?"

"그래. 오랜 동무다."

다소 누그러진 표정과 말투에 다례는 안도의 숨을 살짝 쉬더니 이내 닭을 앞에 내 놓았다.

"저기, 다례야."

"예?"

다례가 눈이 동그랗게 되어서 범현을 바라보았다. 범현은 잠시 망설이다 입을 열었다.

"그 아이가 먹을 것은 있더냐?"

"그건 모르겠소."

다례가 미안한 안색이 되어 고개를 숙였다.

"그 집이 맞더냐?"

안 씨가 귀를 후비다 말고 인산이 방에 들어서는 것을 보자 물었다.

"맞소."

"응, 그래. 어쩐지 샌님같이 생긴 게 딱 네 또래더라고. 거참 별 놈이 다 금점판에 뛰어든다 했더니 그놈이 네 친구가 맞았구나. 어디서 봤다 했더니. 그런 약골로 비리비리 해서 무슨 일을 하겠다고. 아마 사흘은 굶었을 거다. 그나마 내가 사정해서 반값이라도 건져 간 거지. 안 그랬으면 그것도 없었지, 없었어. 나 아니었으면 말이야."

안 씨가 가슴을 탁탁 치며 고개를 빳빳하게 세웠다.

"그래, 고맙소. 하하."

인산이 흙 묻은 신발을 탁탁 털어 댓돌에 올려놓았다.

"에이. 고 통통한 산닭에 술이나 한 사발 하자고 들고 왔더니 고 대로 샌님한테 갖다 바쳐버렸네."

"그러게 음덕은 남에게 발설하면 안 되는 거잖소. 하하하."

"아, 시끄러워. 졸지에 닭의 탈을 쓴 봉황 한 마리 날아갔네."

안 씨가 아쉬운 듯 입맛을 다셔댔다.

"그런데 을룡아."

안 씨가 다시 팩 돌아앉으며 술병을 꺼내어 들었다.

"예."

"내가 거기 먹고 살려 나가긴 하지만 도통 이 수준이 안 맞아서 말이야. 노름꾼 자식은 노름꾼 된다지만 난 우리 아버지한테 아주 홀딱 질려버렸다. 그놈의 손가락 비비며 게슴츠레 눈을 뜨는 꼴이 세상에서 제일 무서운 얼굴이라니까. 그런데도 내가 이렇게 코꾸녕을 후벼 파고 요렇고 동글동글 말아대는 꼴을 보면 그게 또 딱 우리 아버지 손가락을 닮았단 말이다."

인산이 미간을 찌푸리며 웃었다.

"아무튼 이렇게 공치는 날엔 그저 자리 잡고 앉아서 먹어줘야 한다니까. 이 술을 말이야. 안 그러면 애가 섭섭해 해요!"

안 씨가 술병을 흔들어 댔다.

"예, 예. 그럼 이제 그놈 좀 달래줍시다."

인산이 사발을 내밀었다.

"그래그래. 이놈을 우리 뱃속에 집어넣어 주자고. 그리고 죽은 듯이 자면 이놈이 환생을 하지. 코고는 사이에 이 코꾸녕으로 나오는 거야. 다음에 또 봅시다 하고 말이야. 으헤헤헤"

인산이 소리 내어 웃었다. 그리고 한참의 시간이 지나 안 씨는 대자로 누워 코를 곯아댔다. 그도 눈이 슬슬 감겨왔다.

-그래. 술이란 이렇게 사람을 평안하게 만드는 힘도 있구나.

그가 옆으로 누워 눈을 감았다. 낡은 처마자락에 매달린 빗방울이 툭툭 소리를 내며 떨어지는 소리가 들렸다. 그 규칙적인 리듬이 심장소리처럼 들려왔다. 현구의 심장소리. 피투성이 현구를 끌어안은 인산의 귓속으로 들려오는 그의 심장소리는 총탄의 굉음 소리보다 크게 느껴졌다. 인산은 귀를 막았다.

-그냥 잘 테다. 아무런 생각 없이, 그냥 이렇게 자버릴 테다.

그 때 문 밖에서 기척이 났다. 인산은 반사적으로 몸을 굴려 벽에 기대어 앉아 숨을 죽였다.

"운룡아."

범현이다. 인산은 그제야 안도의 숨을 쉬고 문을 열었다. 밖에는 범현이 떨어지는 빗물에 눈을 깜박이며 서 있었다.

"어서 들어 와라."

인산이 문을 활짝 열어 손짓을 했다. 범현은 어색하게 웃어보였다. 안 씨는 돌아누워 코를 드르렁 골며 술을 환생시키고 있었다. 방에는 술 냄새가 가득했다. 익숙지 않은 그 냄새로 범현은 문가에 몸을 기대어 앉았고 인산은 그런 범현을 위해 방문을 조금 열어두었다.

"고맙다. 너도 힘들 터인데."

범현이 입을 열자 인산이 웃었다.

"지금도 비가 오니 마치 그날의 연속 같다. 섭섭했냐."

인산이 입을 열자 범현이 무안한 듯 고개 짓을 했다.

"내 고집이었다."

"그래, 그 처자는 어찌됐냐. 몸은 건강해졌냐."

"응. 좋아졌다."

그 때 안 씨가 목을 벅벅 긁어대며 코를 골자 범현이 그의 얼굴을 바로 보았다.

"아, 내 저 양반을 본 적이 있다. 금점판에 오는 양반이다."

"그래. 오늘 안 그래도 네 이야기를 하더라. 느낌에 너라고 생각하여 내 너 거처를 물어보았다."

범현은 잠시 후 안주머니에서 얼마의 돈을 꺼내었다. 인산은 바닥에 놓인 그것을 한동안 쳐다보더니 입을 열었다.

"뭐냐."

"수중에 있는 것을 팔았다. 네게 갚으려고 판 것이 아니다. 어차피 돈을 융통해야 했는데 오다가 너에게 들린 것이다. 얼마 안 된다."

"넣어두어라."

"아니다. 정말 얼마 안 된다. 이것이라도 받아야 내 마음이 조금은 편할 것 같다. 제발 받아다오. 설령 쓰지 않고 땅에 묻는다 해도, 제발 받아다오."

인산은 잠시 범현을 바라보다 고개를 끄덕였다.

"잘 쓰겠다. 고맙다."

범현은 안도의 미소를 보이며 손가락으로 방바닥을 서너 번 두들겼다.

"커, 커어억."

안 씨가 높게 코를 골아대다 멈췄다. 인산은 손만 뻗어 그의 얼굴을 돌려놓았다.

"푸루르르르르."

"내 이래서 이 양반하고 같이 잠을 못 잔다. 하하."

범현도 따라 웃었다.

■　　■　　■

범현은 융통한 돈으로 책과 음식과 그리고 다례에게 입힐 옷을 샀다. 다례는 울먹 울먹거리며 옷을 받았지만 그다지 행복해 보이지는 않았다.

"용희언니한테 미안하오."

범현은 짧은 한숨을 내쉬었다.

"하지만 여윳돈이 생겼으니 그간 쉬었던 공부를 할 수 있지 않겠냐."

"그건 그렇소, 오라바이."

다례가 고개를 끄덕였다.

"그러니 너도 오늘부터는 남의 집 허드렛일 하지마라."

범현이 다례를 바라보았다.

"아니야요, 오라바이. 나는 쉬엄쉬엄 할 거야요. 오도카니 집에 앉아 있으려면 너무 무료하오. 내가 사정하여 얻은 일자리인데 그럴 순 없소. 또 그래야 나중이라도 융통을 할 것 아니겠소. 내 걱정은 말고 나 없는 사이 공부 열심히 하오. 내 돌아오거든 저녁상을 봐드릴 테니."

다례는 손을 흔들며 집을 나섰다.

다례가 나간 후 집안에는 정적만 흘렀다. 귀에서 윙하는 소리가 날 지경이다. 범현은 읽던 책을 덮고 인산에게 가기로 마음먹었다.

인산의 거처에서 연기가 모락모락 올라왔다. 범현은 그 연기를 보며 서둘러 들어갔다.

"운룡아, 별일 없나?"

범현이 급히 주변을 살피며 입을 열었다. 마당 한 구석에는 버려진 드럼통 두어 개가 놓여 있었고 연기는 그 속에서 나왔다. 그리고 인산의 목소리가 그 가운데에 들렸다.

"어, 범현이 왔나."

인산이 모습을 드러냈다. 그는 새카만 손을 탁탁 털어내며 웃었다.

"내 네 집에 불이라도 났는줄 알고 놀랬다. 뭐하는 거이가?"

"지랄하고 있지. 하하하."

인산이 큰 소리로 웃었다. 범현은 드럼통을 자세히 보기 위해 다가섰다.

"이게 뭐냐?"

"죽염을 만드는 중이다."

"죽염?"

"내 어렸을 적에 할아바이한테 이런 걸 만들어 죽염을 만들라고 했었는데 그게 모양새는 갖춰졌어도 잘 되지 않았다."

범현은 인산의 말을 들으며 주변에 쌓여있는 대나무들을 둘러보았다.

"이건 뭣 하러 만드나?"

"내 일전에 소금을 네게 준적이 있다. 회색빛이 도는 소금 말이다."

"응. 안다."

"그걸 체계적으로 만들어 보려던 참이다."

"이걸로? 이건 대체 무어냐?"

"지구가 도는 원리다. 이 지구가 처음 태양계에 떨어져 나왔을 때는 눈에 보이지 않게 빨리 회전했을 것 아니냐. 그러니 빙하기네 뭐네 거쳐 가며 지금의 지구가 나온 것이고. 아무리 이 지구가 서서히 돌아도 365일에 한 회전을 한다."

범현은 그 말에 인산을 멀뚱히 쳐다보았다.

"도통 무슨 말인지 모르겠다."

"이 온도가 얼마나 되겠냐."

"이 화기로 보면……. 대략 5백도 되지 않간?"

"9백도다. 그리고 그 속은 천도가 넘는다."

"뭐라?"

범현은 인산을 바라보다가 이내 웃음을 터뜨렸다.

"어떻게 그럴 수 있냐."

"요 구멍 보이냐?"

인산이 드럼통 맨 아래 손가락 크기만한 구멍 두어 개를 발로 툭

쳐보았다.

"보인다."

"그게 원리다. 불에 바람이 들어가면 불이 회전 하잖냐. 급회전을 하면 불이 팽창이 되고 그게 급속도로 회전하면 불온도 올라가는 건 아무 것도 아니다."

범현이 팔깍지를 끼며 웃어보였다.

"넌 참 기발하구나."

인산은 다시 쭈그리고 앉아 범현에게 가까이 오라 손짓했다.

"그런데 어느 시간에 이 소금 덩이를 꺼내야 할지 그게 의문이다. 순식간에 불의 온도를 올리면 소금이 녹아들고 그 주변에 있는 것들이 통이 녹기 전에 싹 빠지고 없다. 그 때 불을 꺼서 꺼내야 간수라는 게 없는데 말이야. 아직은 계산을 잘 못하겠다."

"녹는 게 어디 소금의 간수뿐이냐. 소금도 녹아 없어졌을 것이다."

"아니다. 소금은 녹아 모여있다."

"하하하. 천사백도가 넘으면 소금은 가스가 되어 날아가 버렸을 것이다."

"범현아. 그럼 소금이 녹아 없어졌는데 왜 이 쇠통은 남아있겠냐. 그리고 그것이 식은 후에 주변에 붙어 있던 그 소금은, 처자에게 먹였던 그 소금은 무엇이냐."

범현은 인산의 말에 웃음을 멈추었다. 인산은 일어서서 끝에 있는 드럼통을 발로 툭 찼다.

"이건 네 말대로 녹았다. 한 천오백도 되었나보다. 하하하."

인산이 재가 묻은 손바닥을 탁탁 털어내며 범현을 돌아보았다. 범현은 녹아있는 드럼통을 넋이 나간 표정으로 바라보고 있었다.

"개울로 가자. 좀 씻어야겠다."

계곡에 다다르자 그곳에서는 사람들이 아우성을 치는 소리가 들려왔다. 물놀이를 하는 즐거운 비명소리는 분명 아니었다. 인산과 범현은 그리로 쏜살같이 달렸다. 동네 사람들이 빙 둘러 모인 그 자리 한 가운데는 젊은 남자가 축 늘어진 채 누워있었다. 물에 빠져 죽은 것이다. 그를 건져낸 사람은 기진하여 숨을 몰아쉬고 있었고 나머지 사람들은 죽은 사람을 뱅 둘러싸고 울어댔다.

"저 봐라. 아직 숨이 안 끊어졌을지도 모르는데! 인공호흡이라도 해야한다."

범현이 달려갔다.

"좀 비켜보시오. 내가 의학공부를 하는 사람인데, 한 번 봅시다!"

"뭐요? 어서 이리 오시오!"

순식간에 사람들이 비켜섰다.

"숨을 안 쉰 다오! 숨을!"

범현이 그의 가슴에 가만히 귀를 대었다. 심장고동 소리가 들리지 않았다. 범현은 양손을 가슴에 놓고 규칙적인 압박을 시작했다. 그리고 인공호흡을 시도했다. 그 모습에 사람들은 얼굴을 찡그렸다. 열 번을 반복하는 동안 범현의 이마에서는 땀이 났다. 하지만 눈을 감은 사람은 좀처럼 숨을 쉬지 않았다. 범현은 천천히 사람들을 쳐다보았다.

"죽었소……"

가슴을 졸이며 서있던 사람들은 일제히 주저앉았다.

"아이고! 이게 무슨 일이래! 아이고!"

그때 인산이 다가왔다.

"봅시다."

"저건 또 뭐래?"

신경이 곤두선 사람들은 재투성이의 허름한 차림의 인산을 보며 그를 가로 막았다.

"그 사람 항문이 열려 있소?"

"뭐요?"

"똥창이 빠졌냔 말이야!"

인산이 누군가의 눈을 바라보며 호통을 치자 그는 움찔하며 고개를 슬쩍 돌렸다.

"그걸 낸들 어찌아오?"

"항문이 안 열려 있으면 살 수 있소."

"저건 또 무슨 말이야? 남의 똥창을 들여다보란 말이야?"

"좀 비키라니까!"

인산이 죽은 자에게 다가가려던 차에 청년 서넛이 그를 막아섰다. 범현도 그를 멀뚱히 바라보았다.

"뭐야? 저거 미친놈 아니야?"

범현이 인산의 팔을 잡았다.

"얘, 운룡아. 이미 숨이 끊어졌다. 죽은 사람이야. 그를 욕보이지 마라."

그러나 인산은 청년 중에 힘이 제일 세 보이는 사람에게 주먹을 날렸다.

"아고고고!"

그가 배를 움켜쥐고 나가 떨어졌다. 이에 두 명이 한 번에 인산에게 달려들자 이번에도 인산이 그들을 밀어 쳤다. 사람들은 처음 보는 이 괴이한 사람의 등장에 입을 닫았다.

"당신하고 아는 사람인 것 같은데 좀 말리시오. 죽은 사람에게 그리 하면 안 되오!"

누군가가 범현의 팔을 잡고 울상이 되어 말했다. 그 사이 인산은 물에 빠진 사람을 살펴보더니 이내 침통을 꺼내어 들었다.

"야! 이 미친놈아! 내 동생 만지지 마!"

그의 형으로 보이는 사람이 인산에게 달려왔다. 인산이 벌떡 일어나 그를 바라보았다.

"너도 맞고 싶지 않으면 가만히 있어!"

인산이 노려보았다. 그는 인산의 눈을 보자 뒷걸음치며 주저앉아 버렸다. 범현은 별안간 그가 무서웠다.

-어디서 저런 용기와 자신감이 나오는 걸까.

사람들이 침을 꼴딱거리며 주춤하는 사이 인산이 죽은 자에게 침을 꽂았다. 순간 범현의 머릿속에 일 년 전 인산이 일으킨 기적의 사건이 불현듯 스쳐지나갔다. 그는 이미 죽은 아이를 살린 적이 있었다. 그 생각이 머릿속에서 꿈틀거릴 때 죽은 자의 손에서 검붉은 피가 나왔다. 사람들이 입을 벌렸다.

"켁켁!"

그가 물을 토하며 엎드렸다.

"봐라. 살았지. 그러니 멍청하게 그리 쳐다보고 있지 말고 어서 따뜻한 옷을 벗어 던지시오!"

　인산이 그들에게 소리치자 사람들은 그제야 정신이 든 듯 서둘러 자신들의 옷가지를 벗어 그에게 덮어 주었다.

　"오메, 오메……. 도대체 저 사람은 뭐이가? 뭐 하는 사람인데 죽은 사람을 살린거이가?"

　"죽은 것이 아니라 숨을 못 쉬고 있었던 거요. 죽은 사람 속에서 피가 뿜어져 나오겠소?"

　"하지만 저 의사 양반은 죽었다고 했잖아."

　"그러게."

　사람들의 시선이 일제히 범현에게 쏟아졌다. 범현은 당황하여 시선을 어디에 둘지 몰랐다.

　"아직 의사 선생이 아니라 나는 학생이오……."

　그가 고개를 숙였다.

　"그래? 그래 놓고는 마치 선생인 양 남의 자식 죽었다고 하네. 양놈의 의술도 별거 아니구만."

　범현은 온몸이 죄어드는 듯 한 수치감에 고개를 떨어뜨렸다.

　금점판에서도 약골이네 샌님이네 하는 소리를 들어도 그만큼 수치감을 느끼지는 못했다. 그 정도는 아무 것도 아니었다. 오히려 은연 중 나는 너희와는 다른 사람이다. 귀한 사람이다 하는 우월감도 없지 않아 있었다. 하지만 이러한 느낌은 두 번 다시 당하고 겪고 싶지 않을 만큼의 엄청난 모욕으로 다가왔다. 죄를 짓다 걸려도 이만큼 창피하지 않을 것이다.

　범현은 이를 악다물고 눈을 질끈 감았다. 사람들의 소리가 들려왔다. "아이고 젊은 양반 이 은혜를 어찌할꼬 고마워서 어찌할꼬!"

"그렇게 사람 살릴 자신이 있어서 우리한테 그런 줄도 모르고. 정말 미안하오."

"그나저나 존함이 어찌되우?"

사람들은 방금 그 개울가에서 사람이 죽었다 나온 것을 잊기라도 한 듯 인산이 개울에 들어가 세수를 하는데 까지 따라 들어와 물범벅이 되었다. 그럼에도 인산은 아무 말 없이 목을 닦고 허리를 죽 펴더니 다시 신발을 신었다.

"가자."

인산이 범현을 바라보며 성큼 걸었다.

"아이고 거 존함이라도 알려달라니까 그러시네!"

사람들이 인산을 우르르 따랐을 때 그가 갑자기 우뚝 서서 돌아보았다.

"나 따라오면 다 두들겨 팰 줄 알아!"

그들은 침을 꼴딱 삼키고 서로를 바라보았다.

"저이가 학생이라고 한 거보니까 저 사람이 선생이야, 선생."

"오늘 옴팡 야단 들겠네. 스승 제치고 설치다 망신만 들었으니……"

수군거리는 소리가 범현의 귀에 들려왔다. 하지만 인산은 벌써 저만치 산을 오르고 있다. 그의 머릿속에는 어렸을 적의 인산의 모습이 비춰졌다. 그때도 그랬다. 열 살도 안 된 아이가 사람의 병을 고치고 저렇게 사라졌다.

사람을 몰래 살려주고 범현의 손을 잡고 말없이 피해버리는 그가 몹시도 자랑스러웠다. 인산이 할아버지한테 야단만 듣지 않는다면 그는 당장이라도 이 아이가 내 동무요 하고 산꼭대기에서 소리라도 치고 싶었다. 인산이 죽어가는 병자의 숨통을 트이게 했을 때는 옆에서 환호성을 지르고 기뻐했다. 그리고 사람을 살리는 매력에 서서히 빠져 들게 되었고 사람을 살리고도 집안 어른들한테 야단 맞는다며 빠른 걸음으로 사라지는 인산의 뒤를 좇기에 바빴다. 앞서 걸어가는 인산의 뒷모습을 바라보며 범현은 그를 존경하는 마음이 불끈 솟았다. 그렇게 존경하는 친구가 내 인생의 목표가 되었다.

하지만 그것은 그 때의 감정이었다. 지금은 자신이 그렇게 되고 싶은 것이다. 죽어가는 사람을 살리고 그들이 넙죽 엎드려 "존함이라도"하고 인산에게 절절 매는 것을 보니 그러한 감정은 고조 되었다.

그러나 인산은 타고 난 재능이 있었지만 범현에게는 없었다. 그렇기 때문에 범현은 공부를 해야 했고 그가 밤새워 의학용어를 외우는 동안 인산은 총칼을 닦으면서도 죽어가는 사람을 고쳤다.

-죽어가는 사람을 고쳤다. 마치 잘 돌아가던 기계가 갑자기 멈추었을 때 그 원리를 아는 사람이 기계를 간단하게 고치는 것처럼. 그게 가능한 일인가. 무슨 근거로. 어떻게. 어떻게 네가 그 원리를 안단 말이냐. 어떻게. 도대체 어떻게 그것을 알았느냐. 누가 알려 줬느냐. 대체 누가 너의 스승이냐.

범현은 인산의 뒷모습을 바라보다 우뚝 멈췄다. 멀리서 인산이 돌아보았다.

"왜 그러냐."

"어떻게 살린 것이냐. 이미 숨이 떨어진 사람을. 그 사람은 분명 죽었단 말이다. 이것뿐만이 아니다. 너는 많은 사람들을 고쳤다고 들었다. 자잘한 병부터 죽을 지경의 사람들까지. 대체 무엇을 보고 공부하고 어떻게 적용을 했냔 말이다."

인산은 범현의 물음에 하늘을 바라보았다.

"가령 사람이 병이 들었다. 그럼 그 사람의 병만 보면 못 고친다. 사람의 몸은 우주다. 만물에서 비롯된 것이다. 그렇기 때문에 우주자연법칙에 부합되도록 그 사람의 체질과 식성, 그리고 그 계절에 나는 식물과 약초를 써야한다. 그게 틀어지면 벌써 반은 실패한 것이다."

"그럼 너는 음양오행이나 팔괘를 근거로 사람의 병을 고친다는 말이냐. 그것이 무당과 점쟁이와 다를 바가 무엇이냐. 의학은 발전하고 진보해 나가는 것인데 우리나라의 의학은 원시적이다. 너무나 원시적이야."

범현의 말에 인산은 그저 침묵으로 그의 눈을 바라보았다. 하지만 이상하게도 그럴 때마다 그는 수치심을 느꼈다. 무시를 당한다는 느낌에서였다.

"그럼 작년에 숨이 떨어진 어린 아이도 주역의 원리를 적용한 것이냐."

"어떤 어린아이?"

인산은 기억을 더듬기라도 하는 듯 고개를 갸웃했다. 그 모습에 범현은 다시 소름이 돋았다. 대체 얼마큼의 사람의 살렸기에 저런 표정을 짓는단 말인가.

"경기로 숨을 거둔. 내가 있던 병원에서 나온 아이 말이다."

"병원이라……. 아, 안다. 기억난다."

"그 아이는 대체 어떻게 살린 것이냐. 이미 죽은 사람은 머리에 산소가 올라가지 않아 그렇게 오 분 십분 방치하여 살린 경우는 없다. 그리고 산다 하더라도 병신이 되어 누워 지낸다 들었다."

"죽은 사람의 몸에서 피가 뿜어져 나오냐."

"어찌 살렸는데?"

인산이 순간 양쪽 검지 두개를 들어 올렸다. 범현은 그의 손끝을 바라보았다.

"파이프 같은 거다. 한 쪽에서 피를 빼주면 심장의 판막이 움직이면서 그 사람의 몸에서는 피가 돌기 시작하지. 피가 돌기 시작하면 차츰 몸의 다른 조직들도 정상을 찾게 되지. 그래서 그 아이가 살아난 거다."

범현은 다시 입을 벌리고 그를 쳐다보았다. 이것은 음양오행이나 팔괘가 아닌 과학적인 논리였다. 간단한 과학. 그러나 누가 그 방법을 사람의 멈춘 심장에 적용한단 말인가.

-운룡이를 눌러야겠다. 한의학도 아닌 서양의학도 아닌 그런 어정쩡한 인술로 사람을 살려냈다는 것은 단지 운이다. 운. 소금을 어떻게 하고 유황을 어쩐다고? 우습다. 나는 그게 그렇게나 우습다. 내가 이를 악물고 학문에 전념해서 반드시 유명한 의사가 될 것이다. 그리고 너를 누를 것이다.

"가야겠다. 다례를 너무 혼자 두었다."

"그래. 또 보자."

인산이 손을 들어보였다. 범현은 어정쩡한 높이로 손을 들다 말고 이내 돌아섰다. 범현은 발에 치이는 나뭇가지와 돌을 의도적으로 밟고 차며 산길을 내렸다. 그의 눈은 서서히 충혈이 되었다. 입을 악다 물고 거친 숨소리를 내며 걷는 그의 모습은 먹이를 빼앗긴 산짐승 같았다. 그저 주위를 빙빙 돌다 우두머리가 으르렁거리는 소리에 숨어 버리는 이빨만 날카로운 힘없는 동물.

범현은 이 날을 그의 평생 가장 수치스러운 날이 될 것이라 생각했다. 그는 고개를 저어대며 서서히 더 빠른 걸음으로 집으로 향했다.

-돌아갈 테다. 다시 돌아가서 반드시 의사가 될 테다.

범현은 인산을 누르기 위해서는 서양의학으로 승부를 걸어야 한다는 생각이 머리에서 뱅뱅 돌았다.

오후 늦게 다례가 빨래를 걷어 방으로 들어왔다. 범현을 보니 그는 턱을 괴고 책을 보고 있었다. 다례는 얼마 안 되는 빨래를 조용히 갰다. 그리고 한동안의 시간이 흘렀다. 다례는 졸음에 벽에 기대어 눈을 감고 있다가 다시 범현을 바라보았다. 범현은 아직도 같은 곳을 펼쳐놓고 있었다.

"저기……오라바이. 용희 언니한테는 미안하지만, 덕분에 오라바이가 금점판에 안 나가도 되니 정말 좋소. 그런데 그 책은 전에 보던 것과 같은 것이오?"

다례는 근 서너 시간 동안 아무 말도 없이 책만 바라보던 범현 옆에서 지루한 듯 앉아 있다가 마침내 입을 열었다. 범현은 고개만 끄덕이며 책에서 눈을 떼지 않았다.

"내가 오라바이 공부에 방해되오?"

"아니다."

"그런데 어찌 반 시각이 넘도록 같은 곳을 보오?"

다례가 조금 더 바싹 다가와 앉아 범현의 책을 어깨너머 쳐다보았다. 그 때 범현이 보던 책을 덮어버렸다. 다례는 깜짝 놀라 주춤했다.

"미안하오, 오라바이. 내 방해되었나 보오."

다례가 무안 한 듯 서둘러 방에서 나갔다. 범현은 머리를 감싸 쥐었다. 다례 말대로 삼십 분이 넘도록 같은 페이지를 펼쳐 놓고 있었다. 그 헛도는 눈동자 가운데 범현은 인산의 모습을 계속 쫓고 있었다.

-아무리 봐도 없다. 운룡이가 말한 것은 어디에도 없다. 하지만 사람이 살았다. 죽어가는 사람이 말짱하게 살아났단 말이다. 어떻게 그럴 수가 있단 말이지? 어떻게 숨이 끊어진 사람을 살릴 수 있단 말이냐.

범현은 읽고 있던 책을 바닥으로 쓸어 버렸다.

방문에 눈을 빼꼼이 내밀어 범현을 바라보던 다례는 다시 조심스레 문을 닫았다.

요사이 범현의 신경이 무척이나 날카로운 것을 느꼈다. 아마 이렇게 지내는 것이 힘이 들기 때문일 것이다. 그렇다고 다례는 "오라바이 이제 그만 돌아갑시다"하고 말할 수는 없었다. 이제 나는 범현이의 여자이고 그 길 외에는 살 길이 없다 생각했다. 그래서 그녀가 할 수 있는 일이라고는 배를 곯지 않고 자기가 부지런히 일을 해서 범현의 뒷바라지를 하는 것 밖에 없다 생각했다. 그 생각을 하니 절로 힘이 나서 마루턱에 앉아 일감으로 받아온 바느질거리를 번쩍 들어 올렸다.

"어이 을룡이 있나?"
안 씨 아저씨가 막걸리 한 통을 들고 인산의 집 앞에 섰다.
"집에 있나?"
그가 다시 소리칠 무렵 인산이 방문을 열고 고개를 내밀었다.
"오셨소?"
인산이 반갑게 웃어보였다.
"야, 말마라. 내 네 덕에 술에, 안주에 정신 못 차리겠다야. 으헤헤헤헤!"
"그건 또 무슨 말이오?"
"거 이야기 해줄 테니 우선 앉아 봐라."
안 씨는 마루턱에 걸터앉자마자 품에서 백숙닭 하나를 꺼내어 놓았다.
"이건 또 뭐요?"
"전에 거 숨넘어가던 할마이를 고쳐주었잖아. 별안간 켁켁 거리고 숨도 못 쉬던 할마이."
"그랬지요."
"그 할마이 영감이 이걸 줬다. 덕분에 늙어서 혼자 밥 안차려먹게 돼서 고맙다고 말이다. 으헤헤헤."
그날 죽어가던 노파를 구해준 인산은 안 씨에게 독립 운동하러간 다던 소년임이 탄로 났다. 안 씨는 반갑다는 듯이 그의 뒤통수를 때리며 웃었지만 일본경찰에 쫓기고 있다는 그의 말에 자신의 입을 탁탁 치며 주위를 살폈다.

-그래, 나만 알고 있을게. 하여간 나의 이 눈은 못 속인다니까. 그러게 내가 그랬지? 어디서 본적이 있다고 말이야. 으하하하하. 이 나의 놀라운 기억력은 썩은 탄광굴에서도 빛을 발한단 말이야.

"그래, 그래서 오늘 이걸 받아왔소?"

"이 놈이! 또! 돈을 주겠다는 걸 거절하고 이걸 대신 한 거야. 돈이라도 또 받아오면 네 지랄 같은 성질을 어찌 감당하려고?"

"하하"

안 씨가 건네주는 한 쪽 다리를 받아들며 인산이 소리 내어 웃었다.

"거참 사람 생명치고 정말 싸다, 싸. 할마이 목숨에 막걸리 한통에 닭 한 마리라니."

"이 정도면 훌륭하지요. 예전엔 사람 살려 놓고 오히려 죽일 놈 되어 쫓겨난 일도 있소"

인산이 씁쓸하게 웃으며 막걸리를 들이켰다.

"미친놈들. 그래, 넌 그게 무서워서 네 이름을 그리 숨기고 다닌 거냐?"

"아니오. 사람들만 살릴 수 있다면 나 하나 죽어도 안 아깝소. 하지만 내가 죽으면 너무 아깝긴 하오. 하하하"

"에라이!"

안 씨는 고개 짓을 해보며 막걸리 사발을 비웠다.

"야, 우리 조기 있는 유황으로 고기나 좀 구워먹자. 활활 타오르는 게 꽤나 잘 굽히겠더라."

"보시오. 도와주시오……."

그때 기어들어가듯 가냘픈 여자의 목소리에 인산이 돌아보았다. 다례는 기운이 남아있지 않은 듯 비틀거리며 싸리 담장을 움켜쥐었다.

"아니, 무슨 일이오?"

인산이 다가오기도 전에 다례는 힘없이 꼬꾸라졌다. 인산이 달려가 다례를 일으켰다.

"흐미흐미, 이게 무슨 일이래?"

안 씨가 닭 먹던 손가락을 쪽쪽 빨아대며 바라보았다. "무슨 일이오? 범현이에게 무슨 일이 있소?"

인산이 다례를 부축하며 물었다. 다례는 범현이라는 이름이 나오자 눈물을 뚝뚝 흘리며 눈을 감아버렸다. 순간 인산은 좋지 않은 느낌을 받았다.

"범현 오라바이가 가버렸소. 나를 두고 가버렸소. 흐어어엉."

다례가 얼굴을 감싸며 그대로 주저앉았다. 안 씨는 인산을 바라보았다.

"죽었다는 말이야?"

"내가 짐이 된 모양이오. 내가. 범현 오라바이 앞길에 방해를 한다는 말이 사실이었나 보오. 나는 이제 어쩌면 좋소."

다례가 기운 빠진 모습으로 흐느껴 울었다. 인산은 고개를 절레절레 저었다.

-범현이 너 고작 이 정도 밖에 되지 않았냐. 너는 대체 어디로 얼마큼 누구를 더 아프게 하며 그리 도망 치기만 할 것이냐.

"아저씨. 우선 처자를 안으로 들입시다."

"응, 그래, 그러자."

안 씨는 방문을 열어 이부자리를 폈다. 다례는 축 처진 몸을 끌고 넋 나간 표정으로 방안에 들어와 처음 만났을 때처럼 애벌레 모양으로 자리에 누웠다. 다례를 눕힌 후 인산은 곧장 서둘러 나섰다.

"어디 가는 거야?"

안 씨가 거북이처럼 고개를 내밀고 소리쳤다.

"내 이 놈을 잡으러 가야겠소."

"야야! 정신 차리라! 누가 누구를 잡으러 가? 너 그러다가 순사한테 걸리기라도 하면 어쩌라고!"

안 씨가 맨발로 뛰어 나와 인산의 허리춤을 잡았다. 인산은 이를 악다물고 주먹을 쥐었다.

"이봐, 아가씨. 내가 찬물이라도 갖다 줄게, 좀 쉬어."

안 씨는 인산을 돌아보며 나갔다. 다례는 계속 울기만 하고 인산은 생각에 잠겼다.

"자, 아가씨 이거 좀 마셔."

안 씨가 다례의 옆에 물 사발을 놓았다. 그래도 다례는 꼼짝 않고 울기만 했다. 그 모습에 인산은 자리를 옮겨 다례의 앞에 앉았다.

"처자가 기운을 차려야 하오."

다례는 누운 채 고개를 가로 저었다.

"죽고 싶소……. 죽고 싶소."

"예끼! 어린 처자가 못하는 말이 없네!"

안 씨가 바닥을 쳤다. 그리곤 그 모습이 가여운지 금세 울상 된 표정이 되어 물 사발을 조금 더 가까이 밀었다.

"이거 자셔봐. 그냥 물이지만 자셔봐."

그리곤 인산을 바라보며 입을 벙긋거렸다.

-이 처자 진짜 죽어버리는 거 아니야?

인산이 미간에 힘을 주자 안 씨는 금세 고개를 돌려 물 사발을 다시 밀었다.

"좀 마시라니까."

"보시오. 내 지금 그 집에 다녀올 테니 좀 누워 있으시오. 이 양반은 허튼 짓하는 양반 아니니까 안심하고 눈을 붙여도 되오."

"응, 그래. 난 그런 짐승 같은 놈은 아니야."

그가 고개를 끄덕끄덕했다.

인산이 범현의 방을 열어보았다. 책상머리에 쌓아 둔 책 중에 몇 가지는 그대로 남아있었다.

-아마 집에도 있는 책이겠지.

인산이 방에 성큼 들어와 둘러보았다. 편지가 있었다. 글도 모르는 다례에게 쓴 글이다. 아마 자기가 떠나면 다례가 인산에게 갈 것을 염두에두고 쓴 글이리라.

그는 펼쳐진 종이를 들어 읽었다.

인산이 염려하던 그대로다.

그는 학업을 하기 위해 집으로 돌아갔다. 다례와 살면서 의학을 포기할 수는 없다는 말이다. 사랑한다고 무작정 끌고 나온다는 것이 미련한 짓이었음을 토로한다.

그는 긴 한숨을 내쉬고 다례의 물건 몇 가지를 챙겨 집으로 향했다.

돌아오니 안 씨가 인산의 창고를 정리하고 있었다.

"뭐하시오?"

"뭐하긴 이놈아. 저 처자랑 합방 할 생각 아니라면 네가 다리 뻗고 누울 곳은 만들어야 하잖아. 저렇게 벌써 해가 넘어간다고 지랄하는데."

그가 황토진흙을 털며 허리를 폈다.

"걱정마라, 네 고물들은 안 건드렸으니까."

"처자는 어떻소?"

"겨우 잠들었어. 눈이 퉁퉁 부어서는. 야, 눈탱이 부어터지니까 세상에 미녀 씨가 마르겠더라."

안 씨가 비밀이라도 된다는 듯 목소리를 죽였다.

다례는 이틀간 꼬박 누워있다 자리에서 일어났다. 그녀는 방을 둘러보았다. 어느새 자기 손때가 묻은 물건들이 가지런히 놓여있었다. 그녀는 일어나 앉았다. 현기증에 머리가 절로 벽에 기대어졌다. 마당의 기척에 다례는 잠시 숨을 죽였다. 책장이 팔랑거리며 넘어가는 소리가 났다. 범현이 책을 볼 때 나는 소리다. 다례는 급히 기어 방문을 활짝 열었다.

"오라바이!"

마루턱에 앉아 있던 인산이 돌아보았다. 다례는 금새 슬픈 눈이 되어 고개를 숙였다. 인산은 다시 책을 보다 바닥에 내려놓았다.

"그 정도 기력이면 뭐라도 먹을 수 있겠구만."

그가 미음을 가져와 다례의 앞에 놓았다.

"먹어두시오. 그래야 범현이를 찾으러 가든 기다리든 할 것 아니오."

"미안하오, 내 이런 꼴로 운룡 오라바이 집을 차지하고 있어서."

다례가 기어 들어가는 목소리로 고개를 숙였다.

"범현이가 읽던 책을 읽고 있었소."

인산이 책을 내밀었다. 다례는 그것을 가만히 바라보다 두 손을 내밀어 받아들었다. 그리고는 그것을 가만히 안고 흐느껴 울었다.

"부엌에 가면 물동이에 물을 길어다 놨소. 여름이니 춥지는 않을 거요. 그리고 오늘부터 안 씨 아주바이도 이집에 있을 거요. 사람의 눈이라는 게 있으니 괜한 말 놀림에 휩싸이는 것 질색이오. 그게 싫다면 어서 몸 추스르고 일어나시오."

인산은 집을 나섰다. 다례는 인산의 뒷모습을 보다 방문을 닫았다.

몇 시간 후 인산은 소금을 짊어지고 와 그것을 마당에 던져 놓았다. 그의 이마에는 땀이 맺혀 있었다. 그는 대나무를 자르기 위해 창고로 향했다. 그러다 불현듯 부엌문이 반쯤 열려 있는 것을 보고 천천히 다가갔다.

"이런!"

기둥에 목을 맨 다례가 축 늘어져 있었다. 인산은 서둘러 다례를 내려놓았다. 맥이 희미하게 잡혔다. 혼절한 것이다. 그나마 목욕재계 한답시고 시간이 지체 되어 이 시간에 발견되었다.

인산은 다례의 목에서 줄을 풀러 던지고 그녀의 숨통을 트여주었다. 인중에 침을 꽂고 손가락에서 피를 뽑았다. 창백하던 혈색이 조금씩 홍조를 띠기 시작했다. 얼마 후 다례가 눈을 힘없이 떴다. 그리고 인산과 눈이 마주치자 눈물을 흘렸다.

"왜 살려 놓으시오. 왜."

"네가 죽으려면 진작에 네 집에서 죽었지 않았겠냐! 이리로 온 것은 네가 분명 살고 싶은 것이 남아 있어서다."

인산이 호통을 쳤다. 다례는 그 말에 엉엉 소리 내어 울었다.

"미련하다. 정말 미련해. 그러고서 어떻게 앞으로 살아갈 거냐! 네가 안 움직이면 네 팔자도 안 바뀐다. 알겠냐?"

"어어헝. 운룡 오라바이 반말 하니 더 무섭소!"

인산은 기가 막혀 웃음이 터져 나왔다.

그 날 이후 다례는 우두커니 앉아서 인산이 대나무를 자르고 소금을 굽는 것을 초점 없는 눈으로 바라보았다. 인산은 그런 다례를 쳐다보다가 방에 들어가 종이와 붓을 들고 나왔다.

"들어라."

다례는 얼떨결에 받아들며 인산을 올려보았다.

"글씨를 아느냐."

다례가 고개를 저어댔다. 인산은 품에서 범현이 남기고 간 편지를 보였다.

"이게 뭔 줄 아느냐."

"몰라요."

"범현이가 네게 두고 간 편지다."

다례는 그것을 덥석 잡았다. 그리고는 다시 인산에게 내밀었다.

"뭐라고 한 것이오? 읽어주시오."

"네게 글을 가르칠 것이다. 네가 스스로 읽고 받아들여라."

다례는 금세 겁먹은 눈으로 편지와 인산을 번갈아 보았다. 인산이 다례에게 손을 내밀었다.

"예?"

"편지는 네가 글을 배운 다음에 줄 것이야."

다례는 망설이다가 편지를 내밀었다. 그는 편지를 받자마자 반대편 손에 있는 붓을 내밀었다. 다례는 그것이 아주 무서운 것이라도 되는 듯 침을 꼴딱 삼키며 고개를 숙였다.

"저……나한테 가르쳐도 소용없소. 나는 글을 배울 머리도 없소……. 그러니 글을 몰라서 범현 오라바이 편지를 못 읽어도 좋으니 그저 편지만 가지고 있게 해주시라요."

"지금 말하는 건 누구냐?"

"예?"

다례가 고개를 들고 인산을 바라보았다.

"누구의 머리에서 이렇게 말이 쏟아지난 말이다."

"그거야……내 머리지 누구의 머리겠소……."

"생각하고 대답 할 줄 알면 글을 배울 수 있는 머리다. 들어라."

다례는 벌 받는 아이처럼 양손바닥을 펼쳐 올렸다. 인산은 그 위에 붓을 주고 마루턱에 걸터앉아 먹을 갈기 시작했다. 다례는 붓이 무겁게 느껴졌다. 인산은 물끄러미 붓을 바라보고 있는 다례를 보고는 붓을 쥐는 법부터 가르쳐 주었다.

"힘을 빼야 가르쳐 줄 것 아니냐. 이건 붓을 빼앗기지 않으려 할 때나 쓰는 힘이다."

"예, 잘못했어요."

다례가 겁먹은 얼굴로 울먹거렸다. 인산은 그런 다례를 멀뚱하니 바라보았다.

"다례야."

"예."

"내가 무서우냐?"

다례는 고개를 끄덕였다.

"거참 잘됐구나. 원래 학생은 스승을 무서워해야 한다."

다례는 다시 울상이 되었다.

"꼭 배워야 하오?"

"배우기 싫으냐? 싫으면 이 편지는 소용없다."

다례가 붓을 꼭 쥐고 고개를 끄덕였다.

"배울 테요."

다음 날. 인산은 함지박을 만들려고 놔둔 나무로 다례의 책상을 만들었다. 순식간에 만들어진 책상을 보고 다례는 입을 벌렸다. 그러나 인산은 곧장 먹과 벼루를 가져와 그 위에 올려놓았다.

"잘 봐라. 먹은 이렇게 가는 것이다. 다음부터는 이것도 네가 해야 한다."

다례는 고개를 끄덕였다. 그는 다례 앞에 한글의 자모음을 써서 펼쳐 놓았다.

"그것들이 모두 업히면서 글씨가 된다는 말이야요?"

인산은 문득 누이가 할아버지한테 한글을 배울 때가 떠올랐다. 인산이 할아버지에게 매를 맞을 때 다른 형제들은 너무나 무서워 얼씬도 안했지만 누이는 인산의 곁에서 대신 빌고 죽을 듯이 울어 댔다. 그 누이가 시집을 갔다. 할아버지가 돌아가신 날 갑자기 나타난 인산을 바라보고 그저 눈물만 뚝뚝 흘리던 누이. 그가 다시 부대로 돌아간다 할 때 누이는 초상 때보다 더 서럽게 울어댔다. 인산은 그 모습에 가슴이 찢어질 듯 했지만 뒤도 돌아보지 않고 산으로 달렸다.

"바느질 하는 것과 같아요. 하나하나 꿰면 꽃그림도 나오고 네모도 나오잖소."

"그렇다. 계속 써봐라."

"숫자 세는 법 같기도 하고……"

"네가 아주 바보는 아니구나. 하하."

다례는 얼굴을 붉혔다.

"선생이 훌륭하니 그런가보오."

다례는 일주일이 되자 글씨를 조합하는 것에 흥미를 느꼈고 이것저것 쓰기 시작했다.

"오라바이. 이렇게 하면 이게 무슨 글이오?"

인산은 대나무를 자르다 말고 다례가 펼쳐 든 글씨를 쳐다보았다. 그리고는 소리 내어 웃었다.

"그런 건 없다. 읽기도 힘들다. 하하."

"그렇지만 글씨가 참 예쁘잖아요. 이런 글씨가 있었으면 좋겠소."

다례가 그것을 가만히 쳐다보았다.

"다행이다. 그런 글씨가 없어서. 나는 그 글이 이제껏 본 글 중에서 제일 어렵다."

인산은 다시 대나무를 자르기 시작했다.

"야, 다례가 이젠 글을 혼자서도 쓰는 모양이구나?" 안 씨가 배를 긁으며 들어오다 활짝 웃었다.

"아, 아주바이 오늘 일찍 오시네요."

"응, 거 진창 힘만 쓰다 왔다. 아주 힘들어 죽을 노릇이야. 어디 가서 한 사발 들이켜야지."

그가 인산의 옆에 쓰러지듯 앉아 다리를 두드렸다.

"넌 내가 여기서 사니까 이제는 아는 척도 안하냐? 응? 대나무가 한 눈 팔면 눈알이라도 쑤시겠다고 하냐? 응?"

"하하하."

"다례는 글을 쓰고 을룡이는 대나무를 썰고! 거 어디서 많이 들어본 이야기다."

"그럼 다음에 시합이라도 해야겠네요."

다례가 글을 쓰며 웃었다.

"어? 다례가 그 이야기 알고 있냐?"

"예, 운룡 오라바이가 해줬어요."

"응, 그래. 그럼 이제 불 끄고 시합만 하면 되는구나."

인산은 그들이 웃자 가만히 따라 웃으며 대나무만 잘랐다. 다례는 서서히 웃음을 거두며 인산을 가만히 쳐다보았다.

"운룡 오라바이."

"응."

"그거 나 하나만 주시오."

"이걸?"

그가 대나무 토막 하나를 들어보였다. 다례가 고개를 끄덕였다. 인산은 대나무 통을 이리저리 돌려보다가 내려놓고 밑동이 바르게 잘린 것을 들어 반대편에 두었다.

"이걸로 가져가라."

다례가 붓을 내려놓고 대나무를 집었다.

"오라바이. 나 잠깐 나갔다 오겠소."

"그래라."

다례가 종종걸음으로 나서자 안 씨는 인산의 등을 툭 쳤다.

"말씀하시오."

인산이 대나무를 자르며 물었다.

"아, 여전히 건방진 놈이구나. 어른이 부르면 일어서서 대답 해야지."

"하하."

"얘, 을룡아. 내가 생각을 해봤는데, 저 처자 이제 여기 오래 있으면 큰일 난다."

"예?"

인산이 안 씨를 쳐다보았다.

"너 저 처자 혈색 좋아진 거 봤지? 그게 무슨 소린 줄 아냐? 사모

하는 마음이 생긴 거다."

"헛소리 그만하시고 이거나 자르시오."

"에이 건방진 놈! 어른한테!"

"자꾸 어른어른 하는데 사실 아주바이 나이가 서른 조금 넘지 않았소?"

"응. 그래도 생긴 건 마흔 같잖아."

"하하하."

"너 내말이 틀리나 봐라."

"범현이가 떠난 지 한 달 조금 넘었소."

"응. 그런걸 보고 날짜는 숫자에 불과하다고 하지."

안 씨의 말에 인산은 고개를 설레설레 흔들어댔다.

"아까부터 다리를 주물러 대던데 이리로 누우시오. 내가 좀 봐주리다."

"그래. 네가 좀 철이 들었구나. 아고고."

안 씨가 벌렁 누워 다리를 들어 올렸다. 인산은 발목에서 침통을 꺼내어 하나하나 놓기 시작했다.

"돌아보시오. 어깨도 뭉쳐 이러다가 두통에 드러눕겠소."

"그래그래."

잠시 후 다례가 들어왔다. 대나무 통에는 들꽃이 꽂혀 하늘하늘 흔들렸다.

"아이고 곱다!"

안 씨가 고개를 끄덕끄덕했다. 다례가 말없이 웃었다. 그리고는 글공부하는 책상 위에 세워 놓았다. 대나무가 흔들거리자 다례는 "어"

하는 소리를 내며 바로 잡았다.

"이리 가져와."

다례가 인산 앞에 섰다. 그는 그것을 올려 들고 살펴보더니 송진을 찍어 아래에 발랐다. 그리고는 납작한 나무판을 그 밑에 받쳤다.

"그건 또 뭐래?"

안 씨가 물었다.

"송진."

인산이 짧게 대답했다.

"그건 또 뭐에 쓰려고?"

"뚜껑이오. 요놈 위에 발라야 하거든요. 됐다."

다례는 두 손으로 받아 책상 위에 올려놓았다.

"거참 너도 용쓴다, 용써. 구운 고기 소금에 찍어 먹는 건 봤어도 소금을 구워 먹는 건 또 처음 본다. 난 가끔 네가 하도 괴상한 짓을 해서 깜짝깜짝 놀란다."

안 씨가 인산을 물끄러미 바라보았다.

"괴상하지 않아요. 보기 좋소."

다례는 글씨를 쓰며 말했다. 안 씨는 거봐라 하는 표정으로 인산을 바라보았지만 인산은 그저 웃을 뿐이다.

"아저씨 이것 보시라요."

다례가 종이를 들어 올렸다. 안 씨는 고개를 거북이처럼 내밀고 종이에 쓴 글을 한참 쳐다보았다.

-조반은 드셨소?

다례가 쓴 글에 안 씨가 소리 내어 웃었다.

"글 다 배웠구나!"

안 씨가 자리에서 일어났다.

"야, 가서 탁주나 한잔 하자."

인산은 대나무를 내려놓았다.

"그럽시다."

다례는 대문을 나서는 그들을 가만히 바라보았다. 그리고는 고개를 흔들었다.

-내가 미쳤구나. 범현 오라바이 떠나고 죽겠다고 목매단 게 한 달 전인데. 이제는 운룡 오라바이를 보면 가슴이 뛰는 걸 보니 정말 내가 미쳤구나.

다례는 들꽃이 담긴 대나무 통을 가만히 어루만졌다.

"아야, 아야."

탁주를 마시고 돌아오는 길이었다. 보따리가 바닥에 나동그라져 있고 아낙은 발목을 잡고 울상이 되었다. 그 일행으로 보이는 다른 아낙이 그녀를 쳐다보았다.

"어쩌냐, 응?"

인산이 그리로 방향을 틀었다.

"야, 제발 그냥 가자. 응?"

안 씨가 인산의 팔을 잡아끌어 당겼다. 그러나 인산은 그 앞에 쪼그리고 앉아 침통을 꺼내었다.

"아, 저 징글징글한 침통. 어디에다 딱 파묻었으면 좋겠다."

말을 그렇게 했어도 안 씨도 그 옆에 쭈그리고 앉았다.

"여기가 아프오?"

"예. 힘도 못 주겠소."

인산은 발목 언저리에 침을 꽂았다.

"아야!"

아낙이 외마디 비명을 질렀다. 순간 인산은 등골에서 땀이 났다. 이럴 수가. 아프다니. 침을 꽂았는데 아프다니. 그는 침을 빼고 발목을 가만히 살펴보았다. 분명 맞다. 그리고 다시 침을 꽂았다.

"아야, 아야!"

아낙이 얼굴을 찌푸렸다. 인산은 그대로 주저앉아버렸다.

-변했다. 이럴 수가. 이렇게 될 수가 있나.

"왜 그래? 이 아줌마 발목이 부러진 거야?"

인산은 멍하니 앉아 있다가 고개를 흔들었다.

"아주마이. 같이 의원에 가보시오."

아낙은 고개를 끄덕끄덕 해보였다. 발목을 움켜쥔 그녀는 친구의 팔을 잡고 절뚝거리며 일어섰다. 사라지는 그들을 바라보던 안 씨는 이내 인산을 쳐다보았다.

"왜 그래? 저 아주마이 발목이 어떻게 된 건데 네 입에서 의원을 가보라는 말을 하냐?"

인산은 양손을 펼쳐 들고 가만히 바라보았다.

"아프다고 하잖소."

"아프지 안 아프냐?"

안 씨는 별일이다 하는 표정으로 인산을 쳐다보았다.

"아니오. 침은 혈자리가 정확하면 절대로 아픈 법이 없소. 절대로."

"응?"

-왜 그런 걸까. 왜.
"야, 입이 깔깔한데 그러고 있지 말고 한 사발 더 하러 가자."
안 씨가 앞장서서 걸었다.

굵직한 빗소리에 인산은 눈을 떴다. 창고 한 부분에 몰아 놓은 매캐한 유황 찌꺼기가 비 비린내와 섞여 콧속을 찔렀다. 그는 가만히 그의 손을 펼쳐보았다. 어두운 공간에서 그의 손은 검은 테두리를 가진 낯선 모양으로 그의 시야 위를 누르고 있었다. 그는 손을 쥐었다 폈다 하며 앞뒤로 돌려보았다.
-아픈 곳은 없다. 그것쯤이야 안다. 그럼 왜 그럴까. 왜 침을 놓았을 때 아프다고 했을까.
그는 한 손으로 반대편 손의 혈자리를 하나하나 눌러보았다.
-분명히 맞다. 이 자리가 혈자리다. 틀림없다.
인산은 다시 손을 펼쳐들어 보았다.
-그럼 왜 그런 일이 생긴 걸까. 왜.
-할아바이……
인산이 두 손으로 얼굴을 감쌌다. 그는 새벽이 되도록 잠을 못 이뤘다.
아침이 되자 그는 핏발이 선 눈으로 비가 오는 마당 바닥을 바라보았다. 통통 튀겨대며 이리저리 튀어대는 빗방울을 바라보고 있을 때 다례가 나왔다.
"오라바이 벌써 일어나셨소?"
다례의 물음에도 인산은 별말 없이 그대로 있었다. 다례는 조바심이 났다. 범현도 그런 모습을 한 적이 있었다. 그리고 얼마 안지나 떠나버렸다. 다례는 겁을 잔뜩 먹은 모습으로 인산 앞에 섰다.

"다례 일어났구나."

인산은 그제야 고개를 끄덕이며 다례를 쳐다보았다. 그리고는 생각났다는 듯이 수북이 쌓아올린 고서 가운데 범현이의 편지를 꺼내어 들었다.

"어제 보니 네가 글도 쓰고 읽는 것도 잘하더라. 이제 가져가라."

인산은 피곤한 눈으로 다례 앞에 범현의 편지를 내밀었다. 그러나 다례는 그것을 가만히 바라볼 뿐 손을 내밀지도 기대에 찬 표정도 짓지 않았다.

"왜 그러냐. 그 정도 실력이면 읽고도 남는다. 어서 받으라."

"아니야요. 이젠 필요 없어요."

다례가 고개를 저었다. 인산은 그런 다례를 물끄러미 쳐다보았다.

"다례야. 네가 무엇 때문에 지금까지 울다 웃다 욕을 들어가며 한글을 배웠냐. 받아라. 나도 이 편지를 가지고 있고 싶지 않다."

"정말 이젠 그건 필요 없어요. 이제 범현 오라바이 생각이 많이 나지 않아요."

"허허. 거참."

인산은 고개를 흔들어보였다.

"오라바이. 나한테 침이나 놔주시오. 내가 돌아버린 모양이요."

다례는 인산이 뭐라 대답하기도 전에 그대로 부엌으로 가버렸다. 인산은 편지를 바라보다가 부엌으로 따라 들어갔다.

"네 것이니 네가 알아서 해라. 읽던 안 읽던 네 마음이다."

인산이 부뚜막에 쪼그리고 앉은 다례에게 편지를 보였다. 그러나 다례는 미동도 없다.

"받으라."

인산이 말했다. 아궁이에서 따닥따닥 하는 소리만 들렸다. 인산이 다시 입을 열려는 순간 다례는 편지를 받아 곧장 아궁이에 넣었다. 인산은 당황했다.

"다례야!"

"필요 없다고 했잖소."

딱 부러진 다례의 말투였다.

"내가 지금 돌았다고 했잖소!"

다례는 이내 얼굴을 가리고 엉엉 울어댔다. 그러했다. 다례에게 있어서 가장 가까운 이성은 범현 뿐이었다. 아주 어릴 적부터. 범현은 다례에게 다정했고 다례는 그런 범현이 좋았다. 그게 사랑인 줄 알았다. 가슴 떨리고 보고 싶고. 그게 분명 사랑은 사랑이었다. 하지만 인산을 보니 그게 아닌 것 같기도 하다.

-나는 창부의 기질이 있나 보다.

다례는 조금 더 큰 소리로 울어댔다.

"범현 오라바이는 이미 오래 전에 마음속에서 없어졌소!"

"그래, 네가 범현이에게서 벗어났다면 다행이다. 한을 품던 미움을 품던 그건 죄다 네 짐이다. 애썼다. 대견하다."

"그럼 뭐하오? 그 자리에 운룡 오라바이가 들어왔단 말이오! 어허헝."

다례가 바닥에 주저앉아 버렸다. 인산은 두 다리가 뻣뻣해졌다. 어떻게 해야 될지 모르겠다. 뭐라고 해야 할지 모르겠다. 인산은 뻣뻣해진 몸을 돌려 밖으로 나왔다. 안 씨가 탁주 사발을 들고 서 있었다. 인산과 눈이 마주치자 안 씨는 히죽 웃었다.

"거봐라, 이놈아!"

인산은 싸리문을 나갔다. 안 씨는 까치발을 하고 부엌을 쳐다보다 인산을 따라갔다.

"야, 너는 환자들한테도 인기폭발이고 여자한테도 인기폭발이다. 으하하하."

"속편한 소리 그만하오."

"그냥 그렇다는 거지 뭐."

안 씨가 쩝 소리를 내며 입을 닫았다.

"그래도 내가 그 심정 안다. 너 지금은 하나가 덤벼들지? 아유. 그게 너 댓 명 돼 봐라. 이건 정말 옆에 무수리를 하나 끼고 관리를 해야 한다니까. 정신없어요, 정신없어!"

"다례야. 이리 와서 좀 앉아봐라."

저녁 때 인산이 마루턱에 앉아 다례를 불렀다. 다례는 손톱을 만지작거리다가 인산의 옆에 돌아앉았다.

"내가 지금 온 것은 너를 피하려 그런 것이 아니다."

"아오, 오라바이는 그런 사람 아닌 거 내가 아오."

다례가 중얼거렸다.

"다례야."

"말하시오."

"나는 내가 친구의 여자였기 때문에 이런 말을 하는 것이 아니다."
다례는 코를 씰룩거리며 눈물을 글썽거렸다.
"나는 운룡이다. 그런데 을룡이도 된다. 무슨 말인지 알겠냐."
다례가 고개를 저었다.
"쫓기고 있는 몸이란 말이다. 왜놈한테 쫓기어 여기까지 왔다. 내가 죽거나 아니면 나라가 해방 되어야 끝나는 일이다. 순사가 근방에 오면 난 지금이라도 떠나야 한다. 죽어라 도망가야 한다. 이제 알겠냐."

다례가 고개를 끄덕 끄덕했다. 코를 훌쩍거리며 다례는 손바닥으로 얼굴을 훔쳤다.
"아오. 나는 돌았으니 그런 거 신경 쓰지 않아도 되오."
인산은 허허 하고 웃어버렸다.
"그래도 고맙다. 다례야."
"히이이잉……"
다례가 소리 내어 울었다.
"보석같이 살아라. 알겠냐."
"모르오."
"네 자신을 귀하게 생각하란 말이다. 사내 한 번 받아들였다고 비참하게 살 필요 없다."
다례가 고개를 끄덕끄덕하며 숨을 죽였다.
"그래. 됐다. 쉬어라."
"운룡 오라바이. 조금만 시간을 주시오. 내 곧 고향으로 돌아갈 테요."

"그래."

"그러니, 제발 부탁이니 먼저 떠나지 말아주시오. 오라바이 도람통도 여기 있잖소."

인산은 다시 웃었다.

"그래."

다례는 인산이 대답을 하자마자 부엌에 들어가 세수를 했다. 그러나 멈출 듯 한 울음소리는 가늘게 이어졌다.

며칠 뒤. 다례가 나물을 캐어 인산의 거처에 들어왔을 때 집안에는 아무도 없었다.

인산이 늘 보던 책도 그대로 남겨져 있었다. 창고의 물건도, 대나무와 소금도. 그대로 남아있었다. 다례는 인산이 안 씨와 또 술을 마시러 갔구나 생각했다. 하지만 해가 저물고 다시 날이 밝아도 인산은 오지 않았다.

"아이고. 과부를 달래주었더니 이틀이 꼴깍 갔네. 야, 한 잔 꺾으러 가자!"

저녁 무렵에 안 씨가 왔다.

다례는 비로소 정신이 번쩍 들었다. 그가 말한 대로 어느 날 갑자기 사라진 것이었다. 마지막으로 인산에게 맛있는 음식을 해주려 들판에서 나물을 캐고 있었을 때 인산은 일본 순사의 눈을 피해 멀리 종적을 감추어버린 것이다. 그의 물건은 그대로 있는데 그는 없다. 마치 죽은 사람처럼 그 사람만 없어졌다.

-운룡 오라바이. 내 그래도 오라바이는 원망하지 않을 테요. 그러

니 부디 건강하고 오래오래 사시오. 오래오래.

다례가 안 씨 어깨에 머리를 대고 울음을 터뜨렸다. 안 씨는 코를 씰룩거리며 비워진 집을 바라보았다.

"에이 썩을 놈. 나도 데리고 갈 것이지!"

그 시각 인산은 산을 넘어 국경을 향했다. 부대원 일부가 그를 기다리고 있었다. 그는 가쁜 숨을 몰아쉬며 뒤를 돌아보았다.

-다시 돌아 올 테다. 반드시 돌아 올 테다. 돌아와서 고칠 테다. 사람 살리듯 고쳐 줄 테다. 그러니 버텨다오. 조국아. 버텨다오.

산바람에 수풀들이 그에게 잘 다녀오라는 듯 출렁거렸다. 인산은 다시 걸음을 재촉했다.

며칠을 걷고 또 걸어 러시아 공사관에 도착했다. 그가 들어서자 옛 동료가 그에게 작은 여행 가방을 건넸다. 여권과 여비. 그리고 신사복과 구두가 들어있었다.

"처음이라 어색하고 불편할 것이오. 우선 허기를 채우고 씻으시오."

잠시 후 인산이 말쑥해진 모습으로 그들 앞에 섰다.

"고생 많았소. 송 선생이 러시아에서 기다리고 계십니다."

그를 기다리던 동료가 인산 앞에 서자 그가 고개를 끄덕였다.

"그분이 무척이나 보고 싶어 하십니다."

다른 동료가 입을 열었다.

"저도 그렇습니다."

인산의 대답에 그가 조금 망설이다 다시 입을 열었다.

"송 선생님이 많이 편찮으십니다. 그분이 마지막으로 지 선생 얼굴을 보고 싶어 하십니다."

　인산은 머리를 둔기로 맞은 것 같았다.

　-마지막이라니. 아니다. 그럴 수 없다. 선생님 그럴 수는 없습니다.

　인산은 서둘러 동료들과 함께 기차역으로 향했다. 마음이 조급해진 그는 주먹을 쥐었다 폈다 하며 기차 안에서도 내내 자신의 손을 보다 유리창에 반사된 자신의 모습을 응시했다.

　　　　　■　　　■　　　■

　기차는 덜컹거리며 쉼 없이 달렸다. 눈앞의 사물은 빠르게 그리고 멀리 보이는 산은 천천히 뒤로 물러섰다. 인산의 일행은 아무 말 없이 창밖을 바라보았다. 그는 오래 전 짱구와 두꺼비와 함께 기차에 탄 것을 떠올렸다. 먼저 올라탄 짱구는 두꺼비에게 손을 내밀었고 뒤뚱거리며 달리던 두꺼비를 인산이 받쳐주었다. 학학 숨을 몰아쉬던 그들은 칸칸마다 표를 검사하는 역무원을 따돌렸고 멀찌감치 사라지는 그를 보고 킥킥 웃음을 참았었다. 그런데 그 친구들이 이제는 없다.

　그는 기차표를 만지작거리며 그것을 한참이고 바라보았다.

　-애들아. 나는 지금 이렇게 앉아서 가고 있다. 우리 그때 참 어렸었지. 그래, 참 어렸다. 조국을 떠나기에도 어렸고, 그리고 세상을 떠나기에도 참 어렸다.

　인산이 눈을 감았다. 인산이 눈을 감자 그의 동료 하나가 입을 열었다.

"아무 걱정 말고 편하게 눈이나 붙이시게. 도착하려면 아직도 한참 멀었으니."

그러자 옆에 앉은 사람도 고개를 끄덕이며 자기의 어깨를 툭툭 쳐 보였다.

"여기 기대어 좀 주무십시오. 도착하면 또 고생 시작이니."

인산도 빙긋 웃더니 이내 몸을 의자 깊숙이 파묻고 눈을 감았다. 기차의 진동이 온몸을 흔들었다. 누군가 궐련 태우는 냄새가 났고 조금 떨어진 뒤쪽에서는 아기의 울음소리가 들렸다. 갓난아이인지 앵앵거리는 소리가 모기 같았다. 약간의 소음과 여러 사람들이 묻혀 온 냄새들. 깔깔거리며 웃는 여자의 목소리가 들려왔고 근방에서는 책장을 넘기는 소리도 들려왔다. 사람들의 소음은 이어졌다 멈추었다 반복했다. 인산은 이내 잠이 들었다. 그간의 여독과 긴장이 풀린 탓이었다. 일행들도 하나 둘 씩 하품을 하더니 팔짱을 끼고 머리를 기울였다.

얼마나 눈을 감고 있었을까. 아이의 자지러지는 울음소리에 사람들은 짜증내듯 혀를 찼다. 인산의 일행 중 하나가 충혈 된 눈으로 아이가 있는 곳을 돌아보았다. 아이 엄마는 우는 아이를 달래느라 어쩔 줄 몰라 했고 어떤 사람들은 젖이라도 물리라며 눈을 흘겼다. 인산이 눈을 떴다. 그는 자리에서 일어나 그 쪽을 바라보았다.

"애 엄마가 뭐 먹은 게 없나봐. 아마 아이가 배가 고파 우는 걸 거야."

동료가 다시 바로 앉으며 눈을 감았다. 인산은 그의 말을 흘려 들으며 복도로 나왔다.

"어디가나?"

동료의 말에 인산은 그저 손을 저으며 아이에게 다가갔다. 아이 엄마는 인산이 다가오자 더욱 미안한 기색을 하며 몸을 돌아앉았다.

"울지 마라. 응?"

아이 엄마가 애원하듯 달랠 때 인산이 우뚝 그 앞에 섰다.

"아이 좀 봅시다."

"예?"

"아이가 아픈 모양이오. 내 잠시 살펴 봐주겠소."

아이 엄마는 주변을 돌아보았다. 사람들은 그저 아이만 안 울게 해준다면 어떻게 해도 된다는 듯 고개를 끄덕끄덕해보였다. 아이의 엄마는 포대기를 풀었다. 인산은 아이가 나오기도 전에 조심스레 안아 올렸다. 보아하니 육칠 개월 가량 된 아기였다. 아기는 주먹을 쥐며 더욱 크게 울었다. 인산은 아이의 혈색을 가만히 살펴보았다. 아이 엄마는 불안한 기색으로 두 팔을 벌린 채 인산의 얼굴을 바라보았다.

"아이가 운지 얼마나 됐소?"

그가 아이를 어깨에 기대게 한 채 등을 토닥거렸다.

"오늘 하루 종일 그런다오. 내 기차 타기 전부터 이 아주마이 옆에 있었는데 말이야. 이제 지칠 때도 됐는데 잠도 안자고."

옆에 앉은 할머니가 손을 저어대며 대신 대답했다. 인산은 좁은 복도에 앉아 아이를 무릎에 눕혔다. 아이는 어찌된 게 조그마한 손을 모아 입가에 대고는 울음을 천천히 멈추었다. 그는 아기에게 눈을 맞추어 고개를 끄덕끄덕 해주더니 배를 살짝 들추어 보았다. 붉은 자욱이 있었다.

"이게 뭐요?"

그가 아이 엄마를 바라보았다. 그녀는 우물쭈물 거리며 고개를 숙였다. 인산은 아이를 다시 돌려 보았다. 등에도 마찬가지 자욱이 있었다. 그가 아이 엄마를 가만히 쳐다보았다. 눈가에는 옅은 멍이 있었고 입술 옆의 터진 곳은 아물어가고 있었다. 누군가에게 맞은 것이다.

"아이 아바이는 어딨소?"

그가 별안간 노여운 표정을 억제하며 한 톤 높은 목소리로 물었다. 그녀는 울먹거리기 시작했다.

"아이와 아주마이는 그 양반한테 맞은 거요. 그렇지 않소?"

아이의 엄마가 가만히 고개를 끄덕였다. 주변에 있는 사람들도 안됐다는 듯 고개를 흔들어댔다.

"보시오, 아주마이. 이 아이는 앞으로 자라서도 몸이 성치는 못할 수 있소. 아이 뼈는 연골이고 그 감싸는 피부와 장기 또한 연약하기 때문에 함부로 때리면 큰일 난다는 말이오."

"예, 그래서 지금 아이와 이렇게 나왔습니다요."

아낙이 울먹거리며 인산을 바라보았다.

"그런데 젊은 양반. 아이 때린 게 그렇게 심각하오? 거 커서도 몸이 성치 못한다는 건 좀 심한 말이구만."

할머니가 말했다. 인산은 거기서 입을 다물었다. 괜히 아이 엄마의 마음만 상하게 할 수도 있다는 생각에서다. 그는 아이를 다시 가만히 쳐다보고는 깊은 갈등을 했다.

-지금 아이는 어혈이 뭉쳐 있다. 심장근처에. 어른의 손으로 배 한 차례 등 한 차례 때렸다 하더라도 그것은 심장과 폐에 심각한 손상을 주는 것은 당연한 것이다. 그러니까 그 뭉친 어혈을 푼다면……. 하지만 내 침도 소용이 없어졌다.

아야. 아야. 하던 발목을 다친 아낙의 목소리가 들려오는 듯하다. 그는 안주머니 깊이 넣어둔 침통을 가만히 만져 보았다.

-그래도 될까. 그러다가 잘못되면. 도대체 왜 나한테 그런 일이 생긴 걸까. 왜.

아이는 다시 몸을 뒤척거리더니 또다시 얼굴이 붉게 되어 울기 시작했다.

-분명히 심장에 무리가 와서 답답한 것이다. 이대로 둔다면 몇 개월 지내다가 죽을지도 모른다. 인산은 결심 했다는 듯 침통을 꺼내었다. 그것을 보자 할머니가 입을 쩍 벌렸다.

"하이고, 의원님이셨구만!"

할머니가 별안간 인산에게 손을 내밀었다. 인산은 어리둥절한 표정으로 할머니를 바라보았다.

"내가 요 며칠 전에 팔목을 다쳤소. 뼈가 상한 건 아닌 것 같은데 요렇게, 요렇게 하면 요기 손목 가장자리가 막 쿡쿡 쑤시듯 아프오. 그 침 좀 놓아 주시면 안 될까?"

할머니가 히죽 웃어 보이며 팔을 흔들었다. 인산은 잠시 생각에 잠겼다.

-그래, 할마이한테는 좀 미안하지만 먼저 침을 놓아보자.

그가 할머니 손을 잡자 아낙은 아이를 안아 올렸다. 아이는 끅끅

소리를 내며 입을 손으로 넣었다. 침을 잡은 손끝이 떨려 왔다. 인산은 큰 숨을 들이 마시며 눈을 감았다.

-제발, 이대로 끝날 수는 없다. 그러니 제발.

그가 눈을 뜨고 침을 바라보았다. 침 끝이 새삼 크게 보였다. 그가 어린 아이었을 때도 이렇게나 크게 보인 적은 한 번도 없었다. 그는 그것을 가만히 들어 할머니 손목을 살펴보았다. 혈자리를 찾았다.

-그래, 여기다. 보인다. 할마이의 맥이 뛰는 것도 보인다. 보인다.

그가 침을 세워 꽂았다. 그리고 반사적으로 할머니의 표정을 살펴보았다. 주변 사람들의 시선이 일제히 인산에게 쏟아졌다. 할머니는 감았던 눈을 천천히 떴다. 그리고 인산과 눈이 마주쳤다.

"선생님 참 용소. 어찌 그리 내 아픈 곳을 한 번에 찾으셨소?"

할머니가 다시 웃었다.

"그래요?"

맞은 편 남자가 눈이 휘둥그레져서 물었다. 할머니는 고개를 끄덕였다.

"내 동네 할마이가 주는 술 마시고 넘어질 뻔했는데 그때 아무거나 잡았거든. 그래서 요만큼이지 안 그랬으면 다리가 부러졌거나 허리가 끊어졌을 거야. 주책이지, 주책이야. 그래도 딱 한 번 마신거야."

할머니가 다시 웃었다. 인산은 그때 불현듯 생각이 스쳐 지나갔다.

-그래, 술이다. 그 날 이후, 이곳에 오기 전까지 거의 매일 마시다시피 한 술을 입에 대지 않았다. 그래, 술 때문이다.

그는 재빨리 아이를 바라보았다. 아이의 엄마는 이제 인산을 신뢰하는 듯 아이를 그의 품에 안겨주었다. 그는 아이의 손가락을 가만히 주물러 주었다. 아이는 맞잡은 인산의 손가락을 꽉 잡았다. 아기의 손은 차가웠다. 이번에는 발을 만져보았다. 역시 차갑다. 모세 혈관에 제대로 피가 전달이 되지 않다는 증거였다.

"아주마이. 아이가 처음 맞은 게 넉 달 정도 되었지 않소?"

"예, 그렇습니다."

-그 억센 손으로 맞았으니 피가 정맥으로 돌아가지 못한 것이다. 그 죽은피가 모세혈관이나 이 혈관 벽에 찌들어 붙어 있는 것이 분명하다.

그는 작은 침을 다시 넣고 동으로 된 큰 침을 꺼내어 들었다.

"아이고! 그 큰걸 아이한테 놓으려고?"

사람들이 미간을 찌푸렸다. 그는 아무 말도 하지 않았다. 그리고 정맥이 회수되는 간, 지라 골수와 직결되는 혈자리에 침을 놓아 피를 뽑아내었다. 뭉클거리는 검붉은 피가 선지처럼 나왔다. 두어 차례 핏덩이가 나오자 사람들은 입을 막았다. 아이 엄마 얼굴도 새하얗게 질렸다. 그런데 이상하게도 아이는 울지 않았다. 되레 숨통이 트인 것처럼 호흡을 크게 하더니 말똥거리며 사람들을 쳐다보았다.

"아주마이. 아이를 귀하게 다뤄야 하오. 나중이라도 경기증세가 나면 이 일 때문이니 절대로 손을 대면 안 된단 말이오."

"예, 예."

그녀가 고개를 끄덕끄덕했다.

"그리고 수시로 팔 다리를 살살 주물러 주시오. 그래야 피가 잘 통해서 이런 일을 예방할 수 있소."

"예, 예. 고맙습니다. 저기 그런데……"

아낙이 곤란한 표정을 지으며 우물쭈물했다. 인산은 고개를 갸웃했다.

"제가 가진 것이 없어서……."

"나 줄 것이 있거든 아이에게 뭐라도 먹이시오. 아주마이도 그다지 좋은 혈색은 아니오. 뭐든지 잘 먹어야 하오. 음식 가리지 말고."

"거 가릴 것이 있나. 나 같으면 흙이라도 퍼먹겠네."

근처의 한 중년 남자가 껄껄 웃자 인산도 아이를 쳐다보며 빙긋 웃었다.

"젊은 의원님. 나는 요 뒷골이 뻑뻑하오. 나 좀 봐주시오."

한 노인이 목을 만지며 그에게 다가왔다.

"나는 이 다리가 병신이 다되어부렸소. 시방 조국 떠나 타향살이 하는 팔자가 되었는디 거시기 몸이라도 성해야 나가 버틸 기 아니여."

그 사이 여기저기서 사람들이 바지를 걷어 올리거나 웃옷을 들어 올렸다. 줄이라도 설 태세다. 인산의 일행은 입을 벌리며 웅성거리는 사람들을 바라보았다. 그들은 사람들에게 진정하라는 듯 손을 들어 보였지만 인산은 아예 웃옷을 벗고 팔까지 걷어 붙였다.

"이보게, 을룡이. 자네 그러다가 몸살이라도 들면 어쩌려고 그러나. 좀 쉬고."

"아니오. 러시아까지는 아직 보름이나 더 달려야 하니 쉴 시간은 충분합니다."

"그러니 오늘은 쉬고 좀 몸이라도 추스르고 난 다음에 하란 말일세."

"으윈님이 봐준다카는데 우째 그라노? 보소 으윈님요, 내는 이 골이 어지러버 죽겠능교. 이 머리도 낫게 해 줄 수 있능교?"

한 경상도 할아버지가 찌푸리며 다가왔다. 사람들은 할아버지가 인산에게 가까이 가도록 자리를 내어주었다.

"이래서 삼등석에는 내가 안타려고 했다니까. 쯧. 코오피도 없고 말이야."

코맹맹이 여자가 싸구려 목장갑을 탁탁 떨어내며 입을 삐죽거렸다.

■   ■   ■

인산이 머물었던 집마당에는 그의 빨래 옷가지가 걸려 있었다. 다례는 문턱에 쪼그리고 앉아 바람에 너울대는 그의 낡은 저고리를 가만히 쳐다보았다. 그가 떠난 지 일주일이 지났어도 다례는 그곳을 떠나지 않았다. 그때 안 씨가 들어왔다. 그는 물을 길어와 마당에 내려놓으며 서글픈 눈의 다례를 바라보았다. 다례는 안 씨의 기척에 턱을 괴었던 손을 바로하며 일어섰다.

"다례야."

그가 가라앉은 목소리로 입을 열었다.

"예."

"너도 이제 고향에 돌아가야 하지 않겠냐. 언제까지 여기 있을 생각이냐."

다례는 그 말에 고개를 푹 숙이며 코를 씰룩거렸다.

"몰라요……. 돌아가도 어떻게 해야 할지도 모르겠고……."

"운룡이 남기고 간 돈이 다 떨어져 가기 전에 여비라도 챙겨 떠나는 것이 낫지 않겠냐. 너 이제 겨우 열일곱이다, 열일곱. 내참…… 네 부모님들 생각 안 나?"

다례의 눈시울이 붉어졌다.

"나오. 한시도 잊은 적 없소."

"그래, 그러니까 집에 가 봐야지. 설마 죽이기라도 하겠냐. 죽일 놈은 그놈인데 말이지."

안 씨는 내가 그 샌님같이 얼굴 빤질빤질 했을 때부터 알아봤다는 말을 꿀꺽 삼키며 다시 입을 열었다.

"얘, 내 언젠가는 물어 봐야겠다고 생각 했다. 그리고 그건 내가 아니더라도 네 자신한테도 물어봐야 할 말이라서 하는 건데……"

그 말에 다례는 침을 꼴깍 삼켰다.

"……예."

"운룡이를 마음에 두고 있는 거 나도 안다. 그런데 잘 생각해 봐라. 그게 그놈이 떠난 허전한 마음을 채워주었기 때문에 생긴……그 뭐랄까……"

안 씨는 눈알을 굴리며 적절한 표현법을 찾느라 잠시 말꼬리를 흐렸다.

"아니야요!"

다례가 다부진 목소리로 안 씨를 쳐다보자 그는 허걱 하는 소리를 내었다.

"내 아주바이가 무슨 말을 물어보려는지 아오. 그건 내가 수차례 생각해보고 또 생각해 본 끝에 굳힌 마음이오."

다례는 방금 전에 주눅이 들은 눈빛이 아니었다. 그 말투와 눈빛에 안 씨가 주춤했다.
"다례야."
"아주 달랐소. 너무나 달랐소."
"그럼 운룡이는?"
다례는 다시 고개를 푹 숙였다.
"운룡이도 네가 좋다더냐?"
"운룡 오라바이는 내가 그저 가련하고 불쌍하고……. 그것뿐이었소."
"그 썩을 놈이 친구인 것도 미안했겠고."
그가 고개를 끄덕끄덕해보였다.

범현은 다례에 대한 죄책감도 그 이후의 일에 대한 생각도 회피했다. 그의 머릿속에는 오로지 인산을 눌러야 한다는 생각만으로 가득 찼다.
-지금은 의사가 되기 위한 첫 시작에 불과 하다. 그렇기 때문에 앞으로의 기회는 얼마든지 있다. 그깟 민간요법. 시골 할아바이 할마이들도 할 수 있는 방법. 어찌어찌하다 우연히 알게 된 치료법이겠지. 나는 너와는 다르다. 나는 선진의술을 배워서 고국에 올 것이다. 너와는 비교가 안 될 의사가 되어 올 것이다. 그 때도 너를 따르는 사람들이 많은가 보자. 그때도 너에게 이름이라도 알려달라며 엎드리고 맨발로 달려오는 사람이 있나 보자. 그때 보자.
마을에 다다랐을 때 그와 마주친 동네 사람들이 입을 반쯤 벌린 채 범현을 보았을 때도 그는 시선만 슬쩍 피하며 서둘러 집에 들어갔다. 그의 뒷모습을 멀뚱히 바라보던 사람들은 하나 둘 입을 열었다.

"그런데 다례는 어디 있는 거이가? 배가 불렀나?"

"이 사람아. 거 얼마나 됐다고 배가 부르겠나?"

"그야 모르지. 그전부터 둘이 그렇고 그런 사이였다면 애를 낳고도 남았지."

"에구, 요즘 것들은……. 하기야 경성만 가도 다이아 하나만 해주면 뭐든지 하겠다는 골빈 년들이 투성이라고 하더라. 임자 있는 여편네들도 말이야. 의사 선생들이라면 여자들이 아주 꿈뻑 죽는다합네."

"그렇다고 해도 뭐 범현이가 벌써 의사야? 또 다례는 어떻고? 그 아이는 그런 아이 아니야."

"다례네 식솔들만 불쌍하게 됐지. 그 사람들이 제일 불쌍해."

"어디 가서 굶지나 않으면 다행이라우. 그게 무슨 수모야? 꼬신 놈이 죽일 놈이지. 그 착하고 여린 아이를 데리고 말이야."

범현의 가족은 그가 돌아오자마자 몇 년 전 그랬던 것처럼 그에게 여권과 학비를 손에 쥐어주었다. 그리고 며칠이 지나지 않아 미국으로 가는 배에 탄 그에게 손을 흔들어대기 바빴다.

범현의 누이동생 용희만이 다례의 행방에 대해 물어보았지만 범현은 시종일관 침묵하며 용희의 등을 떠밀었다. 그래서인지 용희는 범현이 떠나던 날에도 그의 얼굴을 마주보지 않았다.

"나는 지금이 범현 오라바이가 떠났을 때보다 훨씬 더 슬프오……. 말도 못하게 슬프오. 어허허허엉."

다례가 주저앉아 얼굴을 감쌌다. 그런 다례 모습에 안 씨의 눈썹이 팔자로 축 늘어졌다. 다례는 그렇게 한참이고 꺽꺽 소리를 내어가며 울었다. 안 씨는 마당에 그대로 선 채 깊은 한숨만 내쉬었다. 그로부터 얼마 후 다례 역시 호흡을 가다듬으며 손바닥으로 눈물을 훔쳤다. 코가 꽉 막혔는지 입을 반쯤 벌리고 멍한 시선으로 바닥만 내려 보고 있을 때 안 씨가 입을 열었다.

"거참, 넌 감정은 확실하게 표현하는 구나. 거 참 맘고생으로 잔병 따위는 나지 않을 것 같네."

다례는 힐끔 안 씨를 올려보려다 다시 바닥에 시선을 떨어뜨렸다.

"그나저나 그놈은 뭐하고 사나 몰라."

"건강하게 잘 있을 것이오."

"누구 말이야?"

그들은 서로를 쳐다보았다.

■   ■   ■

"자네는 정말 복 받은 사람일세. 이렇게 강추위에도 그렇게나 얇은 옷을 입고도 끄떡없다니. 난 아주 죽을 지경이야."

기차역에서 내려 차에 올라탄 동료 하나가 몸서리를 치며 이를 닥닥 떨었다. 다른 동료는 거북이처럼 목을 움츠리고 팔짱을 낀 채 눈만 빼꼼 내밀고 고개를 끄덕끄덕했다.

"하하. 그래서 내 어릴 땐 우리 할아바이가 옆에 꼭 끼고 주무셨소. 내가 없으면 추워서 잠이 안온다고 말입니다."

"하하하."

그들은 몸을 부르르 떨며 웃었다.

"그런데 을룡이. 그 가방에는 도대체 무엇을 넣었길래 그리 애지 중지하고 있는 건가. 내가 전해줄 때는 분명히 빈 가방이었는데 말일세."

"조선에서 약초를 가지고 왔습니다."

"아니, 그걸 어찌 알고 미리 준비했다는 말인가."

"묘향산 일대를 타고 오는 도중에 약초가 있을 법 한 곳에서 캐냈지요. 그렇다 하더라도 송 선생님이 그리 심각한 병을 얻었으리라고는 짐작하지 못했습니다." 그 말을 끝으로 차 안은 고요한 적막이 흘렀다.

"너무 염려하지 마시게나."

그는 어깨를 토닥거렸지만 인산은 차창만 바라보고 있었.

그곳에는 긴 코트와 장화 그리고 자기 머리보다 더 커 보이는 모자를 뒤집어쓰고 다니는 사람들이 길거리를 걷고 있었다. 간간이 군대행렬로 팔다리를 뻗어 줄을 맞추어 걷는 무리들도 보였다. 회색 하늘에서는 눈발이 날리기 시작했다.

인산은 차창 가까이 얼굴을 대고 하늘을 올려보았다. 활동적으로 다니는 사람들의 행렬에 비해 도시는 우울해 보였다. 하얀 눈만 아니었다면 더욱 그렇게 보였을 것이다. 차가 멈추었다. 일행은 가방을 들고 순서대로 차에서 내렸다.

"여기가 끝이 아니라네. 이곳부터는 차로 들어 갈 수 가 없어."

잔돈을 건네받은 동료하나가 양복 깃을 세워 들며 손가락으로 한 곳을 가리켰다. 갑자기 매서운 바람이 귀를 에는 듯 불어왔다.
"으, 추워!"
동료들은 어깨를 좀 더 움츠리며 종종걸음을 걷기 시작했다. 그러나 인산은 허리를 꼿꼿하게 펴고 그들을 따랐다.
"자네는 이렇게 바람이 불어도 춥지 않나?"
"그렇게 걷다가는 담들기 쉽소. 가슴에 힘을 주고 걸으시오."
인산이 동료의 등을 손바닥으로 밀었다.
"난 그리 못해."
하나가 도망치듯 걸었다.
"그런데 손은 그대로 대어주면 좋겠네. 불이 들어오는 것 같아. 하하……. 이런 웃다가 이에 풍 들겠네."
한참을 걸었을 때 동료 중 하나가 손가락으로 이층짜리 건물을 가리켰다. 낡은 집이었지만 아늑해 보였다. 현관문을 두드리자 잠시 후 빼꼼 문이 열리더니 이내 활짝 열렸다. 동료들이 줄지어 서있었다.
집안에 들어서니 훈기로 따듯했다.
"어서 오시게. 고생 많이 했소."
인산을 기다리던 변대장이 제일 먼저 다가와 그를 얼싸 안았다. 그 뒤로는 혜무가 서있었다. 혜무는 고개를 가만히 끄덕끄덕하며 그를 따듯한 눈빛으로 마중했다. 인산은 다른 동료들과 인사를 하자마자 곧장 송 선생의 방으로 안내되었다.
송 선생이 있는 곳은 햇볕이 잘 드는 방이었다. 송 선생은 자리에 누워 있다가 인산을 보자 일어나 앉았다. 그리고 한 손을 내밀어 다가오라는 듯 흔들어 보였다. 인산이 서둘러 침대로 다가오며 송 선생의 손을 맞잡았다.

"아니야, 내가 그리 힘없는 환자는 아닐세. 허허허."

송 선생은 인산의 얼굴을 가만히 바라보며 고개를 끄덕끄덕했다. 인산 역시 안도의 한숨을 쉬었다. 야위긴 했어도 이 정도의 기운이라면 이겨 낼 수 있으리라는 짐작에서였다.

"식사는 잘 하십니까."

"미음 정도 드신다. 가끔 구토가 올라와서 소화를 못 시키시거든."

혜무가 가만히 다가와 그의 옆에 차를 내려 놓으면서 말했다.

"그래. 그리고 두통이 오는데 너무 머리가 아프다."

"머리요?"

송 선생은 고개를 끄덕였다.

"그럼 무슨 약을 드셨습니까?"

인산이 묻자 혜무가 약병 하나를 가지고 왔다.

"아스피린."

인산이 중얼거리듯 말했다.

"그걸 드시면 머리가 좀 나아진다고 하신다."

"그 대신 속은 쓰리시겠지요."

"그래도 머리가 아픈 것 보다는 낫다."

송 선생의 말에 인산은 짧은 한숨을 쉬었다.

"그래도 괜찮아. 죽을 지경은 아니야."

송 선생이 다시 웃었다.

"선생님 한 번 맥을 잡아 봐야겠습니다. 편안하게 누우십시오."

인산은 베개를 바로 하며 송 선생을 자리에 눕혔다. 송 선생은 그가 시키는 대로 몸을 뉘였고 그러면서 인산에게서 눈을 떼지 않았다.

"벌써 이렇게 컸구나. 듬직하다, 을룡아. 우리 사 년 만이다. 그렇지?"

"예."

인산이 자리에 앉으며 가만히 웃어보였다.

"많이 늙었지?"

그가 힘없는 웃음을 지으며 팔을 내밀었다. 인산은 고개를 가로 저었다. 그리고는 아무 말 하지 말라는 듯 눈을 감았다. 송 선생도 눈을 감았다. 순간 방안에는 적막이 흘렀다. 누군가 코를 훌쩍거리는 소리와 벽에 걸린 작은 괘종시계의 추의 똑딱거리는 소리만이 났다.

잠시 후 인산이 송 선생의 배를 걷어 가만히 눌러 보았다. 그리고 고개를 끄덕였다.

-위암이다. 하지만 잡을 수 있다. 우선은 피를 맑게 하고 몸을 보해야 한다.

"선생님은 머리가 아프신 게 아니라 위가 좋지 않습니다. 위가 아파서 머리가 어지럽고 두통이 올라오는 것입니다."

방에 있던 모든 사람들은 눈을 크게 뜨고 서로를 바라보았다. 머리가 아니라 위라니.

"그런데 머리가 아픈 줄 알고 이 약을 자꾸 드시니 위는 더 상한 것입니다."

송 선생에게 아스피린을 권해 준 사람은 울상이 되었다.

"선생님. 걱정 마십시오."

인산이 자리에서 일어났다. 그리고 혜무를 바라보았다. 혜무는 인산이 자기를 바라보자 다가와 무엇이든 말하라는 눈빛으로 고개를 끄덕였다.

"무조건 잘 드셔야 합니다. 구토증은 제가 멈추게 할 테니 제가 처방하는 대로 음식을 만들어 주십시오."

"하지만 운룡아. 나는 먹는 것도 괴롭다. 구토가 올라오지 않더라도 더부룩해서 아주 죽겠다."

"창을 열어 환기를 시켜야겠습니다. 공기가 좋아야 합니다. 폐와 간이 우선입니다."

인산은 옆에 있는 의자를 벽난로로 옮기며 발치에 있는 베개를 의자에 놓았다.

"위가 아픈데 폐와 간이라니?"

혜무가 의아한 듯 물었다.

"몸에 병이 드는 진입로가 세 가지입니다. 모공과 호흡과 음식물이오."

"그럼 선생님의 병은 폐병이라는 거냐. 폐병이라면 이리 찬바람을 들여도 되는 것이냐."

혜무가 다시 물었다.

"건강하려면 깨끗한 공기와 정화된 음식을 먹어야 몸 안의 피가 깨끗하게 돌아갈 것이 아니오. 그런데 공기가 나쁘고 음식이 나쁘면 그 피도 결국엔 탁하게 되오. 피가 탁하면 어찌 되겠소. 그 피를 다시 깨끗하게 하는 간이 더 바쁘게 움직이고 그렇게 하다보면 간은 피곤하게 되오. 또 좋지 않은 공기를 마시면 폐 역시 정화를 하는데 무리를 하게 되오. 그러면 폐와 간을 받치고 있는 위가 어찌 되겠소. 위는 모든 음식물과 영양분을 소화해서 각 기관에 공급을 하는 것인데 그것이 원활하게 돌아가지 않으면 그것이 병이지 무엇이오. 그러니 간과 폐를 먼저 치료 하는 것입니다. 소화 안 되고 속이 아프다고 위만 보면 안 되오. 머리가 아프다 해서 머리만 봐도 안 된다는 말입니다."

"거참 희한하구나. 머리가 아픈데 진짜 아픈 곳은 위고 또 위가 아픈데 제일 먼저 치료를 시작하는 곳이 폐와 간이라니."

혜무가 중얼거렸다. 그 사이 인산은 송 선생을 안아 벽난로 앞 의자에 앉혔다. 혜무는 서둘러 이불을 가져와 송 선생을 꽁꽁 감싸듯 덮어 주었고 인산은 방문마저 열었다. 바람은 더욱 세게 불었다. 사람들은 정신이 번쩍 나기라도 한 듯 분주하게 움직여대기 시작했다. 누군가는 부엌으로 달려가 물을 길어 날랐고 어떤 이는 방에 지필 장작을 한 아름 가지고 들어왔다.

"아, 시원하다. 내가 이 바람을 얼마나 그리워했는데. 어릴 적 지리산에서 살았을 때 그 한 겨울바람하고 비슷하구나. 바람을 쐬기는 석 달 만에 처음이야."

송 선생은 어린 아이처럼 웃었다.

-그간에 밀폐된 공간에서 이렇게 지내셨다니. 그러니 더욱 병세가 악화 된 것이야.

인산은 나머지 담요를 송 선생에게 덮어 주며 돌아보았다.

"벽난로 위에 물을 끓일 솥을 가져다주시오."

"을룡아. 쉬어라. 힘들지 않냐. 나는 오래 살고 싶은 마음도 점점 줄어든다."

인산은 담요를 덮다 말고 송 선생의 앞에 무릎을 꿇고 앉았다.

"현구 형님이 그리 빨리 보고 싶습니까?"

송 선생은 눈시울이 금새 벌개졌다.

"천수를 누리셔서 조국이 독립되는 것을 보고 싶지 않으십니까? 인명재천이라는 것은 병이 들어 죽을 때까지라는 말이 아닙니다. 하늘이 준 수명을 건강하게 누리다가 가는 것이란 말입니다."

송 선생은 고개를 끄덕였다. 인산은 그의 눈을 가만히 바라보며 다시 입을 열었다.

"선생님. 좋은 공기와 치료보다 더 중요한 것이 무엇인줄 아십니까?"

송 선생은 가만히 인산의 얼굴만 바라보았다.

"나을 수 있다는 확신입니다."

송 선생은 고개를 끄덕였다.

"네 말이니 그렇게 하마."

-현구 형님. 내 형님의 아바이는 반드시 고친다 하지 않았소. 지켜봐 주시오.

깊은 밤. 인산은 손깍지를 끼고 생각에 잠겼다. 낡은 식탁 위에는 그가 조선에서 가지고 온 약재들이 즐비하게 널려있었다.

"을룡이 뭐하나?"

혜무가 부엌에 들어왔다. 인산은 의자에 등을 기대고 어깨를 으쓱해 보였다.

"선생님은 잠이 드셨다. 네가 와서 마음이 편안해진 모양이시다."

"참 답답한 일이오."

혜무가 찻잔을 꺼내다 말고 인산을 바라보았다.

"여기가 조선 땅이라면 온 땅에 널린 채소와 동물들이 약재일 텐데."

"그래? 곧 조선으로 사람이 갈 것이다. 그 사람에게 부탁을 하자. 그 사람은 조선으로 가고 그리고 하나는 다시 이리로 온다. 기다려라. 내 그 사람을 불러 올 테니."

인산은 그 사이 종이에 필요한 약재들을 썼다. 거친 종이에 사각사각 하는 펜 소리가 났다.

잠시 후 머리가 뻗친 채 하품을 하며 덩치가 큰 사람이 혜무와 함께 들어왔다. 그는 인산이 이곳에 도착했을 때 입술을 꼭 다문 채 팔이 떨어져라 인산의 손을 맞잡고 악수를 하던 자였다. 믿음직헤 보이는 그가 조선에 가는 사람이라는 것이 새삼 안심이 되었다. 하지만 지금 그는 아직도 잠에서 덜 깼는지 의자를 앞에 두고 바닥에 쪼그리고 앉았다.

"이런 곰서방!"

혜무가 그의 등을 때렸다. 그는 꿈쩍도 안하고 혜무만 멀뚱히 쳐다보았다.

"부탁하나 합시다."

"예, 선생."

그는 그제야 의자에 앉아 몸을 부르르 떨었다.

"조선에 가거든 이것을 사서 바로 기차 편에 보내주시오."

인산은 그 앞에 종이를 내밀었다. 그는 종이를 받아 눈으로 훑어보았다.

"토종 오골계, 없을 경우에는 토종닭, 암컷 세 마리, 수컷 한 마리. 마늘에 생강. 아니, 이것은 삼계탕 거리가 아니오?"

곰서방이 종이를 바라보다 인산에게 큰소리로 말했다. 인산은 이마를 짚었다.

"지 선생. 시장은 요 앞에도 있소. 조선인들이 파는 곳도 꽤 되오. 고춧가루도 파오. 내일 아침이라도 당장 살 수 있소. 내가 운전을 할 줄 아니 같이 가주겠소"

곰서방은 그까짓 것 하는 표정으로 종이를 다시 인산의 앞에 내밀었다. 인산은 고개를 저으며 입을 열었다.

"나는 삼계탕 재료를 원하는 것이 아니라 송 선생님의 약재를 부탁하는 거요. 반드시 조선에서 자란 것을 말이오"

"엥? 이게 약재란 말이오?"

그가 다시 종이를 코앞에 두고 읽었다.

"그런데 왜 꼭 조선의 것이어야만 하오? 선생님 입맛은 그리 까다롭지 않으신데……"

곰서방이 심각한 말투로 고개를 갸웃했다.

"선생님의 입맛을 고려 한 것이 아니라, 조선 땅 만큼 좋은 것을 내는 토지는 없소"

"아니, 땅은 다 땅이고 여기 러시아에서도 그 나름대로의 나무와 야채 그리고 약초들이 있소"

"그렇지요. 그 나름대로의 약재가 될 만한 것은 있겠지요. 하지만 백두산 천지(天池)의 감로수(甘露水) 정기를 머금은 조선의 토질은 세계 어느 곳 보다 우수하오. 왜를 보시오. 우리나라 채소를 가져가 그 땅에 심으면 같은 것이 나오? 오이를 심든 고추를 심든 그 첫해는 비슷한 것이 나올지 몰라도 다음해는 어김없이 그 나라 본래의 것으로 변하오. 그것이 땅이 다르고 물이 다르고 공기가 다르다는 이유요."

"아……그래서 우라질 왜놈들이 이 지랄을 하는구려. 허참……그놈들. 꼴에 그리 깊은 것을 알다니. 섬나라 원숭이가 가끔은 그러한 지식의 빛을 발할 때도 있구려. 그럼 결국은 우리나라의 먹을거리를 싸들고 넓은 중국에서 살아보겠다는 심보 아니오."

곰서방이 인산을 바라보았다. 그 진지한 표정을 보자 인산은 웃음이 나왔다. 안 씨 아저씨가 생각이 나서이다. 그 분은 지금 뭘 하고 지내실까. 혜무는 다시 말참견을 했다.

"곰서방. 우리는 알아듣지도 못하는 이야기가 너무도 많으니 그저 이 양반이 시키는 대로 사다만 주시오."

"또, 삼년 된 대나무 열다섯 자루. 소금. 괄호하고 소금은 서해 천일염 괄호 닫고라……. 꼭 서해 천일염이어야 하오?"

"그렇소."

"그것 참 쉬우면서도 은근히 까다로운 게 정말 귀한 약재 같소."

"곰서방은 그저 부탁한 것만 사다주게. 나머지는 을룡이가 할 것이니."

곰서방은 혜무를 쳐다보았다.

"음, 이게 다요?"

"명반이 필요하오."
"명반이라면 백반을 말하는 거요?"
"그렇소."

보름은 더디게 흘러갔다. 그 사이 인산은 송 선생의 병이 악화되는 것을 막기 위해서 하루빨리 이 땅에서 나는 약재를 구해야만 했다.

〈2권에 계속〉